⑧ 生死大逃杀

天蚕土豆 著

图书在版编目（CIP）数据

斗破苍穹 . 8 / 天蚕土豆著. -- 杭州：浙江文艺出版社，2025. 3. -- ISBN 978-7-5339-7798-6

Ⅰ. I247.5

中国国家版本馆CIP数据核字第2024AM4418号

策划统筹	许龙桃　周海鸣
责任编辑	何晓博
营销编辑	宋佳音
封面设计	嫁衣工舍
版式设计	吕翡翠
责任印制	吴春娟

斗破苍穹8

天蚕土豆　著

出版发行	浙江文艺出版社
地　　址	杭州市环城北路177号
邮　　编	310003
电　　话	0571-85176953（总编办）
	0571-85152727（市场部）
制　　版	浙江新华图文制作有限公司
印　　刷	浙江新华数码印务有限公司
开　　本	710毫米×1000毫米　1/16
字　　数	216千字
印　　张	15.5
插　　页	2
版　　次	2025年3月第1版
印　　次	2025年3月第1次印刷
书　　号	ISBN 978-7-5339-7798-6
定　　价	49.00元

版权所有　侵权必究

目录

001 第一章
　　 晋级

010 第二章
　　 天火三玄变

019 第三章
　　 血腥报复

031 第四章
　　 突如其来的援兵

041 第五章
　　 大岭城

050 第六章
　　 黑角域

066 第七章
　　 神秘势力——魂殿

071 第八章
　　 萧家有女初长成

078 第九章
　　 黑域大平原

088 第十章
　　 黑榜，黑风暴

097	第十一章 炼丹脱贫
106	第十二章 黑印拍卖场
124	第十三章 横生变故
137	第十四章 阴阳玄龙丹
151	第十五章 大路激战
156	第十六章 青莲变
171	第十七章 继承龙气
181	第十八章 迦南学院执法队
196	第十九章 杀鸡儆猴
224	第二十章 对战陆牧

第一章
晋 级

  高树耸立的密林之中,茂密的枝叶将炽热的阳光遮掩,偶尔有一些光斑从枝叶缝隙间洒下,星星点点地映在地面上,组成一幅浑然天成的光斑图案,煞是美丽。

  丛林之中,一片安静,偶尔传来一两声不知是何种魔兽发出的低吼。吼声悠远而闷长,在林中久久回荡。

  嗖……安静的森林里,一处树丛忽然一阵抖动,旋即,一道黑影暴射而出,双脚轻点一根横伸出来的树枝,然后腾身掠上那离地几米高的树干,鹰一般锐利的目光向下方仔细扫过。他在松了一口气的同时,又有些疑惑地喃喃道:"云岚山之后的山脉连接着魔兽山脉,按理说,我现在也算是闯进魔兽山脉了吧,可为什么到现在也没有遇见任何魔兽阻拦?"

  "那是你袖中吞天蟒的缘故……"苍老的笑声在萧炎心中响起,"吞天蟒可是上古异兽,一般的魔兽嗅到它的气味便心生恐惧,更何况现在的吞天蟒有着斗王级别的实力,平凡魔兽怎么敢在它面前现身?"

"原来是托了这小家伙的福。"萧炎闻言释然,轻轻拍了拍袖子,笑道。

"不过那些来追寻你的云岚宗队伍,则没这般好运。在我的感知中,仅仅是这段距离,他们便受到了不下三波魔兽的袭击。虽然这些袭击并没有对他们造成什么伤害,但是他们追击的速度迟缓了许多。"药老幸灾乐祸地笑道。

萧炎冷笑了一声,目光再度扫视四周,却依然未发现最合适的藏身之处,当下眉头微皱,无奈地摇了摇头。他的脚尖轻点树干,身体犹如一只展开翅膀的大蝙蝠,穿过虬枝横生的密林,继续朝前逃窜,试图寻找最好的避险地点。

在满是巨树以及魔兽的森林中,想寻找到一处不受干扰的避险之所,无疑是有些困难。不过萧炎也算好运,在天色逐渐暗下来时,他总算寻到了一处好地方。

穿过一大片密林,一处十多米宽的险恶山涧出现在萧炎的视线中。萧炎减慢速度,缓步来到山涧边缘,低头望了一眼下面那几乎望不见底的深渊,再缓缓抬头,目光在对面陡峭的山壁上扫过,陡然停在了一个黑幽幽的山洞处。这个山洞距离山顶有几十米远,看上去不像是人工开凿的,更像是某种有着尖利爪牙的魔兽开辟出来的。

"这个地方,倒是一个绝妙去处,有雾气遮掩,即使天空有人飞过,也很难瞧出端倪。"萧炎面带喜色地望着那个黝黑的山洞。其实,山壁上这样的山洞并不少,只不过,唯有那一个山洞的位置最是绝妙,人站在山涧边缘望去,若不仔细看,山洞还真会因为山涧深处弥漫的淡淡薄雾而被忽略。

目光扫过身后,萧炎轻抖肩膀,宽大的紫云翼顿时弹射而出。萧炎腾身一跃,跳下了山涧,耳边狂风吹过,双翼振动,迅速来到那山洞前。他悬浮在洞前,却并未立刻进去。这魔兽山脉处处暗藏玄机,一不小心就会落入圈套,怎么死的恐怕都不知道。

袍袖轻抬,吞天蟒闪掠而出。萧炎指着山洞,吞天蟒顿时明了,一阵嘶鸣,化为一道七彩闪电,径直射进山洞。

瞧吞天蟒闪进山洞，萧炎赶忙退后一段距离，安静地等待着。

等了不到一分钟，便有一股腥风从山洞内迎面扑来，旋即，一头长相凶恶的飞行魔兽从洞中惊恐地飞掠而出，嘴里发出难听的嘶鸣声，最后消失在天际。

"呼……好家伙，竟然是头狮翼兽，这可是能与大斗师相抗衡的三阶魔兽啊！"愕然地望着那冲天而逃的巨大魔兽，萧炎摇了摇头，苦笑道，"还好有吞天蟒，不然凭我现在的状态，想要将狮翼兽撵走，恐怕得消耗好大的气力。"

在狮翼兽逃窜后不久，吞天蟒便从山洞内飞射而出，盘旋在萧炎面前，对他呲呲地吐着蛇芯子。

抬手将吞天蟒收进袍袖中，萧炎这才放心地振翅飞进山洞，脚步落在坚硬的山石上，旋即，脸上浮现一抹苍白，他忍不住剧烈咳嗽了几声。随着咳嗽声的响起，萧炎背后的紫云翼也自动化为文身，缩回了后背。

"果然，伤得不轻啊，仅仅使用了几分钟紫云翼，体内便翻腾成这样。"抹去嘴角溢出的一丝血迹，萧炎轻声苦笑道。

缓步走进这内部颇为宽敞的山洞，虽然那隐隐残留的腥臭之味让萧炎皱了皱眉头，但是此时正面临四面围剿的他，已经顾不了这些了。萧炎屈指轻弹，几枚月光石从纳戒中飙射而出，稳稳地落在山壁缝隙间。顿时，淡淡的光芒便将山洞照亮了。

萧炎望了望洞内的通明灯火，再看一眼外面完全暗淡下来的天色，沉吟了一会儿，来到洞口处，使劲将一块大石推过去，刚好将洞口堵了个大半，这样不至于让这个有灯火的洞口在黑暗中太过显眼。

将这些做完后，萧炎才长长地松了一口气。逃亡了一天的疲倦感缓缓生出，竟让他的眼皮沉重起来。

"现在可不是休息的时候。"就在萧炎忍不住要一头栽在地上沉睡过去时，药老的轻喝声忽然响起，把萧炎吓得一激灵就醒了，他急忙睁开即将合起的眼皮，苦笑一声，赶忙退后两步，寻了个干净的石台，盘腿坐了上去。

　　萧炎坐下后，漆黑的戒指微微颤抖，药老那虚幻的身形缓缓飘荡而出。

　　"老师……"望着现身的药老，萧炎挠了挠头，讪讪笑道。

　　药老无奈地摇了摇头，手一招，萧炎手指上的纳戒便脱手而出，最后悬浮在药老的手掌上。

　　"你先调理一下体内紊乱的斗气，我炼制一点给你治疗内伤的丹药，你必须以最快的速度恢复，不然的话，实在太危险了。"药老的灵魂力量扫过纳戒，口中吩咐道。

　　"嗯。"点了点头，萧炎也不再废话，双手在身前结出修炼印结，缓缓闭上眼睛，原本有些急促的呼吸也逐渐变得平稳、悠长。

　　瞧着这般快速便抛弃杂念进入修炼状态的萧炎，药老满意地点了点头。他屈指轻弹纳戒，顿时，一株株药材便从中闪跃而出，悬浮在药老身旁。

　　"还好，这小家伙存着不少药材，倒省去了我寻药的麻烦。"望着悬浮在身旁的那些药材，药老微微点了点头，手掌一摇，森白的火焰瞬间燃烧起来。药老挥动手指，一株株药材被他有条不紊地迅速投进火焰中。与萧炎以前炼制丹药的手法相比，药老那行云流水般的炼制手法，方才让人明白何为炼药宗师。

　　月光石的淡淡光芒，将洞外的黑暗阻挡在门口处。安静的洞内，唯有药材在火焰中崩裂时，才会发出细微声响。洞内的两人分工明确地干着自己的事。

　　持续安静地修炼了两三个小时，紧闭双眼的萧炎，这才略微颤抖着睫毛，缓缓睁开了眼睛。经过三个小时的调理，他原本苍白的脸色，也出现了些许代表活力的红润。

　　长长吐出一口盘旋在胸口处许久的闷气，萧炎的脸上越发光润了。萧炎抬头望着那早已炼制完丹药，此时正站在洞口注视着外面动静的药老，轻笑道："虽然受伤不轻，但是体内紊乱的状况倒是被压制了下来。老师所说不假，现在我体内的气血上浮不定，的确是实力提升的前奏。"

　　药老笑着点了点头，转身屈指轻弹，一颗翡翠般的丹药对着萧炎射过去，萧炎赶忙一把抓住。

"把它服下吧，这样你体内的伤势应该能够彻底痊愈了。你前段时间所服用的那三纹青灵丹，药效太强，你没有完全吸收，更多的药力沉淀在体内，照这般淤积下去，对你身体不好。这丹药被我掺杂了骨灵冷火，服下后，或许会带给你一些痛楚，不过它能将你体内淤积的药力催发出来。这一次，你借机吸收吧，至于实力能提升多少，就看你自己的造化了。"药老摇了摇头道，"我这段时间不在，你体内出了不少毛病，那烙毒也是个狠东西，你先将伤养好，我再想办法帮你解决它们吧。"

听了药老这絮絮叨叨的一大段话，萧炎心中感到很温暖，微微点了点头。有老师在身边，他能够放心许多。那感觉，就如同一个孩童找到了可信的依靠，觉得心安。

将丹药塞进口中，萧炎再度闭目，心神沉入体内，开始这一次的大突破！

见萧炎再度闭目修炼，药老也笑着点了点头，在洞口坐了下来，手指随意拨动着那枚从萧炎手上取下来的纳戒。半晌，他手指猛然一顿，嘴中发出一道低沉的声音："咦？"

手指一弹纳戒，一块残破的黑色玉片忽然出现在药老手中。药老用手掌缓缓地抚摸着这块残破玉片，目不转睛地盯着它。

这块黑色玉片，赫然便是当初萧炎在炼药师公会淘来的便宜货。

身处火炉，这是萧炎现在唯一的感受。在将那枚丹药吞下肚后，一股火热之感便猛然自小腹处升起，旋即化为一道道炽热支流，汹涌地撞进体内一条条经脉中。热流的温度太高，竟然导致经脉中出现了些许淡淡的雾气。

热流的温度，随着运转速度的加快，也逐渐变得更加炽热，以至于每运转一圈，萧炎的嘴角便会忍不住轻轻抽搐几下。药老所说果然不假，那掺杂的火焰的确要让他受一些苦。

虽然热流使萧炎受了些许痛楚，但是其效果也极为显著。随着一丝丝淡淡

　　的炽热雾气渗透进经脉，盘旋在体内，萧炎能够清晰地感觉到，体内某些地方，一股股隐藏的强大能量，正如那被炽热融化了的冰层，慢慢显露出来。看来这应该便是药老所说的，那些淤积在体内的药力吧！

　　那些淤积的药力被炽热的雾气所蒸发，化为淡淡的能量轻雾，缓缓升腾。途中遇到经脉，药力便黏附上去，悄悄地融化在里面，顺着经脉流转一圈，最后化为一道道精纯能量。被灌入气旋之内的那块不规则菱形能量晶体，在接收到这一道道精纯能量后，那原本因为过度消耗而有些黯淡的晶体，再度发出了淡淡的光，将气旋之内照得通透明亮。

　　有些能量雾气也附上了骨骼以及体内细胞。对于这种精纯至极的能量，体内骨骼以及细胞似乎也变得贪婪了许多，它们以一种肉眼不可见的速度，迅速地吞噬着靠上来的能量雾气。而萧炎也能够明显感觉到，经过一场大战而略有损伤的那些骨骼、肌肉、细胞等，正快速朝巅峰状态修复着。

　　感受着那逐渐充盈的斗晶，萧炎轻轻松了一口气，再度沉下心神，倾尽全力控制着那些满溢体内的能量雾气，将它们收拢在一起，最后汇聚成一股汹涌的能量流，在体内完成一道循环之后，源源不断地对着气旋之内的晶体灌注。而对于这些接连不断灌涌而来的能量，那块拇指大小的斗晶却犹如无底洞，任凭那能量如何庞大，全都来者不拒。

　　药老的那枚丹药或许并不是什么高阶丹药，却起到了引子的作用，将萧炎体内那些淤积的药力全部激活了，然后借助这股庞大能量，快速修复萧炎那受伤的躯体。这般借力而治的方式，就连法玛也难以做到吧！

　　作为一个正宗的"药罐子"，萧炎所服下的种种丹药难以计量，而这些丹药很多都未能被完全吸收，久而久之，淤积的量自然颇为庞大。如今经过药老那枚丹药的激活，这些淤积药力终于完全释放，其能量的庞大程度，远远超过萧炎甚至药老的预料。

　　体内一波波能量雾气源源不断地自身体各处升腾而起，如果此时有谁能够透过萧炎的皮肤瞧见体内的话，恐怕会瞠目结舌地发现，那些内脏都已被浓郁的能量雾气完全遮掩。

这般庞大的能量雾气，萧炎自然不可能一一照应过来，因此，一些漏网之鱼便在体内乱窜起来。一时间，萧炎体内的那些骨骼、肌肉等仿佛有了灵智，疯狂地以各种各样的方式，将那些飘荡而来的能量雾气吞噬。

这般吞噬也让萧炎清晰地感觉到身体越加强壮，不过，骨骼、肌肉以及内脏这些需要苦修方才能够增加自身容纳度的器官，却有自己的极限，一旦吸收得超过了那个界限，它们就会崩裂。一想到自己的骨骼或者内脏也许会忽然咔嚓一声裂出几道缝，萧炎就有些不寒而栗。

他自然不敢任由骨骼、肌肉肆无忌惮地吞噬能量，当下赶紧加强对体内能量雾气的控制。即便如此，萧炎依然感觉到皮肤一阵火辣辣的疼痛。他知道，那是因为能量雾气已经侵蚀到了皮肤表面。

山洞中，药老微微皱眉，望着萧炎那竟然发红了的皮肤，喃喃道："这小家伙的体内怎么淤积了这么多药力？"略微沉吟，药老将手中那块残破玉片暂时收好，屈指轻弹纳戒。顿时，一点青光袅袅升起，旋即迎风快速升腾，最后化为一朵青莲，缓缓落下。

瞟了一眼精美奇幻的青莲，药老对着萧炎挥动袍袖。一股巧劲将萧炎横移而起，旋即萧炎稳稳地落在了青莲上。

在萧炎落在青莲上后，一道温润的绿色光圈自其中缓缓升腾而起。随着光圈的升起，萧炎发红的皮肤顿时变淡下来，那带着痛楚的脸也终于舒缓了许多。

萧炎也察觉到了体外传来的温凉感觉，当下松了一口气，苦笑着自语道："该死的，体内的伤势几乎已经完全恢复，可这些能量怎么还如此之多？"

骂了一句后，萧炎逐渐恢复冷静，稍稍思量后，便有了主意："既然有这般外力，那便借势突破吧，此时，正是最佳时机！"

主意已定，萧炎不再有丝毫拖延，开始凝定心神。那满溢体内的能量雾气

骤然间涌动起来,一股股雾气犹如受到了某种牵引,急速地朝着小腹处的气旋涌去。

随着那庞大的能量雾气越加接近气旋,它们的体积却变得越来越小。虽然体积变小了,可那雾气间却开始出现些许湿气。而当庞大雾气进入经脉之后,雾气竟然彻底消失了,取而代之的是一团翡翠般的精纯液体能量。在那些液体能量中,还夹杂着一丁点细小的晶体。

翡翠液体顺着焚诀的功法路线完成一圈循环之后,便静静地停留在气旋入口之处,那般气势,犹如即将泄洪的大坝。

"能否突破,便看此招了啊。"注视着那团庞大的翡翠能量,萧炎的心中轻轻呢喃,心神一动,那阻拦在气旋入口处的阻力瞬间消失。顿时,澎湃的能量夹杂着犹如飞瀑砸下般的巨响,轰然冲进了气旋之内。

这股庞大能量涌进气旋后,旋即一头冲着气旋中心的菱形斗晶,狠狠撞了进去。

轰!在能量涌进斗晶的那一霎,轰鸣之声犹如在萧炎的脑中响彻一般,刹那间,他甚至差点连修炼状态都把持不住。

汹涌的能量源源不断地灌注到斗晶之内,而斗晶在接收了这股庞大能量后,体积竟然开始缓缓扩大。

随着斗晶体积的扩大,萧炎那敏感的灵魂感知力能够清楚地察觉到,自己的实力正在急速向着那近在咫尺的等级薄膜涌去。

外界,山洞内,药老望着脸色忽然变得如玉般有光泽的萧炎,捋着胡须微微点了点头。以他的实力,他自然能够感觉到萧炎那节节攀升的气息。

叮……安静的山洞中,某一刻,一道若有若无的轻吟声,忽然在萧炎体内响起。而随着这道轻吟声的响起,萧炎浑身的气势猛然大涨许多。

"突破到二星大斗师了?竟然比我预料的还要快,这小家伙体内淤积的药力,竟然多到这般地步!"以药老的实力,那道轻吟声自然是逃不过他的耳朵,药老当下眼中闪过一抹惊异，惊讶地说道。

以萧炎如今的实力，若是正常修炼，想要再提升一个等级，恐怕至少得两三个月时间。不过自从上云岚宗后，那三番四次突破极限的战斗，虽然让萧炎几次落入绝境，但是他所得到的好处，却是连药老都未能预料到的。

战斗，始终是提升实力的捷径。这段时间萧炎所经历的极限战斗，便犹如将一个水渠模型铸建了出来，如今这庞大的药力正像水一样灌注其中，水到渠成。这简直是一次完美得超出了萧炎甚至药老预料的实力晋升。

在药老的惊叹声落下不久，忽然又有一道轻吟自萧炎的体内传出，轻灵地回荡在山洞之中。

这次连药老也保持不了冷静，他捋着胡须的手掌缓缓停顿，微张嘴巴，望着气息竟然还在急速攀升的萧炎，好半晌，方才长吐了一口气，笑道："嘿，果然是一个不断创造奇迹的家伙。今日我倒真要看看，你这小东西，究竟能给我提升到何种等级！"

第二章
天火三玄变

　　山洞之中,在接连两道轻吟声后,出乎药老预料,原本还可以再提升一星实力的萧炎,却并未借着这股势头继续一路直冲,反而缓缓稳下气息,开始彻底消化那突然间猛涨的能量。

　　药老望着这个稚嫩的少年,略微沉吟,旋即恍然大悟,欣慰地点了点头,笑道:"在力量面前,还能把持本心,不贪不骄,知足而退,不错,不错!"

　　接连两个"不错",足可瞧出药老对萧炎此次表现的赞赏。虽说萧炎本还能够借势直接冲击到四星大斗师的级别,但修炼毕竟不是一蹴而就的事。今日接连提升两星实力,已让萧炎有些难以把握自身状态,若再度提升的话,恐怕体内的那股虚浮之气将会成为他下次晋级时的最大阻碍!

　　一个体内虚浮、力量分配不到位的人,始终都不如一个体内凝实、力量拿捏到位的人,萧炎极其清楚这点。那三年废物期的坚持修炼,造就了萧炎极其稳固的修炼底子,有了这个坚如磐石的基点,萧炎方才有可能在其上搭建出令人震撼的实力高塔。所以他不可能让这一时之利,毁掉自己最引以为傲的磐石般的地基！

两者之间，孰轻孰重，自然无须多辨，因此割舍起来，萧炎倒极为干脆。

盘膝坐在青莲之上，萧炎的脸犹如一块温润的玉，散发着淡淡毫光，好一会儿，毫光方才缓缓退去。睫毛轻轻抖动，他睁开眼，淡青色的光芒闪掠而过，迅速隐匿。随着光芒的隐匿，那缭绕在萧炎身体表面的雄浑气势也逐渐收敛，直到最后完全消失。

"呵呵，不错，一次疗伤修炼，却足足提升了两星实力。不过可惜，这种好机缘，并不是说遇见便能遇见的。"看着脱离了修炼状态的萧炎，药老轻笑道。

一口浊气顺着喉咙被吐了出来，萧炎扭了扭脖子，听得那清脆的骨头触响，再感受体内那如河流般澎湃流动的斗气，脸上忍不住浮现出一抹欣喜。他轻按青莲，矫健地落地，双拳猛然击出，呼呼拳风，颇为凌厉。

"够了，如今我的能力，也只能很好地控制这忽然暴涨的两星实力，若是再多的话，虽然这段时间能够提升力量，但是从长远来看，对我并非有益。"缓缓收拳而立，萧炎笑道。

药老微笑着点了点头，手掌对着青莲一招，将之收回纳戒，然后手掌一晃，先前那道残破玉片便再度出现在手中，被他轻轻抚摸着。

提升实力后，体内的伤势得以痊愈，萧炎的脸上也再度红润了起来。他抬头望着药老，又瞥了一眼那块残破玉片，微微一愣，旋即心头一动，上前两步，试探地问道："老师认识这东西？"

"嗯，曾经见过这种奇异的储存器。"药老点点头。

"储存器？这里面……竟然也能储存东西？难道是斗技功法之类的？"萧炎先是一怔，旋即恍然道。

"呵呵，嗯，如果不出我所料，这种玉片储存器，应该是斗气大陆上焚炎谷的杰作，因为只有他们才擅长这种玉片储存的技艺。而且这玉片摸得久了，隐隐会有些炽热的感觉，这是焚炎谷所制之物的标志。"药老笑道。

"焚炎谷？那是什么？"听得这陌生的名字，萧炎不由得有些茫然。他这从未出过加玛帝国的菜鸟，自然没有听说过这些名头。

"那是斗气大陆上的一方势力，如果论实力，恐怕不比云岚宗弱。他们以修炼火属性功法而闻名大陆，专走狂暴攻杀路线，因此在大陆上也算是独树一帜。"药老淡淡地道。

"不比云岚宗弱？"嘴角微微抽搐，半响，萧炎忍不住苦笑一声。没想到这在加玛帝国称王称霸的云岚宗，放进斗气大陆，竟然也不是唯一。

"呵呵，不要太高看云岚宗了。那个叫凌影的人所说不错，云岚宗在斗气大陆也不过是二流势力，虽然如今有了一名斗宗强者，但是它也只能在一流势力中垫底而已。"药老撇了撇嘴，似有些不屑。

"当然，就算如此，可在你这小小的大斗师面前，它仍然是一个庞然大物。"望着萧炎一脸的苦笑，药老大笑道，"小家伙，这斗气大陆很大，强者如云，你以前所见到的世界，仅仅是这个大陆的一个小角落而已。等你踏足大陆时，我相信，你会喜欢上那个精彩绝伦的世界。不过你也要清楚，不论在哪里，想要获得敬畏，自身实力才是最重要的！"

"弱肉强食，天下通用的法则。"萧炎微微点头，轻笑道。

"你能明白，那自然是最好。"药老笑了笑，抛了抛手中的残破玉片，道，"回归正题，想知道这里面有什么吗？"

"当然。"萧炎急忙点头。既然这东西是出自那能够与云岚宗相媲美的焚炎谷之手，那么想必其中之物也不是寻常东西吧？

"用火烧它。"药老将玉片以及那枚纳戒抛给萧炎，笑吟吟道，"焚炎谷的东西便是这般古怪，必须使用火焰焚烧，才能得到里面的东西。按照常理来说，焚炎谷出的东西越耐烧，则说明里面的东西越珍贵。"

小心翼翼地接过玉片，萧炎上下翻看着，实在难以相信这看似不起眼的玉片，能够抵抗火焰的焚烧。不过对于药老的话，他倒从未有过怀疑，当下从纳戒中取出一枚紫色药丸，丢进口中，微微嚼动，嘴巴一张，一股紫色火焰喷吐而出，旋即便悬浮在眼前。

萧炎屈指轻弹玉片，玉片顿时化为一道光影，蹿进了紫色火球之中。瞧得玉片进入火焰，萧炎赶忙将视线紧紧锁在火球中，观察着玉片的细微变化。

看似脆弱的残破玉片一头闯进火焰之内，紫色火焰在玉片表面爆发出淡淡的火苗。让萧炎与药老诧异的是，在紫火的焚烧下，玉片竟然没有丝毫动静！

"这……"萧炎眨了眨眼睛，有些愕然地望着药老。这紫火也算是温度不低的火焰了，比起平常斗气火焰来，不知道强多少倍，可那玉片居然完全没有动静。如果按照药老先前所说，越耐烧，其内东西就越珍贵的话，那么……

"嘿，原本以为只是件普通东西，没想到遇见大鱼了。"望着那在火焰中安然无恙的玉片，药老的脸上也闪过一丝诧异，他忍不住笑了笑，对着萧炎扬了扬下巴，道，"小家伙，看来你运气真的很不错，现在改用青莲地心火试试。"

闻言，萧炎一怔，抬头望了一眼药老，从对方眼中瞧出一抹欣喜，当下心中也略有些明了。能够让药老觉得不错，也许这次是真遇见好东西了。

心脏悄悄地加速跳动，萧炎咽了一口唾沫，使劲搓了搓双手，顿时，一股青色火焰便从指间扑腾出来。

萧炎挥动手掌，面前的紫色火球便凭空消散；手掌再一招，玉片掉落下来，旋即被从萧炎指尖喷薄而出的青色火焰给包裹了起来。黑色的残破玉片落进青色火焰中，却还是一点动静也没有。不过萧炎并不着急，他缓缓提升着火焰的温度。

当山洞之内不知何时已经变得炽热起来时，那一直安安静静的玉片终于有了反应。只见那原本光滑的表面，忽然开始犹如水波一般轻微波动起来，那模样，就如同即将要熔化一般。

"没事，继续加温。"望着那即将熔化的玉片，药老并不惊慌，淡淡地笑道。

瞧着药老那淡定的表情，萧炎稳下心来，点了点头，深吸一口气，体内斗

气迅猛游动,顿时,青莲地心火的温度再度猛然拔高!

随着火焰的温度越来越高,漆黑的残破玉片终于完全熔化。熔化之后的玉片已经没有了黑色,反而化为一摊绿色晶莹液体。液体在青火中缓缓流动,宛如活物,颇为奇异。

流动的液体骤然停顿,液体表面鼓动着,似乎有什么东西即将破出。

"好东西要出来了。"望着液体的变化,药老微笑道。

闻言,萧炎心中一紧,盯着火焰的眼睛眨都不敢眨一下。

绿色液体的鼓动持续了十几秒时间,继而,刺眼的绿光猛然自其中暴射而出,霎时间,几乎遮蔽了洞内所有的光亮。绿光虽然刺眼,但是并未让萧炎两人闭上眼睛。因为在那绿光亮起之后的瞬间,无数文字信息流忽然自液体中暴涌而出,旋即自动地排列在山洞的半空处,组成一幅特殊的字画。

萧炎的目光扫过半空处的光幕,最后停留在最上方几个硕大的字上,嘴巴微动,低沉的声音从牙齿间透了出来。

"天火三玄变?"一旁的药老听得这名字,浑身一震,眼睛一亮!

山洞内,宽大的光幕悬浮在半空,其中是排列整齐的一行行字。在字的旁边,还有一幅极其繁复的人体光像,光像内,一道道复杂的光线互相连接,组成一条玄奥诡异的路线。

萧炎茫然地看着光幕,转头望着眼中放光的药老,心头忍不住一跳,低声道:"老师,您知道这东西?"

"嗯。"眼中的光芒缓缓退去,药老笑着点了点头,咂着嘴惊叹地笑道,"这次你的确捡到宝贝了。这天火三玄变,是一种颇为玄奇的高级秘法。"

"秘法?"听到这名称,萧炎的眉头顿时一扬。

"呵呵,除了功法以及斗技,斗气大陆之上还存在一些特殊的秘法。它们的功效让人非常眼馋,有些甚至能够大幅度提升本体实力。当年在乌坦城的那个夜晚，你那小女友便是使用了一种高深秘法，短时间内使自己的实力提升到了大斗师级别。"药老笑道。

萧炎微微点了点头，脑中浮现出那夜薰儿潜进加列家族击杀柳席的场景——当时本来实力还只是斗者的她，却猛然间将实力提升到了足以与大斗师强者相抗衡的地步——那一种秘法，实在强大得可怕。

"据我所知，这天火三玄变是焚炎谷的镇谷之宝。对某些人来说，它犹如废物，可对于那些拥有某种奇异火焰的人来说，却无疑是千金难换之宝。"

"哦？"萧炎心头一动，"奇异火焰？这世界上还有比异火更奇异的火焰吗？"

"想要修炼此种功法，第一个要求，修炼者必须是火属性；第二，便是必须拥有至少一种奇异火焰。这里的奇异火焰，也包括你的紫火，异火自然是最佳的选择。呵呵，不过这世上异火哪有那般好寻，因此，就算是焚炎谷，我也只听说他们的谷主似乎拥有一种异火而已。"药老微笑道。

"如果符合上述条件者修炼了这天火三玄变，那是不是能在短时间内提升自己的实力？"萧炎转了转眼珠，急切地问道。

"自然。"药老捋着胡须笑了笑，望了一眼萧炎那隐隐透着一抹兴奋的脸，说道，"这所谓的天火三玄变，其实是靠某种特殊玄异的方式，将体内的奇异火焰引诱而出，最后爆发出一种极强的能量，以此来达到震慑敌人之效。"

"有薰儿当年所施展的秘法强吗？"萧炎忽然插嘴问道。

闻言，药老微皱眉头，略微沉吟，旋即摇了摇头，道："当年我看那小妮子在使用了秘法后，第二天气色竟然依旧红润，恐怕这天火三玄变与她所施展的那秘法还是有点差距，毕竟所有秘法都是以一种压缩或者透支的方式来获取力量。它虽然会让人的力量在短时间内暴涨，但是事后身体却会出现不小的损伤。比如这天火三玄变，据说每一次使用，那股火焰的狂暴力量都会让人体大受创伤。而你那小女友，第二日从外表来看，却并未有太大的损耗，从这里便能分出两种秘法的优劣。"

苦笑了一声,萧炎叹息着摇了摇头,心中对薰儿的神秘背景越加好奇。她竟然拥有连药老都赞不绝口的秘法,其背后的势力究竟强到了何种境地?

"呵呵,你也无须颓丧,这天火三玄变其实并不弱。据我所知,若是拥有三种火焰的话,这种秘法便能够让人的实力接连三次暴涨递增,而那实力增长的幅度,则与你所掌控的火焰的强度有关。当年那焚炎谷的谷主便拥有一种异火以及两种从魔兽体内取出的兽火。他的本身实力在五星斗宗左右,可若是将天火三玄变的三重变化都使用上的话,他却足以和一名斗尊相抗衡!"见萧炎一脸苦笑,药老笑着安慰道。

"竟然能够越阶战斗?"闻言,萧炎有些动容。从海波东被云山的分身一招击退便可清楚地知道,到了斗皇之后,每一阶的差距是多么难以跨越。这天火三玄变能够让人越阶战斗,这样看来,它的确算得上药老口中的"好东西"。

"呵呵,那还是对于仅仅拥有一种异火的人提升的幅度,而你却不一样。拥有焚诀的你,根本无须担心体内的火焰起冲突,因此,只要给你足够的时间与机缘,收集齐了三种异火,那时候再将天火三玄变开启到三重变化,那增长幅度,恐怕即使是创始这门秘法的那位先辈,也料想不到吧。毕竟他不可能也修习过焚诀。"药老轻笑道。

听得药老这番话,萧炎忍不住有些热血沸腾。他的脸浮上一抹红润,再度看向那片光幕的目光,便多了几分炽热。

"将你的手指伸进那摊绿色液体中吧,这样,便能够彻底得到这天火三玄变的修炼方式了,光是看这光幕,根本学不会什么。"药老提醒道。

闻言,萧炎赶忙点头,手指伸进悬浮在面前的那带着些许温热的液体中。顿时,悬浮半空的光幕一阵颤抖,旋即便犹如复活了一般,急速扭动起来。片刻后,无数信息化为一股光流,径直对着萧炎的脑袋灌注了进去。

庞大的信息流狠狠冲进脑海,萧炎的脸急速抽搐了几下。他强忍着那股胀痛之感,急忙盘腿而坐,闭眼消化着这股蕴含秘法修炼方式的信息。

山洞中再次陷入一片安静，药老望着闭目而坐的萧炎，忽然幸灾乐祸地轻笑道："没想到焚炎谷的镇谷秘法，竟然会流落到加玛帝国，并且被这个小家伙得到了。嘿嘿，严火那个迂腐老头儿，当年老夫想要借阅一下都不肯，如今还不是落到了我弟子手中，而且还是'得来全不费工夫'，若是他知道的话，恐怕又得暴跳如雷了吧，哈哈……"

笑声在山洞中回响着，好一会儿，方才缓缓消散。而那紧闭双目的萧炎也渐渐睁开眼睛，轻吐了一口气，眼神闪烁。

"这天火三玄变的修炼方式还真是古怪，真不知道是什么怪才，才能将之创造出来。"萧炎摇了摇头，惊叹道。先前在消化着那股信息流时，他粗略地察看了一下天火三玄变的修炼方式，的确堪称诡异绝伦。

"这世界上的秘法本就罕见，其稀少程度，甚至足以和一些地阶高级功法相比。"药老笑着点了点头，问道，"如何？满意吗？"

"极其满意。"萧炎咧嘴一笑，旋即又皱眉道，"不过我刚才大略看了一遍，这天火三玄变的确能够有三重变化，可惜这玉片中所蕴含的信息仅仅记载了第一重变化，剩下的两重却没有半点眉目。"

"哦？只有一重变化？"闻言，药老也随之一皱眉头，半响，无奈地摇了摇头，道，"这或许是焚炎谷的一些小手段吧。这样就算秘法被人侥幸得到，也难以修炼完全。"

"不过没有就没有吧，现在的我，体内刚好只有一种异火，修炼一重变化正好。"萧炎摊了摊手，豁达地说。

"嗯，那就先暂时修炼着吧，等日后寻找到另外的异火，再想办法从焚炎谷那里把剩下的功法搞到手。"药老点了点头，轻声道。萧炎默默点头。

"你的伤势已经痊愈，接下来，有什么打算？"药老忽然问道。

闻言，萧炎一怔，沉吟了一会儿，紧握着拳头道："我要找到我父亲！当日云棱在临死前，竟然一口咬定没有对我父亲下杀手，恐怕他说的是真的。"

说到这里,萧炎又皱起了眉头,苦笑道:"可若他所说是真的,凭我父亲那大斗师的实力,怎么可能从一名斗王强者眼中凭空消失?"

药老轻轻弹动手指,半响,微眯眼睛,低声道:"你父亲是大斗师的实力倒是真真切切,所以他应该并非凭借自己的力量凭空消失,说不定是有外人出手将他带走。"

"外人?"萧炎微微一愣,脸色微变,道,"若真是外人出手的话,那么能在云棱面前神不知鬼不觉地带走我父亲,恐怕对方实力至少也是在斗皇级别……可我萧家,除我外,似乎并没结交过这种强者啊。"

"以萧家的背景,的确是难以结交这种强者,不过……你那小女友背后的势力,却有这般能力。"药老淡淡地道。

"老师的意思是……薰儿派的人?"萧炎满脸错愕地问道。

"那小妮子虽然天资聪慧,但是毕竟太过年轻,这般长远的眼光,倒是难以具备。我是说,或许与她背后的势力有些关系。"药老摇了摇头,道,"你萧家,与他们有一些瓜葛,不过说不上怎么好……唉,这里面关系太过复杂,牵扯太多,我一个外人也不是很清楚。等你下次遇见小女友,问问她便可知道一些隐秘。"

瞧得药老的神色,萧炎也不好多问,微微点了点头,轻声道:"也好,反正家族已经迁离,我也可以安心离开,此次,便直接赶去迦南学院吧。"

萧炎转身缓步来到洞口,目光望向那漆黑的夜空,虚眯的眸子中掠过一抹冷光,淡淡地道:"只不过,想要顺利离开加玛帝国,恐怕少不了一番艰苦厮杀啊。以云山的性子,是绝对不会轻易放我离开帝国的。"

药老点头。

"嘿,既然想要留下我,那就准备着伤筋动骨吧,我萧炎可不是那心慈手软之人!"修长的指尖,猛然跳动起青色火焰。萧炎缓缓吐了一口气,森然的低语声缓缓地在洞内回荡着。

第三章
血腥报复

夜色，随着时间的流逝，缓缓淡去。当遥远天边第一抹晨晖洒遍大地时，那沉寂了一夜的魔兽山脉，终于再度迸发出生机，无数巨型鸟兽齐声长鸣，嘶鸣声在森林中久久不散。

陡峭的山涧处，一块巨石忽然滚落，发出的巨响将附近盘旋的鸟兽惊得急忙振翅而逃。

山石滚落，一个漆黑的洞口露了出来，旋即，穿着一袭黑袍的身影缓缓步出。萧炎微眯着狭长的眼睛，扫了一眼浓雾中若隐若现的蔚蓝天空，轻吐了一口气，低声道："老师，附近可有云岚宗弟子的踪迹？"

"有。"一个声音很快从萧炎心中传了出来，"在对面山涧几百米之外，有不少强度不一的气息，其他的地方也零星有一些。云山在你体内残留了一道能量痕迹，虽然那道痕迹被我压制住了，但是他们依然能够大致感觉到一点，可以借此粗略摸清你的方位。不过还好，那感觉的范围太大，他们必须仔细搜索后才能确定，要不然昨夜他们就会找到这里了。"

"嘿，果然是锲而不舍啊，看来云岚宗对我是抱了必杀之心啊。"萧炎冷笑道。

"你现在不能被他们拖住，不然的话，一旦云岚宗长老赶到，你就麻烦了。而我的灵魂力量，至少需要半个月才能恢复。所以这半个月中，想要从云岚宗的封锁包围中逃出去，只能靠你自己了。"药老郑重地提醒他。

萧炎默默点了点头，药老上一次的沉睡，已经让他学会了自力更生。如今虽然药老不能直接出手助他，但是那经过岁月所累积的老练经验，却依然能够给他极大的帮助，所以即使此次颇为危险，他也没有半点胆怯。

"既然现在三面被围，那我们就只能继续深入魔兽山脉，然后再趁机绕道。只要能够将后面的追兵甩开，然后隐匿身份，我想离开加玛帝国就不难。"萧炎低声道。

"嗯，一切随你，我会帮你注意周围的追兵。"药老的声音缓缓落下，随即完全消散。

萧炎微微点了点头，肩膀轻抖，宽大的紫云翼便扑腾而出，双翼一振，身体犹如大鹏一般，直冲云霄。

身体在即将与山涧平行时，萧炎身形一转，旋即稳稳地落在了山涧对面。紫云翼缓缓缩拢，他转头望了一眼那似乎感受到什么动静而开始隐隐骚动的密林，冷笑一声，身形化为一道黑线，径直冲进茂密森林中，眨眼间，便消失在了重重树叶下。

萧炎消失后不久，山涧对面树林的树枝忽然一阵摇动，旋即，十几道身影唰唰地闪掠而出，手中明晃晃的长剑在日光的照耀下反射着森冷光泽。

"没人？可先前二师兄的确感应到这边的空气有些振动啊？"

"或许是什么魔兽弄出来的吧，不过这里的山涧太宽，看来只能让精通风属性功法的师兄弟们先行过去了。"

"嗯。"

"记住长老们的命令，一旦遇见萧炎，切记不可与之硬战，只要倾尽全力将他拖住即可！"

"是！"

整齐的应喝声在山涧边缘响起，旋即，几道影子猛然冲出，借助着一股微风，飘荡在半空中，又如风中柳絮，轻飘飘地落向了对面的山涧。落地后，几人相互对视一眼，然后极有默契地齐身掠进了茂密森林中。

茂密山林中，一道人影飞快地从树干间闪掠而过，每一次脚尖轻点树干，身体便会借助那股推力，猛然蹿出老远。虽然在人影闪过之处，偶尔会出现一些浑身冒着凶煞之气的魔兽，但是这些魔兽对他并未有半点阻拦的意思，反而在人影即将到达前，匍匐在地上，浑身颤抖地收敛着自身气息。那模样，犹如遇见了什么可怕的东西。

"后面的追兵越来越远了，他们似乎也察觉到了你在飞速移动。现在正有大批的云岚宗弟子从四面八方赶来，不过好在沿途有魔兽阻拦。按他们这样的追击速度，傍晚之前，你应该能彻底甩掉他们。"药老的声音，忽然在急速闪掠中的萧炎心里响起。

闻言，萧炎悄悄松了一口气，抬头望了一眼前方不远处的光亮，脚尖再度轻点，然后身体犹如一支离弦之箭，暴射而出。

身形接近森林尽头的光亮，萧炎却皱了皱眉头，一种近乎直觉的感受让他的心中泛起一丝不安。然而他却寻不到不安的源头，而且药老也并未出声说话，因此他只得强行压下心中的那抹不安，目光紧紧盯着那处光亮出口，脚掌再度发力，终于化为一道黑影，径直冲了出去。

"小心！"在身体蹿出丛林的那一霎，药老的一声厉喝猛然响起！

咻！骤然间大盛的刺眼阳光让萧炎不由得微微闭了一下眼睛，不过心中骤然响起的药老的喝声以及空气中传来的撕裂声音，让他心头一寒。条件反射般，萧炎的身体在半空中强行诡异一扭，然后落下地来，在草皮上急速翻滚几圈，

犹如滚下山的刺猬，钻进了最近的一处小树丛。他猛地抬头，望向蔚蓝的天空，眼瞳骤然一缩。

只见此时，在那天空中，五只巨大鹰形魔兽正缓缓盘旋着，而让萧炎脸色微变的还是五只飞行魔兽背上的几个人影，虽然距离相隔甚远，但是萧炎依然从那袍服上分辨出了他们的身份：云岚宗！

"该死的……没想到云岚宗竟然还有这种大型飞行鸟兽！"萧炎咬牙低声骂道。先前那次偷袭，若不是他实力大涨而身手也随之敏捷的缘故，恐怕他还真得受点伤。

"抱歉，这倒是出乎我的意料。原本我以为云岚宗能腾空飞行的仅仅就那几位斗王，因此放松了对于天空中异常情况的警惕，没想到他们竟然还有这手……那几只飞行魔兽上的云岚宗弟子，实力最强的也就一位二星左右的大斗师，这般弱小的气息，再加上飞行高度，居然躲开了我的感知。唉，大意了。"药老的苦笑声在萧炎的心中响起。

"老师不用自责，我早料到此次离开，定然不会太顺利。"萧炎笑了笑，抬头望着天空，脸上闪过些许阴森，"不过凭这几人，想要拦下我，恐怕还少了点啊。"

"小心点，尽量不要被他们拖住，否则一旦后续追兵赶来，会很麻烦的。"听得萧炎声音中的杀意，药老再度提醒道。

"嗯。"萧炎点了点头，手掌缓缓抚摸着袍袖，脸上浮现出一抹森然冷笑。

天空中，五只飞行魔兽在这片树林上空盘旋着，每一只魔兽背上站立着两名云岚宗弟子。此时，十双警惕的眼睛正紧紧地注视着萧炎所藏身的那片小树丛。

"陌雷大人，下方那人应该便是萧炎无疑，现在我们该怎么办？"一只飞行魔兽背上，一名云岚宗弟子对着面前的一个中年大汉恭声道。

"先放信号弹。"中年大汉目光凌厉地死死注视着小树丛，冷声吩咐道，"在长老们来之前，无论如何，都要截下萧炎。老宗主说过萧炎受伤不轻，就算他还能勉强逃跑，实力恐怕也是大减，只要拖到长老们到来，他就定然难逃一死！"

"老宗主还说，谁若是抓住萧炎，不论死活，都将会破格晋升成执事，并且还能自由选择一种玄阶高级功法以及斗技！"中年人此话一出，其他九名稍微年轻的云岚宗弟子的呼吸顿时变得急促起来，盯着那处小树丛的眼睛，多出了一抹贪婪与狰狞。

嘭！中年大汉话音刚落，一名机灵的云岚宗弟子就飞快地从怀中取出信号弹，然后使劲一扯。顿时，随着一道清脆声响，遥遥天空之上，一把有着云彩斑纹的巨大烟雾长剑便缓缓成形。

在那名云岚宗弟子发出信号弹时，其他人依然死死地盯着那处小树丛。他们手中的锋利长剑反射着森然冷光，淡淡的斗气在剑尖伸缩不定。

信号弹的声音逐渐消散，这片天地再度安静下来，那小小树丛中也没有半点动静。

眼睛眨也不眨地盯着那片小树丛，周围那诡异的安静让中年大汉冷冷的脸色略有些变化。半晌，他的额头上忍不住浮现些许冷汗。按照常理，萧炎应该知道时间拖延得越久，对他便越不利，可为什么现在……

就在中年大汉胡思乱想时，下方小树丛却变故骤起，只见漫天树叶猛然散开，一道黑影借助着树叶的遮掩暴射而出。

"哼，哪里走！"在树丛有动静时，中年大汉便立刻有所察觉，他阴冷的目光无视那些遮掩视线的树叶，直直锁定那道黑影，手中长剑急速摆动。由于长剑摆动速度极快，竟然导致几道残影出现在其面前。

随着长剑的摆动，十几道锋利剑罡自剑尖暴射而出，旋即极为刁钻地对着那道黑影狠狠插下。

剑罡的落脚点极为巧妙，刚好将黑影前冲的道路封死，若是强行硬冲的话，恐怕会当场受伤。

　　黑影明显不愿受伤，因此脚尖猛然直插草地，借助着弹力，身体急速后退，旋即凌空翻滚着再度被逼回了小树丛。

　　"嘿嘿，这家伙果然受伤不轻。"瞧见萧炎竟然被自己逼回了小树丛，中年大汉的嘴角忍不住现出一抹得意，然而得意的笑容还未完全展开，眼角闪过的一抹七彩毫光便让他的笑容急速僵硬。

　　"小心！"霍然蹲下身体，中年大汉厉吼道。

　　"啊……"他的声音刚刚落下，一道凄厉惨叫就响了起来。

　　中年大汉一抬头，脸色大变。他发现不远处的一只飞行魔兽，此时正被包裹在一团七彩液体中。而里面的两人，仅仅用斗气阻拦了没一会儿，便被七彩液体腐蚀成了两堆白骨。

　　同伴的凄惨死状让周围剩余的云岚宗弟子脸色一阵惨白，惊慌之下，他们急忙驾飞行兽向地面降下。

　　"蠢货，不要接近地面！萧炎在下面！"瞧得那些云岚宗弟子的举动，中年大汉急忙怒喝道。

　　"嘿嘿，晚了。"阴森的冷笑忽然响彻林间。只见那小树丛中，人影猛然暴射而出，背后紫云翼振动，瞬间出现在三只飞行魔兽身旁，手中玄重尺快若闪电地划出三道破风痕迹。顿时，随着三道闷声响起，漫天鲜血溅落，三颗魔兽脑袋从天空掉落。

　　飞行魔兽当场被击杀，那魔兽背上的六名云岚宗弟子，脸色惨白地发出恐惧尖叫，急速坠落而下，那速度，让呼呼狂刮的风将凄厉的尖叫声堵回了他们的喉咙。

　　斩杀三只飞行魔兽后，萧炎便不再管其背上的云岚宗弟子。从这般高度坠落，凭他们仅仅是斗者的实力，必死无疑！

　　身体悬浮半空，萧炎瞥着天空中唯一一只飞行魔兽，也不废话，背后双翼一振，便急速扑上。

"快走！"

那名中年大汉脸色苍白地望着暴射而来的萧炎，嘴中急忙发出一道鹰啼声。其下的那只飞行魔兽赶忙升空，想要逃离。

哧……魔兽刚刚升高，一道七彩光影再度浮现，犹如一支利箭，径直从中年大汉身旁那个早已被同伴的死状吓得脸色煞白的云岚宗弟子的胸口穿射而过。

滚烫的鲜血从身后喷射而出，洒进了中年大汉的脖子。本是温热的血液却让大汉感到一股寒意与后悔。他后悔自己贪功，自作主张地带人深入追击。

"既然来了，又何必走？"面前虚空，一道黑影猛然出现，最后宛如魔神般，手持玄重尺，脚尖轻点在魔兽脑袋之上。微笑的脸，在中年大汉眼中，却宛如恶魔。

"想要我死，你也别想好过！"退无可退，中年大汉狠狠一咬牙，紧握着长剑，一声狞笑，浑身斗气暴涌，带着强横气势，向萧炎冲过去。

淡漠地望着冲杀而来的中年大汉，萧炎轻抬手中玄重尺，脚尖轻踩魔兽脑袋，身体犹如箭支一般，暴射而出，随着金铁交击的轻响，两道身影彼此交错而过。

手握着玄重尺，萧炎反手将之插回后背上，对着半空吹了一声口哨。一道七彩光影掠进袖中，背后双翼振动。萧炎转头望了一眼遥远天际忽然出现的大批小黑点，嘴角掀起一抹冷笑，身体急速落下地面，旋即快速地钻进重重密林中，消失不见了。从收尺到离开，他都未再看一眼那个还保持着拔剑姿势的中年大汉。

在萧炎消失后不久，那遥远天际的大批小黑点逐渐放大，旋即带起漫天狂风，来到了这处刚刚经历过一番大战的地方。

黑点放大，赫然是不下三十只模样相同的飞行魔兽，在这飞行部队的领头位置，是三名背生斗气双翼的老者。

"陌雷，萧炎在何处？你小队的其他队员呢？"这三名老者便是当日萧炎第

一次上云岚宗时，出手拦住海波东的三名云岚宗长老。此时，其中一名长老望了一眼站在魔兽背上垂头沉默的中年大汉，大喝道。

对于他的喝问，那名为陌雷的中年大汉并未有丝毫回应。

"不对！"望着垂头而立的陌雷，一名年岁较长的老者忽然脸色一变，低喝道。

随着喝声的落下，那站在魔兽背上的陌雷身体猛然一颤，旋即犹如一颗炸弹般，在天上将近百名云岚宗弟子惊骇的目光中轰然炸开。顿时，四溅的鲜血自天空洒落而下。

陌雷身体炸开之后，其脚下的那只魔兽也忽然发出一声痛苦嘶鸣，身躯一阵剧烈颤抖，片刻后，轰然一声，再度炸开。

望着面前的惨剧，近百名云岚宗弟子个个脸色惨白，周围陷入了一阵诡异的寂静，一些聪明人似乎能够从这幕惨剧中想到一点什么。

报复！这是萧炎对云岚宗那无止境追杀的报复！

一头被逼得走投无路的饿狼，它的报复，将会让人心生寒意。

脸色铁青地望着地面上的鲜血以及残骨，那名年岁最长的长老紧握着拳头，猛然低头对着那重重大山怨毒地咆哮道："萧炎，即使是追杀千里，老夫也要将你碎尸万段，抽筋断骨！"

咆哮声被斗气挟带着，浩浩荡荡地传遍整座大山，久久不散。

遥远的密林中，身形急速闪掠的黑影骤然顿下身形，淡漠地瞥了一眼后方天边，发出一声冷笑，旋即，脚尖轻点树枝，急速蹿进密林中，消失不见。

茫茫密林，葱郁的树木遮掩了将近半壁天空，不过偶尔能够从树叶缝隙间，见到那从天空中不断呼啸而过的魔兽以及感受到那令人胆寒的杀意。

辽阔的林海上空，几十只飞行魔兽分散成圆形，将一片极大的森林包围着，而此时，这些飞行魔兽正远近呼应地缓缓对着中心位置收缩而去。

一处茂密树丛中，萧炎的视线悄悄透过树叶缝隙，望着天上那飞掠而过的道道巨大身影，眉头忍不住紧皱起来。虽然先前他已经甩开了后方的追击队伍，但是双腿毕竟跑不过一对翅膀。因此在一个小时后，那铺天盖地的飞行部队便超越了他。不过好在对方不知道他的确切方位，一时间，倒也难以寻出他。

"看来那三个老家伙还真是暴走了，竟然开始不计劳力地寸寸搜寻。"萧炎缩回到阴影中，低声喃喃道。

"那三个云岚宗长老实力不错，因此对于你体内那能量痕迹所散发而出的细微波动感应得比常人清晰一些，他们虽然不能确切地知道你所在的方位，但是能够感应到大致的方位。"药老沉声道，"现在他们开始将那大致的方位包围起来，然后再由远而近地一寸寸搜寻过来，虽然办法挺笨，但是不得不说这是现在唯一能够快速寻出你的办法。而且这片区域并没有较高级的魔兽，有三位云岚宗长老的气势压制，其他的魔兽不敢出来给他们制造太大的威胁。"

"那怎么办？包围圈现在越来越小，若是再任由他们这般搜索过来的话，我们迟早会成为笼中鸟。"萧炎微微皱眉，在心中问道。

"小范围地挪动位置吧，他们要搜寻的范围实在是太大了，而且他们也就五十多只飞行魔兽而已，彼此间距离太远，只要你避开那三个老家伙所在的位置，再借助密林的掩护，其他的云岚宗弟子就还是难以发现你。"药老沉吟道，"不过你体内的那道能量痕迹始终是他们的路标，只要这东西一日不除，他们就能够发现你的方位。"

"难道就不能彻底清除？"萧炎低声道。

"能是能，不过我说过，在清除这能量痕迹时，它将会在那一瞬爆发出强烈的波动，并且那股波动还会持续好一段时间，到时候，你的身形可就真的会完全暴露了，所以想清除能量痕迹，至少需要将后面的追兵远远甩开，不然的话，一个不慎，被包了饺子，那就倒霉了。"药老无奈地道。

萧炎微微点了点头，透过树叶缝隙望了一眼距离自己最近的一只飞行魔兽，轻声道："既然如此，那就先与他们耗着吧，等天黑之后，搜寻难度会因为视野

受限而大增，我便可以趁机闯出他们的包围圈。到时候还需要老师出手，将云山留在我体内的能量痕迹彻底清除。否则这样的追杀将会永无止境。"

"嗯，也好。"

"嘿，现在先和这群家伙玩玩游戏吧。"萧炎冷笑一声，双手抱着树干，敏捷地滑下大树，然后向着一处位置，快速奔跑过去。

在萧炎离开这处位置时，那天空中，一名云岚宗长老忽然一皱眉头，与身旁两人对视了一眼，沉声道："老宗主的那道能量痕迹越来越远了，看来萧炎应该是察觉到了我们的计划，开始逃窜了。"

"哼，想走，哪有这般容易！"年龄稍长的老者冷笑了一声，眼睛微闭，片刻后，骤然睁开，视线直直扫向森林南方。他能感应到，那能量痕迹所散发的波动大致是在那个方位。

"'鹰部'听令，保持阵形，转位向偏南方向搜寻，留意森林中高速奔跑的东西。"老者指向萧炎逃窜的方向，冷喝道。

"是！"天空中，响起整齐的应喝声。旋即响起一阵鹰啼，几十只巨大的飞行魔兽霍然转动身形，一道道影子在林海之上飞掠而过。

森林中，急速闪掠的萧炎似也察觉到对方的变动，他一声冷笑，脚步猛然顿住，身体强行一扭，竟然又换了个方向奔跑。

"该死的……那个狡猾的家伙又改变位置了！"萧炎刚刚转变位置没多久，那云岚宗的三位长老便有所察觉，当下脸色铁青地怒骂道。

三人中年龄最大的那位一头白发，他脸色阴冷地瞥着偏北之所，嘴角微微抽搐，深吸了一口气，森然道："给我紧跟上他，我就不信，他那受伤的身体能够支撑多久！你想跑，那我就活活累死你！"

随着他声音的落下，远远相隔的飞行部队顿时极为默契地转换位置，再度向着萧炎的最新方位飞掠而去。

然而这一次的追击同样没有持续多久，因为萧炎又急速转变了位置。

"跟上！"天空中，白发长老铁青着脸，阴森地说道。

巨大的林海之上，宛如开始了一场飞行表演，只见那几十只飞行魔兽，不断地转变着飞行方位，可若是细细看去，便能够发现，它们始终是围绕着同一片区域兜圈子。

这场嬉戏般的闹剧，足足从下午持续到日落时分，双方才因为力竭，行动开始缓慢起来，彼此犹如约定好了一般。

呼……一处茂密树丛中，萧炎背靠在树干上，急促地喘着气，汗水顺着脸庞流下，胸口急速地起伏着。这般不间断地高速奔跑了一下午，他若不是有丹药支撑，就算他是一名大斗师，也难以支撑下来。不过还好，经过一下午的来回奔波，云岚宗的那些飞行魔兽也被他拖得筋疲力尽了。

"天色终于要暗下来了。"抬头望了一眼已经落下地平线大半的夕阳，萧炎松了一口气，小心翼翼地将目光投向遥远天空中的飞行部队，微微皱眉。就算是筋疲力尽了，他们也不至于什么都不做吧？难道是放弃了？

"算了，管他们究竟想如何，反正只要天色完全暗下来，我看你们还如何追踪我。"冷笑了一声，萧炎从纳戒中取出一枚回气丹，塞进嘴中，然后微闭着眼睛，感受着体内那逐渐滚动的温热药力，本来有些酸麻的肌肉立刻舒缓了许多。

遥远天际，夕阳缓缓下落，最后终于在萧炎的期盼中完全落了下去。顿时，这片魔兽山脉陷入了彻底的黑暗。

黑暗来临，萧炎缓缓睁开了眼睛。他站起身，抬头望着那竟然还停留在半空中没有什么动静的飞行部队，不由得一皱眉头，旋即冷笑一声，跃下高树，然后向着包围圈最为薄弱之处，快速奔去。

萧炎刚刚有所动作，天空中的飞行部队便骚动起来，显然，他们都察觉到了那能量痕迹所散发的波动正在远去。

"长老？"距离三位长老最近的一只飞行魔兽上，一人急忙道。

"保持包围阵势，所有人都不要动。"白发长老一挥手，冷冷地道，"这一

次，我看他如何逃！"

"是！"

身形急速地闪掠而过，片刻后，萧炎忍不住回头望了一眼天空，那里，一大批漆黑的影子依然悬浮着，竟然没有丝毫动静。

"这些家伙究竟想干什么？"紧紧皱着眉头，萧炎轻吐了一口气，刚想不去管他们，脸色却猛地一变，脚步突然停止，目光望着那漆黑夜空中犹如流星一般快速闪来的流光。

"这股气势……斗皇……该死的，这些家伙原来是在等待援兵。"一时间，萧炎似是明白了什么，当下一声怒骂，身体一闪，拐进一处黑暗阴影中。他把浑身气息收敛到极致，眼睛死死地盯着那道飞速闪掠而来的流光。

流光瞬间划过天际，最后在那三位云岚宗长老面前，骤然停了下来。强光逐渐淡去，现出一名身姿雍容高贵的美丽女人。

"宗主！"

她一出现，周围飞行魔兽之上所有的人包括三位长老都连忙躬身。

听这称呼，来人便是云岚宗现任宗主——云韵！

"嗯。"淡淡地应了一声，云韵的美眸缓缓扫过下方黑暗中的密林，俏脸上闪过一抹复杂神色，脑海中，那个一脸冷漠的清秀少年再度浮现。

"原来是在等她……"黑暗中，萧炎缓缓紧握拳头，冷笑着低声道。

"宗主，萧炎杀我云岚宗弟子，罪不容诛。他身上的能量痕迹，不管他如何压制，可在有着与老宗主一脉相承的同属性能量的您眼中，都难逃搜寻，还请宗主出手将其体内那道能量痕迹彻底诱引出来！"那位头发雪白的云岚宗长老，上前一步，沉声道。

身躯轻微颤抖了一下，云韵沉默了片刻，缓缓闭上美丽的眼睛。

随着云韵的沉默，整片天地都陷入死一般的寂静，所有视线都牢牢锁定在她身上。这一次，萧炎是否会暴露，几乎完全在这个女人的一念之间！

第四章
突如其来的援兵

森林中,萧炎咬牙望着天空中的云韵,他也知道,在她刚刚出现之时,他恐怕就已彻底暴露了身形,只不过不知道这个曾经与他有过纠葛的女人是否……

天空中,云韵逐渐睁开紧闭的眼睛,纤指缓缓抬起,最后带着几分挣扎与颤抖,指向了萧炎的方向。而随着她手指之处,一道淡淡的白光忽然从黑暗中涌出,虽然白光并不强盛,但是在黑暗中,犹如一盏引路的明灯。

低头望着那自体内散发出的淡淡白光,萧炎的心如处冰窖。他轻轻笑了笑,目光冷漠地望了一眼天空中那风华绝代的人,然后转身便跑。

天空中,借助着那微弱的白光,云韵也清楚地看见了萧炎那冷漠得毫无感情的一瞥,当下,她心如刀绞,俏脸之上的苍白更甚。

"追!"三位长老瞧得那在黑暗中亮起的淡白光芒,脸上浮现一抹欣喜,一声厉喝,顿时,天空中狂风大作,几十道巨大影子对着那森林中的淡淡白光,扑杀而去!

身体悬浮在半空,云韵望着那对着森林中急速奔驰的白光追去的飞行部队,缓缓紧握玉手,修长的指尖深深刺进掌心中,些许殷红血迹顺着那玉葱指滴落而下。

"对不起……"夜空中,她自嘲一笑。她清楚地知道,自己先前的那一指,真正让萧炎对她死了心。不过即使这事她是万般不愿,可一宗之主的身份,时时刻刻在提醒着她的义务,不管任何时候,宗门利益才是最最重要的!从小在云岚宗长大的她,已经被这种思想灌输了这么多年,想要改变,谈何容易?

森林中,萧炎脸色铁青地瞥了一眼从体内不受控制散发而出的白光,天空中急速传来的压迫风声让他嘴角一抽。他一颤肩膀,紫云翼霍然弹射而出,脚尖一点树干,身体拔升半空,然后脚尖一点林海,身体化为一道白芒,犹如追星赶月般,急速掠过。

萧炎之前不使用紫云翼是怕被发现,不过此时行迹已经完全暴露,再隐藏也无济于事。

然而虽然已经将速度提升到了极限,但是背后三股强大的压迫之力依然没有丝毫减弱,反而还有加强的势头。紫云翼虽然能够赋予萧炎飞翔的便利,但是在速度上始终比不上真正的斗气双翼啊。

"哼,萧炎小子,今夜便是你葬身之时!杀我宗门弟子,还想逃脱?"蕴含着杀意的阴冷喝声从后方不远处破空而来,响彻这片山林。

对于身后传来的喝声,萧炎未有丝毫理会,背后紫云翼急速振动,身体犹如那夜空中的一道流星,从林海之上飞掠而过。高速所造成的风压,直接在沿途林海上留下了一道长长的痕迹。

"尽量支持下去,你体内那道能量痕迹被云韵引诱得爆发了出来,给我一点时间,便能压制它。"在萧炎闷头狂逃之时,药老的声音在他心中响起。

只顾得上微微点头,萧炎瞟了一眼后方那越追越近的三道流光,眼皮忍不住一跳,狠狠一咬牙,体内气旋内散发着璀璨光芒的斗晶轻轻颤抖,一股股精纯力量从中流淌而出，然后顺着经脉飞快运转，最后灌注进入背后的一对紫云翼中。

接收到这股不小的能量支持，那对紫云翼逐渐散发出了些许淡紫光芒，奇异的纹路也在翅膀之上浮现，双翅振动间，居然隐隐有风雷之声，声势颇为骇人。

紫云翼在产生了这一奇异变化后，速度也突然暴涨，竟然在短时间内，将萧炎与后方三位云岚宗长老的距离拉开了一点。

"咦，这家伙的速度怎么突然间涨了许多？"萧炎身后，一位云岚宗长老瞧得萧炎猛然间速度暴涨，脸色微变，忍不住道。

"而且他身体上所散发出的白光也越来越弱，看来他是在压制着那股能量波动。云克、云钟，不要再有所保留了，若是再让他从我们手中逃脱，我们还有何脸面做这长老？"那名年龄最长的老者脸色冰冷地沉声喝道。

"是。"闻言，另外两人齐声应道。随着声音的落下，三股雄浑气势猛然自三人体内暴涌而出，顿时，那本来只有半丈多长的斗气之翼便扩大到了丈许长。

双翼齐振，只听得半空中一道风雷响动，旋即，三道身影犹如瞬间移动一般，诡异地在原地消失，再次出现时，竟然已是在几十米开外。

"糟了……"身后传来的刺耳破风声，让萧炎脸色一变。他用眼角急忙往后一瞟，惊骇地发现，三道鬼魅般的身影竟然已经距离他只有不到二十米！

心中闪电般闪过几个逃窜的办法，可最后全部被否决，瞬间，萧炎一咬牙，双脚重踩林海，旋即，身体便直直地对着森林落了下去。

噗，噗……茂密的枝条拍打在脸上，让萧炎轻吸了几口凉气。然而他的脚尖刚刚落地，眼瞳骤然一缩，在他的感知中，忽然发现这片森林中竟然藏有好几十道隐晦的气息。

"中计了？"萧炎的心中闪过一丝骇然，一道影子忽然从一旁扑出，然后身体迅速贴上他，一只手捂住了他的嘴巴。

"萧炎弟弟，是我，别慌！"就在萧炎体内斗气即将喷涌而出，将那贴身而来的人震开时，一道酥麻的轻声忽然响起。

听得这熟悉的声音，萧炎体内即将喷涌的斗气悄然一滞，借助着那从自己体内所散发出的微弱白光，他瞧见一张妩媚中夹杂着几分紧张关切的精致的脸。

"雅妃姐？"看见熟悉的脸，萧炎悄悄松了一口气，低声惊异地问道，"你来此地做什么？赶快离开！"

"嘘，不要担心，云岚宗的三位长老暂时被海老拖住了。这是一张魔兽山脉的地图，你可以借助它离开加玛帝国。快走吧，从这里往南，只要出了森林，混进城市中，云岚宗想要抓你就会困难许多！"雅妃快速从纳戒中掏出一卷地图，塞进萧炎手中，声音急切地道。

闻言，萧炎一怔，抬头看了一眼那被茂密树枝所遮掩的上空，那里的夜空的确散发出了一道道凶猛的能量波动。

"你们……"紧握手中地图，萧炎望着那张神情紧张的俏脸，突然间，喉咙有些哽咽。在他对云岚宗这个庞然大物宣战之后，仅有雅妃与海老对自己伸出了援助之手，他清楚地知道，这举动将会给他们米特尔家族造成多大的麻烦，毕竟云岚宗是加玛帝国最强大的势力。

"雅妃姐，我萧炎不是知恩不报的畜生，你与海老今日之情，我萧炎至死难忘，日后萧炎若再回加玛帝国，此情，定然百倍偿还！"萧炎深吸了一口气，沉声道。

"呵呵，姐姐相信你再次回来时，将会成为真正的强者，这一点，三年前我便已相信。"雅妃微笑道，纤手温柔地摸着面前青年那张冷冽而清秀的脸，轻声道，"好了，快走吧，云岚宗的飞行部队快要赶过来了，而且后面还有一个云韵！"

"嗯。"点了点头，萧炎低头望着那张妩媚的脸，忽然一伸双臂，狠狠地将她搂进怀中。他将脸伸进那一头柔顺的长发中，深吸了一口令人心旷神怡的发香,低声道:"雅妃姐,若是下次再见,你的任何要求,只要萧炎能够办到,就绝对不会开口说个'不'字!"

忽然被萧炎粗鲁地搂入怀中,雅妃先是一怔,旋即,妩媚的脸上浮现出一抹醉人的绯红,而当她听见萧炎那句话后,桃花般的美眸顿时划过一抹戏谑,柔声道:"小家伙,这可是你说的哦,男子汉大丈夫,不能赖账的。"

"只要我能办到,你就是要当女王,萧炎也不会拒绝。"松开那纤腰,萧炎豪迈地笑道。

"女王,姐姐倒是没兴趣。"雅妃掩嘴轻笑了一声,想到此刻时间紧迫,赶忙嗔怪地拍了一下萧炎的脑袋,催促道,"快走!"

"雅妃姐,告辞。帮我向海老说一声,今日他的情分,萧炎至死不忘!"重重点头,萧炎也不再拖延,对着雅妃一抱拳,旋即转身,闪电般地冲进了黑暗树林中。

立在原地,雅妃凝视着那消失在黑暗中的背影,良久,失神轻叹了一口气,低声道:"小家伙,姐姐等着你回来。三年前我便知道,这小小的加玛帝国,留不住你。以你的天赋,那辽阔的大陆,才是你展现实力的舞台。

"姐姐等着你回来。到时候,我相信,即使是云岚宗,也只能在你脚下匍匐颤抖!"

"飞行部队,给我拦住萧炎!"天空中,一声怒喝猛然响起。

顿时,黑暗的夜空中,几十只飞行魔兽绕开天空战场,向着森林中那越来越微弱的白光扑杀而去。

森林中,雅妃冷冷地望着那些向着这边飞掠而来的巨大飞行兽,一挥玉手,冷喝道:"影卫听令,截下他们!"

雅妃的声音刚刚落下,森林的黑暗处,几十道影子骤然射出,旋即,斗气暴涌,几乎将这片树林的黑暗尽数驱逐。

听得后方远远传来的阵阵骚乱声，萧炎紧握住拳头，将地图收进纳戒中。他体内散发出来的白光，此时也在药老的压制下完全消散。

目光飞快地扫过四周，萧炎在认准方向后，脚尖一点地面，身体犹如离弦箭支一般，冲了出去。

萧炎的身体闪电般掠过将近百米的距离。忽然，他的脸色猛地一变，脚尖钩住一处树干，身体直直地向前扑倒，一个三百六十度旋转，身体一扭，稳稳落在了树干上。

站在树干上，萧炎眼神冰寒地望着不远处的森林尽头。那里，一袭月白裙袍轻轻飘荡，美丽容颜堪称风华绝代。

冷漠的目光扫过那张脸，萧炎猛然紧握拳头，眼前的拦路之人，居然是云韵！

静静立在树干之上，萧炎冷冷地望着森林出口处的云韵，手掌一晃，巨大的玄重尺闪现而出。玄重尺挥动，发出撕破空气的压迫声响，直指向那云韵。

云韵缓缓抬头，盯着树干上的黑袍青年，脸上闪过一抹复杂神色，低声道："你没事吧？"

"托你的福，差点葬身在这里。"萧炎微微笑了笑，然而那从嘴中吐出的话语，却冰冷得没有丝毫温度。

"我……我也是迫不得已，作为云岚宗宗主，我必须担负起一些责任。"云韵苦笑，似乎想要解释什么。

萧炎淡漠地瞥了她一眼，道："你是想抓我回去，然后让云山将我当众斩杀？"

俏脸微白，云韵喃喃道："老师不会杀你的。"

"呵呵，或许的确不会杀，不过你云岚宗手段众多，随便来个封印，然后再关上一辈子，那比死还要让人疯狂！"萧炎讥讽地笑道。

"不会的，只要你跟我回去，我就会力保你性命，好吗？萧炎，我们不要再将事情闹大了。"云韵上前一步，急声道，声音中隐隐有着哀求的意思。

"我与云岚宗间，还有半点调和的可能吗？你好歹也是一宗之主，不会连这点事实都看不清吧？我落在云岚宗手中，只有一条路可走，死！"萧炎冷笑道，"难道你还能改变云山的决定不成？"

云韵微张红唇，想要说点什么，却发现说不出任何话来说服萧炎。她自然能够隐隐猜测到萧炎落到云岚宗手中后的下场，不过她却依然天真地期盼着奇迹发生。

"不用废话了，动手吧，你若执意要拦我，那么……"萧炎玄重尺倾斜，淡淡地道，"你可以带我的尸体回去。"

云韵用贝齿紧咬着红唇，使劲摇着头，声音略有些嘶哑地道："你知道的，我是不可能对你下杀手的。"

萧炎冷着一张脸，跃下树干，手持玄重尺，一步步对着云韵缓缓走去，强横的斗气破体而出，在身体表面形成一副火焰铠甲。

云韵盯着那缓步走来的黑袍青年，身躯轻轻颤抖，那对平日充斥着威严的眸子中，此刻却布满挣扎。衣袖中的玉手微微紧握，旋即又松开，如此反复不停，显示出她心中的纠结。

脚步踏在青草地上，发出细微的沙沙声响，萧炎眼睛死死地盯着云韵，手掌紧握着玄重尺，体内斗气犹如河流一般奔涌流淌，随时准备爆发。

两人之间的距离缓缓缩小，一股诡异的气氛笼罩着这片小树林。

沙沙……细微声响中，萧炎终于到了距离云韵面前五米之处。

低垂着脸，身躯不断微微颤抖的云韵忽然安静了下来，一股恐怖气势缓缓自其体内升腾而起，霎时间，几乎让这片小树林的空间凝固了起来。

眼皮轻微地跳动了一下，萧炎握着玄重尺的手掌缓缓收紧，他知道，若是现在云韵真想抓住他的话，他根本就没有多少还手之力。

脚步轻轻落下，萧炎终于停在了云韵面前，轻嗅了一口从对方身上散发而

出的淡淡清香，他淡漠地道："准备出手了?"

听得萧炎开口，云韵的身躯又是一阵颤抖。她缓缓抬起那张布满苦涩的俏脸，目光凝视着青年那清秀的面孔，低声道："真的不跟我回去吗?"

"你可以带我的尸体回去。"

萧炎冷笑着重复了一遍先前的话语，旋即不再有丝毫迟疑，身体一转，便离开了云韵，大步向森林之外走去。

双脚刚刚迈出一步，身后那股恐怖气势再度暴涨，一股劲气对着萧炎的后背暴袭而去。

感受着身后那快若闪电般的袭击，萧炎的心顿时如处冰窖，通体生寒。他自嘲地摇了摇头，喃喃道："果然还是出手了啊……"

轻叹了一口气，萧炎缓缓闭上眼睛，手掌轻摸着袖子。他心中清楚，若是云韵执意要杀他，现在的他，根本没有半点反抗的能力，也唯有吞天蟒能够抵挡一下了。

劲气眨眼间便临近萧炎的身体。然而就在他即将准备将吞天蟒释放出来时，那劲气却骤然转变成一股柔力，轻飘飘地击打在他的后背上。顿时，萧炎的身体便被轻轻地推了出去。

漫天繁星下，青年略有些愕然地睁开眼睛，在先前那股劲气击中身体后，萧炎能够清晰地感觉到，云山遗留在他体内的那道能量痕迹竟然被悄然化去。

转过身来，萧炎望着全身无力地靠在树干上的云韵，喉头微微滚动了一下："你……这是什么意思?"

"走吧，离开加玛帝国，日后不要回来了，不然老师不会放过你，云岚宗也不会放过你。"云韵挥了挥手，低沉的声音中有着难以掩饰的疲惫。夹在这双方之中，她感到疲倦不堪。

萧炎深深地看了一眼那曲线优雅的女人，半响，轻声道："多谢了……不过，我会回来的，一定会的!"

"你……"微竖柳眉，云韵为萧炎的冥顽不灵感到愤怒，愤然拂袖道，"下次见面，我定然不会再放水！是死是活，我懒得管你！"

"下次见面，或许你会没机会放水，因为我也不知道下次回来，将会是哪年哪月。"萧炎耸了耸肩，望着云韵那愤怒的俏脸，不知为何，自己那本已冰冷的心竟然再度泛起些许温度。或许，当年那个山洞中的云芝并没有真正消失。

想到这里，萧炎的心中忽然多了一抹难以言明的情绪。他转身走了几步，站在云韵面前，四目相对。

"你还不走？"被那对漆黑眸子紧紧盯住，云韵的目光不由自主地躲闪起来，她薄怒道。此刻她的心情，犹如那理不开的乱麻。理智告诉她，以她的身份所具备的义务与权利，她应该立刻将面前这个敢于挑战云岚宗的家伙抓回去，然而某种奇异的情感却压制了理智。因此，先前那一掌才会中途改变。

"我相信，现在的你，才是当年那个山洞中的云芝。"凝视着那张本来高贵雍容此刻却像小女孩般慌乱的美丽的脸，萧炎忽然想起当年山洞中那段旖旎温馨的日子，原本冷漠的声音变得轻柔了许多。

闻言，云韵一怔，旋即，心头一阵急促地跳动。她强忍着内心的那种小鹿乱撞的感觉，故作淡然地道："云韵便是云芝，云芝便是云韵，这你应该早就知道。而且在云岚山时，你不是说，从此以后，不管是云韵还是云芝，都与你没有任何关系了吗？"

"我对云岚宗的宗主云韵没好感，可对云芝，却大有好感，当年山洞的那些日子，萧炎至死不会忘……"萧炎轻笑了一声，忽然伸出双臂，在云韵那满脸错愕的表情中，缓缓搂住那在宗主锦袍的包裹下显得不足一握的蛮腰。

被萧炎搂住身体，云韵的脸刹那间便变得犹如火烧云一般，甚至耳尖都变得通红起来。以她的实力，其实只要稍稍释放点气势，萧炎就会被震得吐血而退。然而此时，她却浑身酥麻，提不起半点斗气，犹如一个被情人搂进怀中的女孩，茫然而又贪婪地吸取着那份陌生且让人心畅的特殊感觉。

虽然温香软玉在怀，但是萧炎眼中没有半点情欲，漆黑的眸子中，清澈如幽泉。搂着云韵半分钟后，他松开手，缓缓后退。

"其实我挺后悔，后悔当年在那山洞中，为什么要强忍着去做无欲无求的圣人，我想，如果那时候干了点什么……"退后时，萧炎忽然笑了笑，笑容中带着戏谑。

"那你会被我当场杀了，那样的话，也省得有今日这般大麻烦。"随着萧炎的退后，云韵脸上的绯红也缓缓退去，而听得萧炎这话，她顿时一横美目，嗔道。

"呵呵，告别仪式完毕……"笑了一声，萧炎轻叹一口气，对着云韵拱了拱手，道，"替我转告云山，我萧炎，还会回来的！到时，今日的账，一笔笔要他偿还！"

说完这话，萧炎终于不再有所停留，猛然转身，大步朝着远处走去，缓缓地消失在黑暗之中。

立在原地，云韵望着那逐渐消失的背影，脸上的那一抹笑容缓缓消散，一抹苦涩爬上脸颊。她低声喃喃道："虽然心里泛疼，但是我还是希望你不要再回来。时间，会冲淡一切仇恨，只不过，或许真如老师所说，我得孤独一生了啊。不过既然你已经离开，那个为了你才存在的云芝，便要彻底消失了，以后的我，将会是云岚宗宗主云韵。那些私情，似乎本就不该属于我，这一次，就当是任性了一回吧……"

云韵抬起头，仰望着那浩瀚苍穹，幽幽地叹了一口气，脸上的柔弱迅速消失，取而代之的是那掌控加玛帝国最大势力的冷傲与威严。她微微晃动身体，旋即犹如鬼魅般，缓缓消失。

"小家伙，记住我的话，既然离开了，那就真的不要再回来了……"幽幽的声音在森林之中徘徊，久久不散。

第五章
大岭城

　　大岭城位于加玛帝国西北部，规模虽然比不上帝都，但是比乌坦城大上不少，而且由于邻近那几乎横跨了大半个帝国的魔兽山脉，无数冒险者以及商团来往此地，给城市注入了源源不断的活力。

　　大岭城北面城门，来往的人流几乎阻塞了城门。在北门之外不远处，便是那一望无尽的魔兽山脉。三三两两阵容不一的佣兵队伍正犹如蚂蚁搬家般，不断从这里进出，偶有队伍用马车驮负着魔兽尸体从森林中带着一缕黄尘奔驰而出，便会引来周围一道道羡慕的目光。想要在魔兽山脉中猎杀到满意的猎物，可并非易事。

　　"呸，今天真晦气，赔了两个兄弟，才辛苦地杀了一头二阶魔兽，结果却是个没宝的石头蛋。"七八个浑身血污的大汉骂骂咧咧地走出森林。在他们身后的马车上，有一头体形不小的魔兽尸体。不过看尸体那被剥开的脑袋，里面除了脑浆鲜血等物外，却没有最珍贵的东西——魔核，而在佣兵的行话中，这种没有魔核的魔兽，便是没宝的石头蛋。

"如果这该死的东西体内有一颗二阶魔核的话,那我们就能够凑齐钱在拍卖会上购买一种黄阶高级的功法了。"一名大汉满脸不甘地道。

"黄阶高级……唉,妈的,这种功法居然要十一万金币,简直就是抢钱。"一名看似是领头人的汉子,吐了一口唾沫,骂道。

"嘿嘿,人家云岚宗发了个通缉令,只要提供线索,就能够得到一部玄阶功法,甚至还有可能被云岚宗收入门下。我们啥时候去碰碰运气,那样也不用这般辛苦地用命来换钱买功法了。"一名有些干瘦的男子抹了一把脸上的血迹,嘿嘿笑道。当他说到玄阶功法时,眼中闪过难以掩饰的贪婪。

"瘦猴,你傻了吧?"那名领头汉子冷冷地瞥了他一眼,撇嘴道,"你难道不知道云岚宗追杀的那人是谁?萧炎——那个匿名取得炼药师大会冠军,并且两度闯上云岚宗,在击杀了斗王级别的云棱后,从斗宗级别的云山手中全身而退的可怕强者。那种人,是我们这些人能招惹得起的?"

"嘿嘿,我也就是说着玩玩,那种人,怎么可能会被我们撞见。"干瘦男子讪讪地道,"不过听说云岚宗已经将通缉令发布到了全国,这般诱人的条件实在是让人心动。我想,那萧炎就算是逃脱了云岚宗的追杀,在加玛帝国内,也会寸步难行。"

"这些事和我们有半毛钱关系?别成天做那些天真的白日梦了。就算你遇见了,难道还能拎着你那破刀,把人家给拦下来不成?"领头汉子冷笑道,"别磨蹭了,赶紧给老子回城,休息一天,后天还要继续卖命。不然的话,仅凭我们现在的黄阶中级功法,想要突破斗师级别,得到哪年?"

在领头汉子的喝骂声中,几个满身血污的男子也只得无奈地嘟囔了几声,吆喝着向城门走去。

那群汉子刚走,幽深的森林之内,忽然缓步走出一个全身包裹在黑袍中的人影。他看了一眼前方,旋即微微垂首。斗篷的阴影将脸遮掩了大半。

"开始全国通缉了吗?云山还真是舍得花本钱啊。"冷笑了一声,黑袍人微微抬头，露出半张清秀面孔，赫然便是当日逃离了云岚宗追杀的萧炎！

自从当日云韵放水让萧炎离开后，他便借助雅妃所给的地图绕了个大圈，花费了将近十天时间在森林里跋涉，这才彻底甩开了那些锲而不舍的追兵。休息了一日后，他按着地图，从魔兽山脉中，一路朝着帝国西北边境前行。如此又经过七八天的时间，才到达这临近帝国西北边境的大岭城。

按照地图所指，只要穿过这座大岭城，沿途再过几道关卡，就将到达加玛帝国的边境线，到时候只要一出加玛帝国，云岚宗对萧炎的追杀令就会彻底失效。

在帝国外，云岚宗虽然依然有一些震慑力，但是远远赶不上在加玛帝国内的声望，别的势力自然不会管你什么宗的追杀令。这些年云岚宗一直固守加玛帝国，极力排斥外来势力，因此造成云岚宗在外界不太受待见的后果。

将近一个月的赶路，萧炎也是受尽了苦。虽然因为吞天蟒的气息，普通魔兽不敢上前阻拦，但是魔兽山脉这般辽阔，其中自然也不乏一些实力非常恐怖的异兽。普通魔兽怕吞天蟒，它们却不怕。因此这一路以来，即使已经摆脱了云岚宗的追兵，萧炎依然被一些异兽追杀得上蹿下跳。

不过虽然这段路让萧炎吃尽苦头，但让他兴奋的是，经过半个月的调养，药老那损耗的灵魂终于得以恢复。至此，萧炎那始终紧绷着的心弦终于放松了下来。只要药老在，他就有了一张保命的底牌。

而且在长达一个月的逃亡中，或许是体内所残余的一些药力的缘故，萧炎在继上次大突破之后，居然再度隐隐出现实力提升的势头。这个若隐若现的势头，在一次从一头斗王级别的魔兽口中逃生之后，竟然不知不觉中提升了上去。现在的萧炎，一跃成了四星大斗师！

如果加上那次山洞中药物的催长，那么萧炎在这一个月中，竟然猛涨了三星的实力，这般速度绝对能够称得上"可怕"。虽然这和这段时间萧炎所经历的生死搏杀以及体内残留的药力有最直接的关系，但是依然掩盖不了萧炎那连药

老都赞叹不已的修炼天赋。

当然，除去这些，最让萧炎欢喜的还是焚炎谷那所谓的镇谷秘法天火三玄变。经过一个月的研习，再加上药老在一旁的指导，三天前，萧炎终于摸清了这秘法的一些门路。虽然其间试验的几次皆失败了，但是从那失败之余依然暴涨了许多的实力来看，萧炎隐隐感觉到这门秘法的强大。他有信心，只要给他足够的时间，他就定然能够将天火三玄变修炼成功。而到时候，经过秘法所提升的实力，恐怕在大斗师中，他将难觅敌手！

总的说来，这一个月的逃亡，萧炎所得到的好处几乎让他笑开了花。

"嘿嘿……"想着这一个月的收获，萧炎忍不住笑出声来，也不顾旁人投来的异样目光，他将斗篷拉下些许，把整张脸都掩藏在阴影下，扫了一眼不远处人来人往的城门口，缓步走去。如今他还是尽早离开加玛帝国为好。今日的这些账，现在的萧炎，还没有资格去讨还。不过他并不急，他还年轻，有的是时间。

行至城门，萧炎排在队伍之后，目光四处扫了扫，最终停在了城门口贴着的一张白宣纸上。那纸上赫然画着两个截然不同的头像。萧炎目光一扫，便发现一个是他现在的模样，另外一个便是当初他参加炼药师大会时所使用的岩枭那个身份的模样。显然，这是云岚宗怕萧炎再次使用岩枭的身份，借机逃离加玛帝国而使用的策略。

"为了抓我，云山花费了不少心思啊。"冷笑了一声，萧炎瞥向城门口，发现那里的守城卫兵正在逐个检查入城者的身份。每一个进去的人都会被两个卫兵拿着画像比对半天，方才放进城。

"加玛皇室也在暗中帮云岚宗？"微微皱了皱眉头，萧炎喃喃道，"以加刑天的心机，应该也知道，一旦我成功逃走，此时对我的为难，日后将会给加玛皇室造成多大的危险吧？而且加玛皇室与云岚宗，并没有多大的交情啊。"

"该死的慕桑，不就是个城守而已嘛，竟然还这般嚣张，真当大岭城是他一

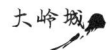

个人说了算啊？也不怕真撞见了萧炎，被人家一尺子拍死。"就在萧炎有些疑惑时，前面一名等了许久的男子忽然满脸不耐烦地骂道。

"嘘，小声点，虽然通缉萧炎不关加玛帝国皇室什么事，但慕桑可是从云岚宗出来的，如今接到宗门的通缉令，他自然要假公济私，好好表现。"一名看似是男子同伴的人急忙拉住他，低声道。

"狐假虎威。"吐了一口口水，男子不屑地骂了一声，却没有再像刚才那般出口辱骂。显然，对于那个叫作慕桑的人，他还是有些惧怕的。

"原来是从云岚宗出来的人……"将两人的谈话收进耳中，萧炎这才心下了然。云岚宗弟子遍布加玛帝国，以他们的能力，其中不乏一些在帝国内身居官位的人，如今接到宗门通缉令，他们只要稍稍动用一下手中的权力，就能够飞快地在加玛帝国各处关卡部署拦截网。现在，萧炎才隐隐察觉到云岚宗在加玛帝国究竟拥有何等庞大的能量，难怪连掌控整个帝国的加玛皇室，都对他们有所忌惮。

略一沉吟，萧炎缓缓退出慢慢前行的队伍，拐弯来到城墙的僻静处。他望了一眼城墙上那些昏昏欲睡的巡逻兵，背部微微颤抖，紫云翼缓缓弹射而出，双脚微曲，背后双翼一振，身体猛然腾升而起，脚尖一点城墙，化为一道黑影，闪电般蹿上城墙，然后在那些巡逻兵转过头来时，跃到了城墙的另一边。

双脚刚刚贴着地面，萧炎便急忙闪进一处房屋后。他拍拍手，将紫云翼收回肩膀，这才从容地走进了这座出加玛帝国前为数不多的城市。他需要在这里得到一些有关云岚宗这个月的情报。

缓步走在人流涌动的街道上，萧炎目光扫动，眉头却微微一皱，因为他发现，街道的一些柱子上竟然也贴着由云岚宗所发出的通缉令。那些白纸上的他被描画得惟妙惟肖，通缉令下方所承诺的以玄阶功法作为报酬，引得不少人驻足，他们的眼中流露出贪婪。玄阶功法对于很多人来说，都是可遇不可求的

东西。

"看来还真是有些麻烦啊。"萧炎小心地将面孔藏在斗篷阴影下,在心中低声喃喃道。

"尽早离开加玛帝国吧,在这里,云岚宗的势力的确强大,以你现在的实力,根本不足以和他们抗衡。"药老的声音忽然响起。

萧炎苦笑着点点头,轻叹了一口气,这种如丧家之犬一般被撵出去的感觉,真是不太好啊。他虽然口口声声说着迟早会回来,但从大斗师到达斗宗级别,可是还有好长好长的路要走啊。

"小家伙怎么又想岔了?你以一己之力,挑战整个云岚宗,最后还全身而退,这般战绩,别说加玛帝国,就是在整个斗气大陆上,也能让无数人瞠目结舌。再者,我想这加玛帝国内,恐怕也有不少人对你这般豪情感到敬服,毕竟即使是一些斗皇强者,也不比你这不到二十岁的小娃娃有魄力。"似是感受到了萧炎的想法,药老无奈地摇了摇头,出言安慰道。

"嘿嘿。"挠着头讪笑了一声,听得药老那有些苍老的声音,萧炎忽然想起三年前药老教给自己那神秘焚诀功法时的打算,不由得在心中轻声道,"老师,我记得当初您似乎说过,只要我努力收集异火,就能够替您炼制出完美的容纳灵魂的躯体,这可以说是一种另类的复活吗?"

当萧炎说起炼制躯体这件事时,他清晰地感觉到药老的灵魂猛然间剧烈地震动起来,这让他当下有些错愕。从他认识药老以来,这个神秘的老师,似乎便一直保持着淡然平和,类似这一次的灵魂波动,萧炎还是第一次感受到。

"看来老师对这件事很在乎啊。"萧炎眨了眨眼睛,心中忽然有些羞愧。这三年时间,药老为了帮助他变强,付出了无数心血,而他却为了那所谓的三年之约,差点将老师的事情忘得一干二净。

灵魂的震动在持续了将近半分钟后,方才逐渐平缓。药老压抑着情绪,笑道:"嗯,说起来,当初认识你,并且决定把我费尽千辛万苦方才得来的焚诀教给你，最主要的目的，便是想等你修炼成功后，能够使用融合出来的火焰，替我炼制出可以容纳灵魂的躯体。毕竟那戒指中犹如囚禁般的无尽黑暗，实在是太折磨人了啊。而且有一些事，还需要我去亲自解决……"

说到最后，药老的声音缓缓的，有些低沉与悲凉，想必是想起了以前那段沉睡的黑暗时光吧。

轻轻地摩挲着袍袖中漆黑的戒指，萧炎轻吐出一口气，沉默了一会儿，脸上忽然扬起一抹灿烂的笑容，柔声笑着说："这三年，多亏老师了……"

"呵呵，你这孩子，怎么突然间变得多愁善感起来了？这可不像你哦。"萧炎那柔和的声音让药老一愣，他旋即略有些感动地回道。

"老师为我付出了这么多，我这做学生的，自然要懂得知恩图报。"萧炎声音有些嘶哑地笑了笑，"放心吧，老师，您复活之事，学生以后会牢牢记在心里的。"

"你有这心，我便满足了啊。能够在落难时教出你这般出色的学生，我倒是了却了一桩心愿。"药老笑着道。

萧炎的目光缓缓地在街道两旁扫过，忽然在心中问道："对了，老师，炼制躯体，至少需要几种异火相融？"

"这个……应该是三种吧，我也不太清楚。那焚决功法实在是太过神秘与诡异了，我对它也了解不深，当初得到它时……"说到这里，药老忽然止住话头，突兀地沉默了下来。

"三种吗？"没有在意药老的沉默，萧炎微微皱眉，沉吟道，"如今我掌控着青莲地心火，并且还能够与老师配合使用骨灵冷火，那岂不是我再收集一种异火的话，就可以尝试着替您炼制躯体了？"

"应该可以。"药老的声音中猛然多出了点点激动。

萧炎眨了眨眼睛，轻声笑道："我很好奇，老师复活之后，实力是否能够达到以前的巅峰状态？"

"刚开始或许会有些生涩,不过只要彻底熟悉了新的躯体,实力就会比以前更上一层楼。"药老淡淡地笑道,声音中有着难以掩饰的自信。毕竟这些年虽然不能修炼斗气,但是药老的灵魂,却比以前更强大。

"会达到什么地步?"萧炎追问。

"呵呵,十回合内击败云山,不费吹灰之力。"药老微笑道。笑声中有着身为巅峰强者的傲气。

眼睛微眯,萧炎的嘴角勾起一抹浅浅的弧度。云山此时是斗宗强者,虽说仅仅是一星,但即使是九星斗宗,恐怕也不敢说十回合内将之击败吧?也就是说,若是药老恢复实力,那至少也是……斗尊强者!

萧炎缓缓地平复下心中的震撼,斗尊强者——那几乎是斗气大陆斗气金字塔的顶尖位置了啊。

十指在袖中交叉,萧炎轻声道:"很诱人的实力增长啊。我记得老师以前说过,在迦南学院中,便有一种异火的踪迹吧?那叫什么火焰?"

"陨落心炎!"药老笑着提醒道。

"呵呵,陨落心炎吗……"点了点头,萧炎含笑道,"看来这次前去迦南学院,我又多了一项任务啊……既然如此,那就不能继续在加玛帝国浪费时间了,能尽早离开,就不要拖延了吧?"萧炎询问道。

"先等等。迦南学院坐落在几大帝国交界处,那片区域也极为辽阔。虽然迦南学院周围的某一个范围内是和平区域,但是在其外,犹如物极必反一般,混乱得让人咋舌,无数势力交错在那里。每次迦南学院招生,都会有导师一路护送,并且在出了各自帝国边境后,学院的护卫队还会出来加强保护,不然说不定还真没几个新生能够安然无恙地抵达学院。"药老忽然道。

"就算离开了加玛帝国,你也必须将所有东西准备周全,方才能够进入那片混乱区域。否则一个不慎,被人阴了,那就倒霉了。我先前察看你纳戒时,发现其中各种丹药也用得差不多了,甚至连回气丹那种必备之物,也早已在这次魔兽山脉中使用殆尽，若不提前准备一些，以后一旦有需要，再想要炼制，就要耽误事了。"药老提醒道。

"呃……"闻言，萧炎这才想起，这一个月的逃亡中，原本储备丰富的各种丹药的确被他挥霍光了。

"那先去拍卖场购买一些药材吧，然后打听一下出帝国的路线，再顺便问问，这条路线上，究竟有多少帝国官员是从云岚宗出来的，这样也好让我有一些准备。"萧炎沉吟了一会儿，轻声道。

"嗯。小心点，千万别暴露身份。"说完，药老逐渐沉默了下去。

理清了需要做的事后，萧炎不再拖延，转身快步走进一条街道。而在那街道的尽头处，一所拍卖场耸立其中，看那拍卖场上的标志，赫然便是米特尔家族的下属分会。

萧炎进入拍卖场，目光四处扫了扫，最后停留在一黑帘处，黑帘上方写着"贵宾招待"几个字。他沉吟了一会儿，手掌一晃，一张水晶制作的卡片出现在掌心。这张卡片是米特尔家族最高级的贵宾卡，这还是当初在帝都时，米特尔·腾山因为海波东的关系暗中给萧炎的。据说这卡片能够让他在米特尔家族下属的任何分会中，得到百分百的帮助。

手持卡片，萧炎快步走进了那贵宾室……

在萧炎进入贵宾室半个小时后，黑帘终于再次掀动，全身包裹在黑袍中的人影，不急不缓地走了出来。萧炎的脸上挂着满意的笑容，径直出了拍卖场。他所需要的大部分药材以及情报此时都已经顺利到手。米特尔·腾山给他的贵宾卡，出乎意料地好用。

在将所有东西都准备齐全之后，萧炎并没有在城里找个地方炼制那些所需的丹药，而是悄悄来到南边城墙之下，没有惊动任何人，飞掠了出去。

出了大岭城，萧炎寻了一处偏僻的森林躲起来，开始着手炼制大批丹药。这些丹药都是他日后保命所要用的。

第六章
黑角域

　　三天之后,大岭城外的森林某一隐蔽处,一袭黑袍缓步踱出。黑袍人抬头望望大路上偶尔走过的行人,在分辨了路途方向之后,抬脚向大路南方走去。

　　黑袍人走得并不快,若细心观察便能够发现,每一次黑袍人的脚步踏下,其身形便有些诡异地前进一米多的距离。那情景,就犹如他在进行着小范围的挪移一般,颇为奇异。

　　这个从森林中出来的黑袍人,自然便是先前躲进其中炼制所需丹药的萧炎无疑。这三天时间,在药老的协助下,各种恢复斗气以及疗伤的丹药,已经再度令他的纳戒充实起来。有了充足的丹药储备,萧炎也安心了许多。在这斗气大陆上,出门行走在外的人,哪个不是将丹药列为必备之物?毕竟这些东西可是救命用的啊。

　　"这条路直通边境之外,不过沿途却有三座军事要塞。前两座要塞的城主倒不用惧怕,可最后一座要塞,据说驻扎着三万重兵,而且那里的副统领是云岚宗以前的一位长老,听米特尔拍卖场的人说,好像是叫蒙力吧,实力在斗灵级别……既然云岚宗的通缉令已经传到了大岭城,那么想必这位云岚宗的长老也收到了吧。"萧炎不急不缓地轻抬脚步,身体诡异地在大路之上闪动,心中却不断盘算着如何才能顺利离开加玛帝国。

"如今我在加玛帝国几乎是寸步难行,恐怕云山早已猜到我会逃离帝国。那么,对边境的最后关卡,他自然极为重视,说不定那个蒙力早就得到了云山的特别传话。看来想要从那里轻松离开,恐怕会有些困难啊。"脸完全遮蔽在阴影之下,想起麻烦之处,萧炎忍不住皱了皱眉头。

"那种边境要塞,城墙几乎如小山般巨大,而且其中肯定有无数精通骑射的弓箭手以及特有的感应能量罩;而能够用来镇守边疆,要塞定然是有防御高空飞掠的功能,不然的话,一旦有战争,别国强者岂不是想来就来?唉,看来想要如同穿过大岭城那般容易地走过这最后的关卡,是不可能了。"萧炎略有些苦恼地摇了摇头,低声叹息道。

在加玛帝国,有一条军令:在临近边境的那些重点军事要塞的上空,严禁任何人飞行。飞行之人一旦被发现,就会受到铺天盖地的毁灭性打击。

"只能走一步看一步了啊,实在不行,也只能冒险硬闯了。"摇了摇头,萧炎不再胡思乱想,将所有精力都放在了赶路上。

大岭城距离加玛帝国的边境线,虽说不远,但也只是相对而言,若是让常人走这几百里地,没有十天半个月,是决计到不了的。就算是以萧炎的速度,加上沿途还悄悄使用紫云翼飞行了一段时间,也用了三天时间方才穿过这条必经之路上的两座要塞。

正如萧炎所料,因为前两座要塞的高层首领中没有云岚宗的人,所以那不被皇室官方承认的通缉令,并未像大岭城那般贴得到处都是。至于那些驻扎在此的军队,也没有对那张通缉令有过多的关注。这让萧炎有惊无险地顺利穿过了两座要塞。

不过,萧炎的心情却并未因此而感到轻松,因为他知道,最麻烦的还是最

后那座名为"镇鬼关"的巨大要塞。作为震慑外国势力的帝国边境军事要塞,这里的防御用天罗地网来形容也并不为过。驻扎在此处的军队,无不是经过真正的血火战场历练,远远不是那些帝国内部被奢侈生活掏空了身子的守城部队可以相比的。

这座军事要塞,将会是阻拦萧炎离开加玛帝国的最后一道防线!

只有从这里闯出去,萧炎方才能真正地龙游大海,鹰翔九天,再没有任何东西可以束缚他。

因此,这一次的闯关至关重要!

在穿过第二座要塞的第二天,那座犹如洪荒巨兽般耸立在帝国边境处的庞大要塞,终于出现在萧炎的视线中。

站在一处山坡上,萧炎望着那一眼望不见尽头的巨型城墙,听着那从城墙上隐隐传来的整齐操练声,忍不住轻吐了一口气。几万人的军队气势相融,那股冲天而起的凶悍劲儿,恐怕即使与云岚宗的合击阵法相比,也不会逊色到哪里去。

龙归大海的自由就在城墙的另外一边,萧炎却有些焦头烂额。这巨大的要塞犹如一头拦路猛虎,将他最后的路途给阻断了。

"强行飞跃,恐怕有些不靠谱,看样子,只能试试能否混进去了。"目光扫了扫下方道路上那些来往的车马队伍,萧炎略微迟疑了一下,身体缓缓后退,最后消失在丛林中。

黄土大道上,一支足有上百人的大部队正浩浩荡荡地朝着视线尽头的巨大要塞奔驰而去,沿途带起冲天的喝骂声。看这些人统一的服装,似乎属于同一个佣兵团。这种百人左右的佣兵团,在加玛帝国也算得上中等规模。

因为镇鬼关临近边境,这里的混乱氛围很受某些佣兵团的喜爱。他们不喜欢走安稳猎取魔兽的路线,反而更乐意去做那传说中的战争佣兵团,也就是在战争中帮助某一方，从而获得很高的报酬。

虽然这种报酬不菲，但是危险系数极高，毕竟在那战争绞肉机中，几百人的队伍，一个不慎，就算是被全部剿杀也不足为奇。

要塞之外，向着东面行个几百里，沿途再穿过一些小国、小部落，便能够进入那片闻名整个大陆的特殊地域——黑角域！

因为地形特殊，这里几乎是全大陆最混乱的区域，各国无数的逃亡强者落难到此处，形成了最野蛮的规则。另外，这里还聚集了许多不同的种族，俨然是一个微缩版大陆。

在黑角域中，没有任何的法律约束，仅有的一条法则正是丛林法则！换句话说，那便是弱肉强食！弱者，在这里没有任何权利！

另外，黑角域或许可以说是大陆的一个情报集散地，每天有无数情报从这里流出，然后又有无数情报从外面流转进来。直白点说，如果你想出名，想名扬大陆，那么黑角域能够给你最快的捷径。当然，前提是你必须具备足够的实力与本钱，否则名没出，命倒先没了。

而作为一个闻名大陆的混乱地域，黑角域也名副其实，这里每天有强者死去，也有强者从外面拥来。这片区域充满死亡，也充满挑战与诱惑。这里有外面难以瞧见的高级功法、斗技以及各种神兵铠甲、药鼎、药材、高级丹药等，令人眼花缭乱。据说在黑角域的拍卖场中，甚至曾经两度出现地阶功法！

当然，想获得这些，你需要付出代价。这个代价或许是金钱，或许是其他东西。总而言之，在黑角域，绝不会有天降馅饼的事情发生。

喜爱混乱，偏向黑暗，似乎是人性中潜在的因子。因此，虽然明知道那片区域被危险的气息所笼罩，依然有无数人前仆后继地拥入其中，为的或者是能够快速名震大陆，或者是能够在那片混乱区域中得到更高级的功法、斗技、丹药，或者是追求无与伦比的庞大财富。不管怎样，那些不断拥进去的人给这片黑角域增添了源源不断的人气。

对了,忘记说了,或许是物极必反的缘故,在那黑角域的中心位置,正是名震斗气大陆的迦南学院!

不过,迦南学院之外的一定范围属于和平区域,任何将黑角域里面的风气带到这里的人,都将会在第二天成为迦南学院与黑角域交界处一棵大树上的干尸。这么多年来,似乎从未有过例外。

据说,在那棵被称为死灵树的大树上,曾经挂上过两名斗王、一名斗皇的尸体。

大队人马从道路上呼啸而过,带起一路黄尘,沿途嬉笑喝骂声不绝于耳。

在队伍的末端,是一些推着马车以及扛着旗跑的人,他们并没有身穿与前面那些佣兵同样的服饰,因为他们仅仅是佣兵团中负责洗衣、做饭、搭帐篷的下人而已。在这支仆人队伍中,一个推着架子车、脑袋上戴着一顶破烂遮阳帽子的人忽然微微抬头,那张沾满灰尘的脸,除了一对黑色眼睛之外,其他的部位几乎全部被掩盖在了黄尘下。一眼看去,此人几乎和旁边那些脸色木然的奴仆没什么两样。

"不愧是镇守边关的要塞啊,这规模实在让人咋舌,远非帝国内部的那些城市可以相比。"望着那随着距离的接近而越加显得高大的城墙,他忽然叹息了一声。听声音就知道这人是萧炎,看样子他似乎打算借助这支佣兵团,混出帝国最后的要塞。

队伍在黄尘中越来越接近城墙,在巨大城门几百米外,萧炎微眯眼睛望了望城墙上空,在那里,似乎隐隐有无形的能量波动。

"果然是有能量感应啊,还好没有强行飞跃,不然那些看不见的能量感应,恐怕会立刻让我暴露身形,而一旦被发现,这种军事要塞所配备的特殊强弩器械,可就真的要把我当成靶子了。"萧炎微微皱了皱眉。若借助药老的力量,虽然普通剑弩难以伤到自己,但是那种经过特殊打造的稀有金属弩器,却依然能够让他措手不及。毕竟药老的能量只能够让萧炎发挥力量，却不会让他的肉体强到能够与劲弩硬拼的地步。而且，这般庞大的帝国，若说是没有对付高阶强者的东西，还真是让人难以相信。那些所谓的破气三连弩、神火弓、穿魂箭等名头，萧炎也曾经听说过，只不过这类神奇兵器锻造不易，仅有少数的军队配备而已。

随着距离城门越来越近，萧炎的目光落在了那高耸的城门处。瞧见那森严的防卫后，萧炎又紧紧皱起眉头。

在距离城墙还有百米左右时，奔驰的大队人马终于缓缓停了下来，从佣兵团前方走出两名男子，挥手带队，向城门处走去。

两名男子似乎是佣兵团的首领，瞧见两人与那些守卫笑谈的模样，貌似还与他们颇为熟悉，想必不是第一次来这镇鬼关吧。

两人在与守卫谈了半天后，那脸色冷漠的守卫手掌动了动，似乎是被那名佣兵团首领塞了点什么东西，然后那个守卫方才有些迟疑地点了点头，对着后方打了一个手势，那将门口堵得死死的拒马角等东西，便被搬开了。

呼……瞧那些守卫竟然没有搜查队伍，萧炎忍不住松了一口气，紧绷的身体也放松许多，满是汗水的手掌紧了紧车把，然后赶紧低头，推着架子车，跟着队伍向城门通道走去。

然而，就在队伍即将进入城门通道口时，一声冷冷的厉喝却突然响起，将前行的队伍吓得赶忙停了下来。

"是谁让他们随随便便进城的?"随着喝声的响起，那黝黑的城门通道口中，忽然响起一阵阵铠甲碰撞的声响。片刻之后，几十名全副武装的精锐士兵手持长枪，将城门再度堵了起来，一名脸色阴沉的青年缓步踱出，目光阴冷地瞥着佣兵队伍。

"呵呵，原来是蒙喇少爷，几月不见，真是越发器宇轩昂了。"瞧见队伍被阻，那名佣兵团团长赶忙走上前，当他见到脸色阴沉的青年后，脸上赶紧堆满

笑容,谄媚地道。

"巴努,少废话,以前让你过去倒没什么,今日却不行。家父说了,任何想进入镇鬼关的人,都必须接受严格检查。"青年冷笑了一声,旋即从怀中掏出一张白色宣纸,丢给一旁的守卫,道,"给我把每一个人都检查一遍,一旦发现画像上的人,就地格杀!"

守卫小心翼翼地接过宣纸,对着那叫作巴努的团长无奈一笑,然后一挥手,城门口处将近百名护卫都举起了手中的长枪,然后开始沿着队伍挨个检查。

"糟了……"刚才这名年轻人一出现,萧炎就在心中暗骂了一声,没想到真如他所料,云岚宗的通缉令已经传到了帝国边境地带。

队伍前方,守卫一个个地搜查过来,拿着画像比照了半天,方才放行。虽然这些佣兵被守卫的举止搞得颇为恼火,但是并不敢在此撒野。他们也清楚,若是惹恼了这个青年,他们这佣兵团恐怕连城都出不去。那几万重兵冲杀下来,就算是斗王强者,也唯有暂避锋芒啊。传说中的以一敌万,只有少数强者才办得到。

名叫蒙喇的年轻人,双手负于身后,眼神阴冷如毒蛇一般,踱着步子,缓缓地顺着队伍走。突然间,他一顿脚步,目光扫过那些浑身散发着一股霉味、脸被黄土所遮掩的下人,冷声道:"让他们把脸擦干净!"

"这年轻人心机挺深,丝毫没有那些帝国内部公子少爷的娇气。"见那蒙喇竟然没有在乎自己的身份,直接来到这些身份低贱的奴仆身旁时,萧炎忍不住一皱眉头,心中大感麻烦。这样查下去,自己迟早会暴露,在这种地方暴露,可不太妙啊。

听得蒙喇的喝声,那些脸色木讷的奴仆赶忙畏畏缩缩地低下头,然后用袖子两三下就将脸上的黄尘擦了去。

蒙喇阴冷的目光缓缓从那些奴仆的脸上扫过,片刻后,有些失望地摇了摇头。他刚想收回目光,忽然眼神一凝,微微偏头,盯着人群中最后一名正低着头的灰袍奴仆，冷喝道："你，抬起头来！"

听得他的喝声，城门周围的人都将目光投射过来，那些佣兵也将愕然的目光投注在这个身份低贱的奴仆身上。

灰袍奴仆轻叹了一口气，只得抬起头来，那张被黄尘遮掩了五官的脸上，露出了一双漆黑如夜的眸子。

目光与那对漆黑眸子一接触，蒙喇先是一愣，那画像中所画之人的黑色眼睛，闪电般地从脑海中浮现而过，顿时，蒙喇脸色骤变。常年在战场拼杀赋予了他敏锐的神经，因此他几乎是条件反射般，脚尖一触地面，身体迅速后退，尖锐刺耳的声音从他嘴中吼出："给我抓住他，他便是萧炎！"

他反应虽然颇为敏锐，但是毕竟实力仅在斗师级别，因此他身体刚刚开始后退，萧炎便一声冷笑，身体一晃，鬼魅般追上蒙喇，鹰爪般的手掌犹如闪电般射出，重重地砸在蒙喇的胸口处。顿时，一口鲜血从蒙喇的嘴中喷了出来。

一击未能取其性命，萧炎刚欲再度补上，那蒙喇却急忙闪身躲进士兵之后。一个斗师便拥有这般敏捷身手，倒还真是少见。

十几杆锋利的长枪携带着淡淡的斗气光芒，狠狠地对着萧炎的脑袋刺去，攻击路线大开大合，充满杀伐气息。不愧是从战场上存活下来的战士，光是这般气势，便不是普通战士可以比拟的。

萧炎微偏脑袋，闪避开长枪，可攻势却被阻了一下。瞧见那些急速聚拢来的士兵，他只得微皱眉头退后了一段距离。

城门处，一众人目瞪口呆地望着这电光石火间的变化，当瞧见那在镇鬼关年轻一代中最出类拔萃的蒙喇一招便被对方打成重伤之后，众人脸上的表情更是有些呆滞。

"萧炎？！他就是萧炎？那个击杀了云岚宗斗王强者云棱的萧炎？"突然间，佣兵团中有人大喊了一声，旋即带起一道道火热的视线。听声音，倒是并未有太多攻击性，反而是夹杂着点崇拜的味道。

　　随着这名佣兵的喊声落下，周围顿时一片哗然，一道道充斥着各种各样情绪的目光，死死盯在萧炎身上。最近最震动加玛帝国的事，自然是萧炎闯云岚宗之事无疑，而随着云岚宗通缉令的发出，几乎所有加玛帝国的人都知道，如果谁向云岚宗提供了关于萧炎的情报，就能够得到玄阶的斗气修炼功法。这种级别的功法，在市面上可是价值好几十万金币呢，何况对于一般人来说，即使有钱也买不到。

　　这般丰厚的利润，足以让许多人铤而走险。

　　"萧炎，这镇鬼关有几万重兵，你是走不掉的！"涨红着脸，蒙喇恶狠狠地盯着萧炎，声音嘶哑地道。

　　"蒙喇少爷，我想知道，这镇鬼关的重兵，明明属于帝国官方所有，什么时候成了云岚宗的走狗？我想，这事若是传到加玛皇室去，恐怕连你那父亲也要受重罚吧？"萧炎一把抹去脸上的尘土，目光从那堵着城门的上百名精锐士兵身上扫过，冷笑道。

　　听得萧炎的冷笑声，那些士兵也是一怔，旋即有些迟疑起来。按程序来说，他们的确属于官方军队，与云岚宗不相干，那什么通缉令也并未被官方所认可。说起来……抓捕萧炎，根本就是不合法的事。

　　"哈哈，好个牙尖嘴利的小子！"就在这些士兵迟疑时，一道阴冷的笑声却忽然自城门通道中响起。旋即，一名身着银铠的中年人大步走出，目光冷冷扫过萧炎，喝道："我是镇鬼关的副统领蒙力，你擅闯重城，按我帝国军法，本该关押你，劝你尽早束手就擒，免得自讨苦吃。"

　　"你就是蒙力？云岚宗的走狗？"萧炎的目光在蒙力身上扫过，感受着从其体内散发出的隐隐气息，心中喃喃道，"看其气息，想必是三星左右的斗灵吧？"

　　"拿下他！"脸色略沉，蒙力一声阴笑，也不再废话，直接喝道。

　　听得蒙力的命令，那黝黑的城墙通道上，顿时拥出几百名全副武装的精锐士兵，将萧炎团团围住。士兵手中的锋利长枪在日光的照耀下闪烁着森冷光泽。

"潜入失败，只得硬闯了……"周围冲天而起的杀伐气息让萧炎的脸色逐渐冷淡。他双手一动，巨大的玄重尺便闪现而出，玄重尺挥动，带起呼呼作响的风声。

"杀！"

望着拿出武器的萧炎，蒙力阴森森地笑了一声。几天前，蒙力便接到了云山的传话，据云山所说，现在的萧炎，因当日在云岚宗的大战中受伤，不可能再施展出那与云山战斗时的恐怖实力，故而蒙力方才敢答应此次的截杀，不然再给他几个胆子，他也不敢来阻拦全盛时期的萧炎。萧炎毕竟是一个能与斗宗战斗的强者，即使拼上了这座要塞里面的所有战士，也不可能将之留下啊。

"给我住手！"就在那些满身血气的战士即将展开冲杀之时，一声厉喝忽然响起。一道影子犹如铁塔一般从天而降，重重地砸落在地面上，将大地震得晃了晃。他的目光扫视四周，最终停在蒙力身上，冷笑道："蒙力，我的银甲军可不是云岚宗的人，你想要讨好云岚宗，那就自己动手，不要妄想用我的人去给你做垫脚石。"

"木铁，你……"看到突然出现的彪形大汉，蒙力瞬间铁青着脸，怒喝道。

"哼，银甲军，给我退下！"那被称为木铁的彪形大汉没有理会他，转身对那些将萧炎包围在中间的精锐战士喝道。

"是！统领大人！"听得他的喝声，那些战士没有丝毫迟疑，唰的一声，收枪的声音整齐得没有半点杂音。他们默默地退回城门通道，犹如木桩一般动也不动。看这些战士的表现，这名叫木铁的人声望明显远非蒙力可比。

"你是叫萧炎吧？哈哈，小子，有胆识，这么多年来，你还是第一个让云岚宗这般难堪的。若不是身份使然，我倒是要请你好好喝上几杯。"犹如铁塔般的大汉对着萧炎大笑道，笑声如雷。

"多谢木铁统领。"突然间转好的情势让萧炎略微一怔，他望着木铁那张没有什么恶意的脸，当下微微一笑，客气地回道。

"也不用谢我,我只是做分内的事。若云岚宗那张通缉令被官方所承认,那我也只能拿下你,不过还好……"木铁摆了摆手,斜瞥了一眼脸色铁青的蒙力,笑道,"只要你能从这个家伙手中离去,那么这镇鬼关就无人再阻你去路。"

"如此,那便多谢了。"闻言,萧炎的脸上不由得流露出一抹森然,他转头望向蒙力,轻笑道,"蒙力副统领,想要我的人头去云岚宗领赏,就请自己动手吧。"

"小混蛋,好大的口气,我今天就不信我还收拾不了你这重伤之体!"

脸色一阵青一阵白,蒙力没想到这次竟然会把自己套了进去。说实话,他心中很是惧怕萧炎的那些手段,毕竟连云棱那样的强者都栽在了萧炎手中。可这时他若是退缩,恐怕在这镇鬼关中,他的声望将会跌落至谷底。因此,即使心中忐忑,他也唯有硬着头皮上了。

城门口,黑压压的一群人围拢在此,一道道目光夹杂着些许期盼与好奇,停留在空旷地带的两人身上。这段时间,萧炎的名头在加玛帝国无人不晓。对于这个胆敢以一己之力抗衡整个云岚宗的传奇人物,很多人都仅仅是听说,如今有幸亲眼见到他出手,当下无不是满脸期待。他们很想知道,那传得沸沸扬扬的消息究竟是否属实,这个年龄不到二十岁的年轻人,真的有能够击杀斗王强者的实力?

木铁将双臂环在胸前,犹如一尊黑色铁塔,安静地站立着,却不怒自威地散发出一种令人头皮发麻的压迫感。从他这不经意间散发出的气势来看,其实力明显远远超过蒙力。按萧炎的猜测,这名中年大汉恐怕已经到了斗灵巅峰级别。以他的年龄,就算修炼天赋不错,也足以令人咋舌了。当然,其中应该少不了常年血战的缘故,战场上的生死战斗,始终都是催人快速成长的优秀助力。

此时的木铁,也饶有兴致地盯着萧炎抽出的巨大黑尺。这个极其特殊的武器,如今几乎成了这个年轻人的标志。现在的加玛帝国中,年轻人开始流行起使用这种另类的武器。当然，以木铁的眼光，自然不会认为那些模仿者的尺子能够和萧炎那把古怪黑尺相比。因为在刚才那黑尺出现时，木铁清楚地感应到，萧炎的身子竟然略微下沉了一点。显然，那尺子的重量不容小觑。

"既然蒙力副统领打算亲自出手，而我作为镇鬼关的最高首领，你们又在我的地盘比试，自然需要听听我的规矩。"瞥了一眼从纳戒中抽出一把血红大刀的蒙力，木铁笑了笑，脚掌猛地一踩地面。顿时，两道裂缝顺着他的脚掌在地上蔓延开来，最后快速汇聚成了一个大圆圈，那圆圈刚好将萧炎、蒙力两人围在其中。"两位的实力不弱，对周围造成什么破坏的话，可是有些麻烦的，毕竟修东西也是要钱的。所以就以这个圈子为界线，谁被逼出圈子，便是谁输。不过事先提醒两位，这不是什么生死较量，所以也没必要打个你死我活，不然一旦蒙力副统领不幸被萧炎给废了，我短时间内去哪儿找个副手？哈哈。"

听得木铁这饱含嘲讽的笑声，蒙力的嘴角微微抽搐。他也知道，在镇鬼关，木铁与他水火不容，却没想到木铁竟然在大庭广众下如此不给自己面子。

"哼。"冷哼了一声，蒙力目光阴冷地转向萧炎，血红大刀微斜，一股深黄斗气迅速包裹而上，顿时，淡淡的血腥味从刀身上弥漫而出。

木铁丝毫不在意蒙力的怒意，自顾自地笑道："不过萧炎你也不要大意了哦，蒙力副统领修炼的可是玄阶低级的土属性功法，而那同为玄阶低级的血杀刀斗技，就连我也不得不谨慎对待啊。"

"木铁，你不要太过分了！"听得木铁竟然三言两语把自己的底给透了，蒙力瞬间铁青着脸，暴怒道。

"哈哈，好，我不多话了。"木铁笑眯眯地点了点头，冲着萧炎耸了耸肩，旋即一挥手，淡淡地道，"开始吧。"

长吐了一口气，萧炎紧握玄重尺的尺柄，注视着对面满脸杀气的蒙力。刚欲动手，心中却忽然响起药老的声音："让我来吧，不要再浪费时间了，尽早离开加玛帝国，以免节外生枝。"

"呃……好吧。"无奈地耸了耸肩,萧炎只得打消想趁机试试那天火三玄变的念头,在周围众人诧异的目光下,缓缓闭上了眼睛。

"嘿嘿,好个狂妄的家伙!"瞧得萧炎这态势,蒙力顿时大怒,以他的身份,何时受过这般轻视?蒙力冷笑了一声,雄浑的深黄色斗气自体内暴涌而出,顿时,城门口黄沙涌动,那股自黄沙中升腾而起的凶悍气息,让周围那些围观的佣兵赶忙退后了几步,旋即满脸羡慕。斗灵级别,这可是无数人梦寐以求的境界啊!

黄沙逐渐散去,全身被包裹在一层黄色斗气铠甲中的蒙力出现在了众人的视线之中,血色大刀上,锋利的刀罡暴射而出,在地面上留下深深的痕迹。

手中血刀受到斗气的滋润,越发显得鲜艳。蒙力死死地盯着闭目的萧炎,身子在沉寂了片刻之后,猛然一声厉喝,打破周围寂静气氛,脚掌一踏地面,身体犹如炮弹般,几个闪掠,便出现在萧炎面前。手中血刀带着那大开大合的血腥杀伐气息,犹如要劈裂大地,直直竖斩而下!

"这家伙的血刀斗技真是越来越炉火纯青了,看这般声势,即使是普通的四星斗灵,也难以接下啊。"感受着蒙力那极具压迫感的刀势,木铁忍不住皱了皱眉头,旋即将目光转向那依然闭目如若未闻的萧炎,喃喃道,"这个家伙在搞什么?我观他的气息,似乎只在大斗师左右啊……难道这便是他的真实实力?"

尖锐破风劲气在头顶响起,萧炎缓缓睁开眼睛,顿时,漆黑眸子中,一青一白两色火焰诡异地腾闪着。

目光扫过萧炎那诡异的双瞳,蒙力满脸的杀气顿时一滞,然而手中血刀却依然没有丝毫迟疑,狠狠地对着萧炎的脑袋劈砍而下。

当!手掌轻抬,巨大的玄重尺猛然上移,与那蕴含着凶悍劲气的血刀碰撞在一起,顿时火花四溅,一股肉眼可见的能量涟漪,从两者接触处扩散而出,掀起满地的黄色沙浪。

蒙力的血刀死死地压在玄重尺上,然而不管他如何加注力量,那把尺子却犹如被凝固在半空中般，纹丝不动。

脸色涨红、呼吸急促的蒙力，与那脸色平淡，甚至连呼吸都没有半点紊乱的萧炎相比，几乎是两个级别。

"啧，好强的力量，几乎是在瞬间从体内涌出，这个萧炎隐匿实力的方法很奇特啊。光看气息，任谁都只会把他当作一名大斗师。"瞧见那从容不乱的萧炎，木铁忍不住一挑眉头，赞叹道。

城门周围，那些围观的佣兵以及士兵错愕地望着那被萧炎随意一挡，便被拦下凶悍攻势的蒙力。要知道，在这镇鬼关中，蒙力的实力虽然算不上顶尖，但是也能够排进前五。平日剿匪时，那把血刀不知道砍了多少嚣张跋扈的强盗人头，然而今日，无往不利的血刀却被这青年不急不缓地阻挡了下来。

"滚吧，这点实力，也好出来献丑？"缓缓抬头，萧炎眼中两色火焰轻轻跳动，嘴角勾起一抹冷笑，左手犹如穿花摘叶般迅速印在了蒙力胸膛之处，掌心微屈，劲气猛然吐出。

噗……胸口如被千斤巨石砸中，蒙力骤缩眼瞳，旋即狂喷出一口鲜血，身体倒飞，重重地砸在城墙之上，然后在众人的注视下摔在地上，当下又喷出一口鲜血，身体犹如蚕蛹一般蜷缩着，身体上的斗气铠甲直接被震得粉碎。

用手掌艰难地抹去嘴角的血迹，蒙力一脸难以置信的表情，问道："老宗主不是说这个家伙的实力大降了吗？为什么……为什么还这么强？"

望着那被一掌轰出了圆圈界线的蒙力，所有人都陷入了沉默，好一会儿之后，方才有人叹息了一声。蒙力这样斗灵级别的强者，仅仅是一回合，便直接吐血败下阵来。这个看似还不到二十岁的青年，竟然真的恐怖如斯！

此时，那些本来还为通缉萧炎的丰厚报酬而心动的人，已彻底死心。看萧炎出手的狠辣程度，恐怕传闻中击杀了云棱的事应该不假。对于一个能够击杀斗王级别之人的强者，这些佣兵团就算是拼尽全团之力，恐怕也不够人家几个手起刀落吧。

"呼,果然很强,难怪族长会传信过来,让我如果有机会就趁机卖萧炎一个人情,这份实力,值这个价!"木铁缓缓吐了一口气,望着那收掌而立的萧炎,忍不住在心中喃喃道。

萧炎转过头,眼瞳中青白两色的火焰急速消散。他刚刚取回身体的控制权,药老的声音猛然间在心中响起:"萧炎,赶紧离开这里,不要再拖延了!赶快!"

听得药老的声音,萧炎先是一怔,旋即,脸色忍不住一变,心跳骤然提速,他分明从药老的话中听出了一丝惊慌。

喉结微微滚动,萧炎额头上浮现些许冷汗,心中念头急速翻滚。当初即使是在面对斗宗强者云山时,药老也没有丝毫胆怯,如今却怎么会这般惊慌?到底是什么东西让他如此担忧?

嘴里忽然有些干涩,萧炎也不敢在此时多问,他把手中玄重尺快速收进纳戒,转头对木铁道:"木铁大统领,不知此时我是否可以离开?"

"呵呵,自然,我说过,只要你能打败蒙力,这镇鬼关就任你进出。"木铁大笑道。

"多谢了。"萧炎轻笑了一声,旋即在周围数百人的注视下,径直向城中走去,在即将进入漆黑通道时,他忽然一顿脚步。

作为此时这里的主角,随着萧炎的脚步顿下,周围顿时安静下来。一道道炽热的目光盯着青年瘦削的背影,一些女子的眼中更是洋溢着令人无语的崇拜、爱慕。

"木铁统领,这份情,日后我会还给木家。"萧炎偏头对着略微愕然的木铁沉声道。

愣了一下后,木铁笑了笑,与聪明人交谈的确省心。

"另外,蒙力副统领……"

看向那红着脸被蒙喇扶起来的蒙力,萧炎的视线缓缓在城门口几百人身上扫过。沉默了一会儿,他忽然转身,洒脱从容的身影消失在黑暗之中,而那淡

淡的声音，却悄然传出。

"请你帮我转告云山，少则两年，多则五年，我萧炎还会回来，到时，请他洗干净脖子，我萧炎将亲手取他性命，了结今日恩怨。"

听得那缓缓传出的淡淡声音，即使是木铁，也不由得满脸呆滞。

让一个斗宗强者洗干净脖子等死，这份豪气，在这加玛帝国中，恐怕再无第二个！

第七章
神秘势力——魂殿

镇鬼关的东面城门，一名灰袍青年缓步走出，站在护城河外。他眺望了一下远处的重重山峦，然后再转头望了一眼加玛帝国边境的最后一座城市。从这里出去之后，便真的是天高任鸟飞了，外面的世界定然比这个帝国更加精彩。

深吸了一口气，他终于不再留恋，大踏步地向着远处走去，瘦削的背影缓缓消失在大道尽头。

在灰袍青年消失之后的半个小时左右，镇鬼关上空忽然诡异地涌现出了些许黑气。这些黑气缭绕在天空中，像具有灵性一般。

黑气在镇鬼关先前萧炎战斗之处的上空徘徊了一会儿，忽然向着萧炎离开的方向飘掠而去，沿途所过处，留下一道若隐若现的黑痕。

葱郁的林间大道上，寂静无声，唯有鸟儿在树枝上叽叽喳喳的鸣声，为这空旷的道路增添了些许生气。

"老师，您刚才……"安静地走了许久，萧炎终于忍不住心中的疑惑，低声询问。

将近两分钟后，方才有一道低沉的叹息声响起，只听药老苦笑着喃喃道："唉，没想到加玛帝国附近也有那些家伙。他们很少来这里啊，为什么这次……"

药老的自言自语让萧炎一头雾水，他只得小心翼翼地问道："老师说的'那些家伙'是什么人啊？"

听得萧炎的提问，药老却陷入了沉默。而瞧见药老这般模样，萧炎一怔，也没有继续追问。他微皱眉头，继续沿地图所指，顺着这条通往黑角域的道路行走，心中却有些不安起来。

"小家伙，这些事，本来想等你变得更强时再告诉你，可如今却意外被他们发现了我的行迹，我原本的计划也被打乱。如果你想知道的话，我就只能提前告知你了。"沉默了许久的药老，忽然开口道，"不过我得事先提醒你，此事背后牵连的势力实在是太大了，远非云岚宗那种宗派可以相比，甚至连我都感到极为棘手，你确定现在还想要知道？"

萧炎的手掌不经意地颤了颤，喉结缓缓滚动着咽下了一口唾沫，脚步也逐渐停下，安静地伫立在原地。他有种预感，药老接下来所说的事，恐怕会让以前那种安稳日子瞬间远去。

见萧炎沉默，药老没有再说话。不过萧炎似乎隐隐感到一股失望的情绪，从戒指内渗透而出。

沉默持续了五六分钟，萧炎忽然长长地吐了一口气，抬起头来，目光透过树叶缝隙，望向那湛蓝的天空，手指摩挲着那枚黑色戒指，声音轻柔地道："说吧，老师，虽然不知道那牵连的势力究竟强到何种地步，但是我只想说一句话——我，是您的弟子，我的这身本事，是您给我的。"

"哈哈，好，好！我药尘的这双眼睛，总算没有瞎第二次！哈哈！"

萧炎的声音落下后，药老便陷入了沉默，半晌，接连说出两个"好"字，

声音带着颤抖。因为心情激荡,药老第一次在萧炎面前说出了"药尘"这个曾经威震整个斗气大陆的名字!

萧炎那虽然平平淡淡,但是发自内心的一句话,让一直风轻云淡的药老几乎有种老泪纵横的冲动。他曾经被最信任的人背叛,那种痛几乎深入骨髓。不过好在这一次,他没有重蹈覆辙!

"药尘……这便是老师曾经的名字吗……"念叨着这个陌生的名字,萧炎的注意力却停在了另外一句话上,"没有瞎第二次,也就是说,曾经瞎了一次。唉,看来老师的过往也挺坎坷啊。"

"小家伙,我以前便与你说过,斗气大陆很大很大,其中更是强者如云。即使在加玛帝国中算得上最强的人——云山,放眼斗气大陆,也不得不收敛其傲气,因为比他强的人有很多。"药老缓缓地说道,声音有些苍凉,将萧炎的注意力吸引得不敢有丝毫分散。

"因为地域广阔,所以这里造就了极多的古怪势力。而其中便有一个名为'魂殿'的神秘势力。虽然这个势力遍布大半个大陆,但是类似加玛帝国这种距离大陆中心颇远的国家,只能偶尔发现他们的身影,因而这里知晓他们存在的人并不多。"

"魂殿?"念叨了一声这个名字,萧炎低声道,"先前在镇鬼关,老师便察觉到了他们的行迹吧?"

"嗯。"药老苦笑着点了点头,道,"这魂殿极为强大与神秘,并且行事方式也很怪异,连我对他们都知之不深。不过他们一般不对正常人出手,他们的目标,是那些肉体死亡、灵魂却异样强大的'活魂'……身为炼药师,你也应该知道,在灵魂力量强大到超出某个界限后,即使身体被摧毁,灵魂也依然能够残存下来,寻找再次复活的机会,而对于这种灵魂,他们称为'活魂'!"

"说的就是老师这种吧?"萧炎抿着嘴,轻声道。

"嗯。"药老嗯了一声,旋即,声音中多出了些许愤怒与阴沉,"他们就像是大陆上的灵魂清道夫一般,任何脱离了身体的强大灵魂,都会被他们感应到,然后派人神秘截杀。我不知道他们究竟为什么专门找灵魂体下手,可他们似乎对灵魂有着特殊的克制手段。当年我在肉身被损毁之后,没多久便遭到了他们的围杀,虽然我最后顺利地杀了出去,但是也因此受了重伤。不过还好,我当年在替别人炼制丹药时,侥幸得到了一些极为稀少的'温魂纳灵',最后请人将这东西炼制成你手中的那枚黑色戒指,也正因如此,我方才躲开了他们的剿杀。戒指兜兜转转,落在了你母亲手里,最后传给了你。"

萧炎深吸了一口凉气,以药老这样的实力,都被追杀得四处逃窜,那个神秘的魂殿究竟有多强大?

"魂殿有对付灵魂的特殊手段,因此即使是我,也难以只凭借着灵魂便与他们战斗。"药老低沉地说道,"我之所以想要尽快复活,其实就是因为忌惮他们。而且我也有些事情与恩怨,必须要弄清楚并且解决掉!"

萧炎默默点了点头。

"小家伙,你也不用想着要帮我什么,现在的你,太弱了。我看好你的潜力,只要给你足够的时间,你就定然能够成为真正的巅峰强者,现在,你必须不断变强!否则一旦那些家伙找来,连你都有性命之危!"药老缓缓地说道。

萧炎的脸色逐渐凝重,他紧握着拳头,沉声道:"老师,我会尽快得到那陨落心炎,然后替您炼制出躯体,让您不再受那魂殿的威胁。"

"唉,只能全靠你了啊。"药老轻叹了一口气,沉吟道,"刚才好在我缩回戒指的速度快,不然恐怕就被他们锁定位置了,不过现在既然他们已经有所感应,我想日后这些地方,魂殿的人会逐渐增多。所以日后或许很多难题都得靠你自己了,一旦我再出现被他们锁定了位置,我们两人就都会有性命危险。"

"嗯。"萧炎重重点了点头,先前那还因为离开加玛帝国而有所松懈的心,陡然间紧绷了起来。如今虽然没有了云岚宗的威胁,但是来了一个更加恐怖的敌人,容不得他不小心对待。而且正如药老所说,他现在实在是太弱了,这点

实力,别说是保护药老不被魂殿抓走,就连一个云岚宗,也能够将他撵得犹如丧家之犬。

"没有实力,便是这般无力啊,什么都干不了。"萧炎轻吐了一口气,紧握拳头。此刻,他再度感受到了三年前,在萧家大厅中面对纳兰嫣然时的那种无力以及对力量的渴盼!

"力量!我需要力量!"心中狠狠地低吼了一声,在那神秘魂殿的压迫下,萧炎喊出了自己此刻最迫切的需求!

"既然如此,那就直接飞去迦南学院吧,沿途不能再逗留了。"萧炎从纳戒中掏出一张地图,细细地看了半响,手指顺着那道红线移动着,然后在地图上一大片黑暗地带停留了一下,最后手指穿过那片黑暗地带,停留在了其中心位置处的一颗蓝色星星处。

肩膀微颤,紫云翼缓缓自背后升腾而出,萧炎双翼一振,身体腾空而起,分辨清楚位置后,化为一道流光,消失在东面天际。

随着萧炎的消失,这片天地再度陷入寂静。两三个小时后,一缕黑色雾气忽然自远处天空飘掠而来,最后盘旋在萧炎所停留过的地带,一声惊叹从黑雾中传出,黑雾迟疑了一下,最后向着萧炎飞掠的反方向飘掠过去。

第八章
萧家有女初长成

  迦南学院，一个坐落在大陆中心位置的古老学院。千百年来，从这里走出去的巅峰强者，无一不在大陆上拥有赫赫威名，名震一方。
  一个学院，最可怕的地方并不在于其雄厚的师资力量，而是从这个学院走出去的那成千上万的强者。若是哪一天迦南学院在受到毁灭性威胁时将那些从学院出去的强者召回，难以想象这股力量将会有多恐怖。
  虽然大陆之上的各种学院难以计数，但是迦南学院的声誉，至今未曾被超越。由此也可瞧出，这所被古老气息所缭绕的学院，底蕴究竟是何等深厚。
  大陆上，不分种族，无数人都以能进这所古老学院为荣，只可惜学院那近乎苛刻的招生条件，让很多人望而却步。

  迦南学院，树木葱郁的后山之巅，一个身着淡青裙袍的少女亭亭玉立。少女的小蛮腰间束着一条紫带，将那腰肢勾勒得极为动人。
  她面对着山巅之后那茫茫白雾，三千柔顺青丝顺着香肩垂至柳腰处。

　　少女负手而立,修长的身姿在周围淡淡白雾的映衬下,宛如那在红尘俗世中盛开的青莲,脱俗而别具灵气。

　　这般女子,犹如天地灵气孕育而出的杰作,让人望之目眩神迷。

　　丁零……

　　突然间,清脆而空灵的铃铛声,在安静的山巅之上响起。细细看去,原来在青衣少女那白皙手腕处挂着两个小小的绿色铃铛。

　　随着铃铛声的轻响,少女身后某处的阴影忽然一阵动静,旋即浮现出一道苍老的身影。老者冲着少女恭敬地弯腰,微笑道:"小姐。"

　　"凌老,你总算回来了。"少女缓缓转身,嫣然一笑,百花顿时因之失色,树林中的色彩似乎完全凝聚在了她的身上,让人难以移开视线。

　　"呵呵,没办法,既然小姐下了任务,若是老头儿我没完成就跑了回来,岂不是会被小姐埋怨死?"老者抬起头来笑道。这名老者赫然就是当日在云岚宗出手助萧炎一臂之力的凌影!

　　少女抿嘴微笑,脑海中想起那个令她牵肠挂肚的少年,清冷的声音变得轻柔了许多。她看了一眼凌影,脸上浮现出一抹能令整个迦南学院为之疯狂的羞涩红霞,柔声道:"凌老,他怎么样了?"

　　"小姐是问萧炎少爷吧?"凌影明知故问道,瞧见少女脸上越加浓郁的绯红,不由得大笑了一声。能够让淡雅如莲的小姐从脱俗气质中转变成正常的女孩,似乎也就那个叫萧炎的小家伙有这般福气与魔力啊。

　　"在我离开前,萧炎少爷倒是没什么问题,他与纳兰嫣然的三年之约,也不出预料地以他的胜利而落幕,只是……"凌影略微迟疑了一下,还是将萧炎在云岚宗所发生的事情,详细地说了一遍。这其中自然包括了云山出手,以及萧炎所经历的那番惊心动魄的脱险过程。

　　"呵呵,不过还好,萧炎少爷的手段远远超出我的意料。虽然云山的出现打乱了萧炎少爷的计划,但是他那压箱底的美杜莎女王,也将云山震慑得不敢出手，最后他倒是无碍地下了云岚山。"凌影紧接着又补充道。

"美杜莎女王？啧啧，萧炎哥哥挺不赖啊，竟然连这种强者都能召唤出来。云山吗？斗宗强者……"纤指掠开额前垂落的青丝，少女明眸中先是闪过一抹惊诧，旋即淡淡一笑，轻声道，"云岚宗故步自封，死守加玛帝国，自当年云破天之后，就再没出过雄才大略之辈，这般下去，迟早会被取代的……"

"萧炎哥哥还好吧？"少女轻抬明眸，再度问道。说到那个名字时，她那白皙的精致脸颊透着动人的羞涩红润。

"呵呵，好。"凌影笑着点了点头，若有深意地道，"以前老头儿我挺不理解小姐为什么会对他这般维护，不过经过这次与他一番联手，我倒明白了一些。小姐的眼光的确不错，那个小家伙，我想，只要给予他足够的时间，就算是家主，也不敢轻易否定他。"

听得凌影这番赞叹话语，少女的脸上略微扬起一抹难以察觉的兴奋。赞赏的话语，她不知道听了多少，可每当听到赞叹萧炎的话语时，她心中便忍不住有些小女孩般的雀跃。

"不过你也知道，那是在给予他足够时间的前提下。我们家族的势力纵横大陆，所见过的惊才绝艳之辈并不少，可惜最后能够真的踏上巅峰的，却屈指可数。所以家族的那些人都只看现在，才不管你有什么潜力。因为那东西太过缥缈，谁能知道将来的事。"

"嗯。"凌影微微点了点头，"小姐所说的确属实，这世界上从不缺少天才。"

"所以说，现在的萧炎哥哥，还有很长的路要走啊。"少女略微沉默，旋即俏皮一笑，低声道，"不过，时间再长，我也愿意等，等到他成为真正的巅峰强者。"

"唉，萧炎小家伙啊，就算小姐愿意等你，可若是你不能变得很强的话，你与小姐的路还是要面临无数坎坷啊。要知道，以小姐的天赋、美貌以及她背后所代表的势力，你的竞争对手将会强得让你目瞪口呆。就算到时候小姐护着你，

可以你的傲骨，你会甘愿忍辱躲在小姐背后吗？"望着那在一抹晨晖照耀下，宛如仙子般出尘脱俗的少女，凌影保持了沉默，然而其心中却忍不住有些担忧。

当初因为退婚之辱，少年尚能咬牙苦修三年，历经百般苦楚，所为的就是能以强者的姿态，出现在那个曾经践踏了他尊严的女人面前。这种人，若是让他躲在女人背后，看着自己的女人去为他挡风遮雨，恐怕会比杀了他更加难受吧？

"对了，凌老，现在萧炎哥哥的实力在何种等级？"想起了这一点，少女有些好奇地问道。

"在我离开时，萧炎少爷的实力在一星大斗师左右。"凌影笑道。

"一星大斗师吗？"明眸弯成浅浅月牙，少女轻笑道，"两年时间，从一名普通斗者成为大斗师，一年一阶，啧啧，这速度，在迦南学院，也能挤进前五之列。看来萧炎哥哥这两年的修炼，挺苦的啊。"

"不经磨炼，如何成长？萧炎少爷犹如一块未经打磨的好玉，当年那纳兰嫣然将这块玉的懒气给磨了去；后面几年的苦修，则将他的锋芒隐藏了起来。宝剑藏匣，锋芒暗蕴，这般下去，大器必成。"凌影捋着胡须，笑道。

"凌老，怎么你去了一趟加玛帝国，便将萧炎哥哥夸成这模样？以前我可很少见你这般说过别人哦。"少女掩嘴笑道，眸中充满笑意。

"那小家伙值这个评价而已。"凌影笑了笑，旋即道，"我想，或许这一两月间，萧炎少爷便会来到迦南学院，到时候，也可解小姐的相思之苦了。"

少女的嘴角噙着一抹温柔的笑意，她微微抬头，少年那瘦削身影缓缓在脑海中浮现，两年多了，终于可以再见面了吗……

心中泛起些许温热，良久之后，少女方才低头，看了一眼面前的凌影，莲步微移，向着山脚走去。

"凌老，这段时间，你便先在迦南学院外围找个地方歇息吧，若是没有什么急事，也不用潜进学院了。不然被那些老家伙知道，恐怕又要惹一身麻烦。他们那群老疯子，虽然会给我们家族面子，但是对某些规矩，很是坚持。在学院规矩这一点上，这个大陆上，能让他们让步的人，就那屈指可数的几个……"少女的身形逐渐隐于树叶间，声音却依然盘旋在原地。

"呵呵，好，万一有事，小姐只要吹响蜂笛，老头儿我就立马赶到。"笑着点了点头，凌影的身体一扭，便化为一道阴影，再度与一棵大树的影子融合在一起，最后逐渐消失。

少女缓缓走下后山，淡青色的背影，在淡淡日光照耀下，形成一个美丽的剪影。

"呵呵，薰儿学妹，真巧啊，你也刚从山上修炼下来？"少女静静行走间，一个温和的嗓音忽然从一旁响起。少女止步，抬头一望，瞧见在不远处的山脚下，一个身着一套白色衣衫的俊秀青年正含笑而立。他的笑容温文尔雅，面孔卓然不俗，就算是初次与之见面的陌生女孩，也会忍不住放下一些戒心。

"嗯。"瞧着身姿挺拔的白衣青年，薰儿脸色却并未因对方那出色的外貌而表现得太过柔和。她知道，这个青年可不是那种光靠外表吃饭的男人，其实力在迦南学院也极为突出，能够从那些各地挑选而来的优秀学生中脱颖而出，堪称迦南学院年轻一代中的风云人物。

薰儿那平淡的招呼声，并未让白衣青年的脸色有何变化。他轻笑了一声，上前两步，刚欲进一步交谈，薰儿却率先开口堵下了他的话："白山学长，薰儿暂时有事，不陪你多聊了，回见。"

少女微微一笑，旋即便转身朝着另外一条小道走去，然而还未走出几步，又是一道声音响起：

"薰儿，你果然又跑这边来了。"

听着这个温软如水的声音，薰儿的脸上这才露出一抹柔和笑容。她回头望着那个从一旁小道走来的女人，笑着问道："若琳导师，您找我？"

来人便是两年前去乌坦城招生的若琳导师。两年岁月并未在她那温婉美丽的脸上留下什么痕迹，此时的她，经过时间的沉淀，反而显得比两年前更具成熟韵味。

若琳导师走近薰儿，无奈地拍了拍她的脑袋，道："再过半个月，便是学院的晋阶大赛了。你应该知道，只要通过了大赛比试，就有资格进入内院修行，学院每年只有五十个名额，原本你去年便可以参加，可你却放弃了。"

"去年薰儿初来乍到，如何敢去和众位学长学姐争夺？"薰儿俏皮地笑道。

"少来，我还不知道你心中想些什么？你不就想等那个家伙一起吗？"说到这里，若琳导师忽然咬着牙，温婉的脸浮现出一抹愤愤不平的怒气，并且还少有地爆了句粗口，"萧炎那个小混蛋，竟然敢消遣老娘！他那一年假期，可是我顶着诸多压力才批准的，如今一年早就过了，他却还没个人影！气死我了！若不是你这妮子整天缠着我，我早就把他名字给画掉了！"

"若琳导师，放心吧，今年萧炎哥哥一定会赶过来的。"薰儿忙道。

"就算来了又有什么用？他缺席了两年的学院修行，难道他在外面的修炼速度，还能比学院那些经过诸位先辈百般评估的修炼模式更快？"若琳导师无奈地说道，"想要取得名额，至少需要大斗师实力，而且这还是在他运气好，没有遇见某些变态导师的前提下。"

"若琳导师，你可不能小看萧炎哥哥哦，当年他可是凭借斗者实力，就在你手中走了二十回合的哦。"薰儿笑眯眯地道。

"希望吧，这次的晋阶大赛，可不像上次那般简单。整个学院有资格争夺的，有三百多人，要想从中闯出来，没有几把刷子，真挺困难的。"若琳导师撇嘴道。对于那个竟敢放她鸽子的刺头学生，她始终有些耿耿于怀。

"那这一次，便请导师也将萧炎哥哥的名字写上去吧。"薰儿拉着若琳导师的手臂，笑着撒娇。

"唉，真是拿你没办法，两年了，整天嘴里都念叨着那家伙，这迦南学院比他出色的男孩可并不少,比如……"说到这里,若琳导师忽然用眼角斜瞥了一眼一旁微笑而立的白山。

萧儿含笑,却如若未闻。

"就知道你不会理会……"似是知道这个结果,若琳导师将那玩笑话收了回去,低声道,"走吧,快要上早课了,跟我回去,我想你也不愿意在这里被白山纠缠吧?"

萧儿笑着点了点头,拉着若琳导师,两人低声谈论着什么,缓缓向小道另外一边走去。

白衣青年一直安静地站立在小道旁,面带微笑地望着逐渐远去的两人,半晌,他脸上的笑容终于淡了些许,修长的手指随意地夹住从树顶飘落下来的一片枯黄树叶,淡淡地道:"萧炎?就是那个请了足足两年假的新生吗?呵,也罢,正好让我看看,你究竟有什么资格让薰儿学妹对你这般牵挂。这般优秀的女孩,庸人,是没有资格拥有的。"

说完,白山缓缓转身,负在身后的手指猛然轻弹在树叶上,顿时,黄影暴射而出,最后闪电般地插在远处的一块巨石上,树叶将近有一半射进了坚硬的巨石中。

第九章
黑域大平原

黑角域,一块处于迦南学院之外的混乱地域。虽然大陆上很多人都对为什么在迦南学院这古老而悠久的学院之外会存在这么一块与学院气氛格格不入的混乱地域而感到疑惑,但不管怎样,存在便是合理。经过这么多年的种种压制,黑角域却依然以一种让人目瞪口呆的速度成倍扩张着,而它所展现出来打不死的超级小强的特性,也让那些有心打压这里的势力感到无力。

黑角域的范围极为辽阔,而且经过这些年的扩张,俨然成了一个自成一体的小国家。与其他帝国唯一的区别在于,别的帝国有最高领导人,而这里却各自为战。种种势力为了自身利益,不断地争夺、杀戮,使黑角域混乱得犹如一盘散沙。也正因为如此,黑角域方才能在这大陆中心位置越发壮大,不然恐怕没有哪方势力会坐看这个破坏力惊人的特殊地盘急速扩张,进而对他们造成威胁。

虽然黑角域的混乱闻名大陆,但是从这里流出的各种高阶功法、斗技、丹药等奇物,却将很多大陆上的强者吸引了过来。毕竟不管如何,这几种东西始终都是他们眼馋之物，若得到一卷比自身修炼的功法更高级的功法，就能够让他们在强者路途上更进一步。这般诱惑对于那些强者来说，无疑是难以抗拒的。

因此，那黑角域犹如一个黑幽幽的无底洞一般，无数奇宝经过各种渠道流到此处，然后再以天价拍卖，让无数人竞相争夺。

那忽然出现的神秘组织，让萧炎原本有些松懈的心再度紧绷起来。如今虽然他还未曾被那神秘组织发现准确的行迹，但只要一想起连药老这种强者都被他们逼迫得不敢随意现身，他就有种如芒在背的感觉。

在这缕隐隐笼罩心灵的寒意的驱使下，萧炎也终于明白，那种悠闲平淡的生活对自己来说，实在是太过奢侈。如今他所背负之事太多：父亲的失踪，神秘组织对药老的追杀……种种谜团犹如黑暗一般扑面而来，让萧炎再不敢分出半点心思去想什么休息。

想要打破这些谜团，他便需要强大的实力。而萧炎也清楚，他实力的来源并非正常的修炼，而是那些存在于天地间的神奇异火。虽然这种方法既危险又疯狂，但是对于拥有焚诀的萧炎来说，无疑是成为强者的捷径。

为了尽快增强自己的实力，在那神秘组织找上门来时有能够与他们相对抗的实力，萧炎便需要以最快的速度，将迦南学院的陨落心炎弄到手！

"时间又变得紧迫起来了。"昏沉的天空中，萧炎的身影闪电般地飞掠而过，他低头瞥了一眼下方急速后退的树木，苦笑着喃喃道。

自从当日药老告知了一些关于那个神秘组织的事情之后，萧炎便放弃了打算一路游历去迦南学院的念头，而是直接开启紫云翼，日夜兼程，沿着地图上标出的路线向黑角域飞掠而去。

加玛帝国与黑角域间的距离极为遥远，其间要穿过好几个小国家，然后才能到达黑角域的边缘。这般遥远的距离，若是步行或者骑马乘车的话，没有个三五月甚至半年的时间，恐怕还真到不了，而且这还是在沿途通畅的前提下。毕竟在这些小国家中，不可能像加玛帝国那般平静。出于地势或者国力等种种

　　原因，这些地方几乎每天都有争斗，各种佣兵团为了利益大肆混战。而且哪天实在没钱花了，这些佣兵团还会摇身变成臭名昭著的强盗团，凡是被他们遇见的商队，只要护卫力量不是很强，恐怕是财物连同女人全都会被抢个精光，最后落个凄惨结局。

　　而萧炎使用紫云翼代步，虽然对斗气消耗极大，但是好在有先前炼制好的回气丹支持，再加上已经进化成玄阶中级的焚诀功法，在两者的共同协助下，萧炎勉强能够支持长途飞行。只不过每隔两天时间，他便需要落到地面来进行一次长达一天的深层修炼，以此来恢复那因长时间飞行而近乎麻木的肌肉与精神。

　　这般拼尽全力赶路，那原本需要数月甚至半年方能到达的黑角域，只用了十来天，就已近在眼前。

　　萧炎使用紫云翼飞行了十天左右，下方那千篇一律的重重山峦忽然变得稀疏起来。他略微愣了愣，旋即抬头，目光扫向远方——在那视线的尽头处，黑色的平原犹如一道黑线，将外面与里面的世界完全分割开来。

　　"这是……黑域大平原？"望着那在视线中逐渐扩大的黑线，萧炎满是疲倦与风尘的脸一下子变得精神抖擞，一抹如释重负的笑容由嘴角扩散开来。按照地图所指，这黑域大平原便是黑角域的门户，只要踏入这里，就进入了那个与外面格格不入的混乱世界。

　　"终于到了……"萧炎使劲地揉了揉大大的黑眼圈，缓缓降下身子。虽然黑角域近在眼前，但是他并没有选择立刻进入其中。既然连药老都反复向他强调那个地方非常混乱，他觉得，以自己现在这副疲惫状态进入那个危机四伏的环境，似乎算不上明智。

　　"先恢复一下状态吧，虽然这十来天赶路极为辛苦，但是对你好处不小。体内斗气正是要在这般不断消耗的状态下，才能够快速增强。"药老的声音，此时也在心中响起。

"嗯。"萧炎微微点头，身体缓缓降落在一处山林间。迅速探知了一番，在确定并未有任何人兽气息后，他方才放下心来，寻了一处隐蔽之所，盘膝而坐，取出一枚回气丹塞进嘴中，手中结出印结，眼睛微闭。

随着萧炎进入修炼状态，淡淡的能量波动开始自其体内渗透而出，一股若隐若现的吸力将周身空间中的能量迅速吸进体内，经过炼化，灌注进气旋内那块因为斗气消耗而略有些黯淡的斗晶之中。

安静的修炼持续了大半个下午的时间，萧炎周身那淡淡的能量波动方才逐渐减弱，直至完全消散。

紧闭的眼睑轻轻颤抖了几下，萧炎缓缓睁开双眼，漆黑的眸子中，青色火焰一闪而逝，嘴巴微张，一口黑色的浊气被吐了出来。黑色浊气缓缓盘旋而起，凡是与之接触的树叶，顷刻间被腐蚀成虚无。

萧炎在吐出一口有些诡异的黑气后，脸上的疲惫立刻完全消失不见，取而代之的是淡淡的温玉光芒。

萧炎皱眉望着那道升腾而起的淡淡黑气，微眯眼睛，忽然低头看了一眼自己右手的中指。只见那根本来修长白皙的手指，却再度变得漆黑如墨，极为诡异。

"这……烙毒？还以为它自动消散了呢，原来一直在潜伏。"瞧见那已经很久没有再出现的黑指，萧炎不由得苦笑了一声。

"这东西若解决得好，会是你以后对敌的一个奇招，相反，若是处理得不好，则是个大麻烦。这种毒素经过变异后，对很多解毒的药都有抗性，破坏力惊人啊……"药老的声音略有些凝重。

萧炎无奈地点点头，甩了甩手指，那黑色迅速变淡，片刻后，便完全消失，犹如躲进了萧炎察觉不到的某些隐蔽地方。

"若不是为了得到七幻青灵涎，帮助老师灵魂苏醒，我也不想去帮那个老家伙，他的承诺跟放屁一样。嘿嘿，果然是个老奸巨猾的人物。"萧炎站起身来，

忽然冷笑道。想当初，在他替纳兰桀完全祛除了毒素后，那老家伙一副感恩戴德的模样，可后来呢？眼见自己被云岚宗追杀，他却没有半点动静。"

"不说那个扫兴的老家伙了。老师，我们这就进入黑角域？"萧炎甩甩头，站在山巅上，望着远处的黑色大平原，问道。

"嗯。"药老点了点头，旋即提醒道，"在黑角域中，尽量少使用紫云翼，飞行斗技可是稀罕货，能被人强行夺走。若是遇见什么强者，恐怕他们会起贪婪心，杀人越货。"

"啊？"萧炎一愣，半晌，方才苦笑道，"看来这该死的地方，还真的是乱得没边啊。至少在加玛帝国，那些强者还有一些傲气，动手抢夺之事，倒是很少见到，可到了这里，貌似跟吃家常便饭一般随意……"

"哈哈，不这样的话，这黑角域又怎么有资格称得上大陆上最混乱的区域？"药老大笑道，"好了，小家伙，走吧。虽然这里危险混乱，但是好东西也多得让人眼花缭乱。你不是要替那个海波东收集炼制复灵紫丹的药材吗？在这里绝对能够找齐。"

"那自然是好。"闻言，萧炎高兴了起来。对于海波东在加玛帝国鼎力相助的恩情，他一直铭记在心。亏欠的那复灵紫丹成了萧炎心中的一个结，如今若能得到材料，倒是能让他松一口气。

将所有东西整理好，巨大的玄重尺也插在了身后，萧炎扭了扭脖子，脚掌猛地一踏地面，随着一道能量炸响从脚底传出，身形犹如那离弦箭支一般，化为一道黑影，对着漆黑的大草原奔驰而去。

"嘿，黑角域，我倒是要看看，你能乱成何种模样？"

放眼望去，一望无际的平原，尽是单调的黑色，映衬着那略有些昏暗的天空，一种压抑得令人心情烦躁的气氛缭绕在平原之上。在这种有些诡异的地方，也难怪会滋生出那些混乱。

安静的平原上，一道黑影忽然自远处飙射而来。黑影的速度极为快捷，闪掠犹如瞬移一般，只不过每一次落脚时，都会带起一道犹如闷雷般的炸响。炸响声呈涟漪状，在平原之上扩散开来，最后逐渐消失。

全速奔跑中，人影忽然微微抬了抬头，露出一张清秀的年轻面孔——正是风尘仆仆从千里之外赶过来的萧炎。此时，他正皱着眉头望向那空旷的平原，低声喃喃道："这该死的地方真是让人压抑，不过为什么进入平原这么久，都未曾见到半个人影？"

"继续往前走吧，我想那海波东应该并未来过这里，他给的地图也没有黑域大平原的确切路线，现在只能先进入平原上的一些小镇，然后再购买一张此处的地图了。"药老不太确定地说道。他同样不是很熟悉这里，只是曾经听说过一些消息而已。

"嗯。"无奈地点了点头，萧炎只得继续埋头赶路。

"对了，小家伙，再提醒你一下，在这黑角域中，不要有过多的怜悯心。那东西在这里是被抛进臭水沟的玩意儿，对你没有半点好处，反而会将你拖进泥潭。"药老忽然再度出声提醒道，"杀鸡儆猴，是这里最有效的手段。"

萧炎淡淡地笑了笑，道："老师，我不是什么滥好人，也不是什么以慈悲为怀的圣人，拯救天下苦难的事情，还轮不到我去做。我只想让自己强大，保护我该保护的人，其他的，我没心情，也没资格去管。"

"这是在黑角域生存的最好心态。"闻言，药老笑笑，松了一口气。他同样希望自己的学生不是那种心慈手软的圣人。因为他知道，那种人在这里是活不长的。

轻吐了一口气，萧炎再度埋头向前冲，而在继续奔驰了将近半个小时后，他的视线之内，终于隐隐出现了一个小黑点，随着越来越近，小黑点逐渐扩大。星星点点的白色帐篷出现在萧炎视野之内，原来是一个小型部落。

望着那隐隐传出人声的帐篷，萧炎心中松了一口气。他脚尖轻点地面，身

形犹如一抹黑影,闪电般地对着小部落奔掠而去。

两三分钟后,部落终于完全出现在萧炎面前。他逐渐放缓脚步,然后对着那部落大门处缓缓走去。

萧炎环顾四周,发现这个部落其实并不小,那连绵而起的大小帐篷起码有将近百顶,而从其中不断响起的喧闹声来看,人气貌似还挺旺。

缓步走近部落大门处,萧炎忽然变了脸色,猛地后退了一步,一支长箭破空而来,狠狠地插在他面前的草地上。从那不断摆动的箭尾可以看出,这放箭之人定然是没打算留下活口。

在萧炎躲开长箭后,不远处的部落栅栏处响起了一声惊叹。

"在下只是路过此处,想要补给一下物资而已,阁下这是什么意思?"萧炎冷冷地瞥了一眼栅栏某处,冷喝道。

"喊,难道你是才进黑角域的菜鸟?竟然连进入部落前,要先在百米之外给路供的规矩都不知道?"一道人影跃上栅栏,听得萧炎这番问话,他先是一愣,旋即似是明白了什么,眉头一挑,眼中却快速地闪过一抹诡异的神色。

萧炎一皱眉头,路供?

"五百金币,快点,别磨磨叽叽了,浪费大爷的时间,你不要跟我说你连路供的钱都交不出来!"瞧得萧炎迟疑,那名男子眼中的诡异之色更盛,声音反而放缓了一点,催促道。

"真是奇怪的规矩。"心中松了一口气,萧炎一翻手掌,一袋金币出现在手中,然后对着男子丢了过去。男子赶忙接过,细细地数了一遍后,方才一挥手,声音干巴巴地喝道:"开门。"

听得这声音,部落那扇破烂的木门顿时嘎吱嘎吱地打开来,露出了里面的街道以及来往的人流。

"进来吧,菜鸟。"咧嘴笑了一声,那名干瘦男子笑眯眯地道。

萧炎微微皱了皱眉头,果然正如药老所说,这黑角域没多少正常人。他手掌握了一下肩膀处的尺柄，心中更加警惕，缓缓走向大门，一步跨了进去。

进入部落，那由帐篷所组成的街道出现在眼中，除了帐篷，还有各种各样的摊位，其上摆放着稀奇古怪的东西。此时，在那街道上，也有不少手持兵器的人正在四处晃悠。

"先找找有没有地图出售吧。"萧炎在心中念叨了一句，刚欲进入街道，面前人影一闪，旋即三个手持明晃晃大刀的男子一脸阴森地将他拦了下来。

"嘿，我说刚来黑角域的年轻菜鸟，今天我来教你一条黑角域的规矩，那便是不要轻易让人看出你是刚进这里的菜鸟。"难听得似吹喇叭般的笑声在身后响起，萧炎回头一看，先前那射箭的干瘦男子正手持弓箭，而弓上的利箭遥指着自己。

"把你身上的东西交出来吧，钱啊，武器啊，还有其他的全部东西，都给我交出来，我万一心情好的话，或许会给你留一条手臂。"干瘦男子咧嘴笑道。

"不愧是黑角域……只不过可惜，一群蚂蚱再如何蹦跶，也始终只是蚂蚱。"萧炎的目光扫过面前的街道。此时街道上的人群也发现了这边的事情，不过没有一个人出来替萧炎解围，他们反而一个个抱着膀子，满脸戏谑，犹如看戏一般。

"小家伙，亲身体验了一下，总算明白了吧。那家伙说得没错，在黑角域中，不要让任何人看清你的底细来路。在这里没有什么好人，所以也别指望那些围观者会出来帮忙，他们没有落井下石地过来砍你几刀，已经算是很不错了。"药老的声音在萧炎心中响起。

萧炎微微点了点头，手掌缓缓握住玄重尺柄。

瞧见萧炎的举动，那持刀挡在他面前的三人顿时脸色一寒，也不说什么废话，手中利刃直接对着萧炎的脖子狠狠地砍了下去，下手颇为狠辣。

嘭，嘭，嘭……

利刃还未到达目标，一道黑影骤然闪过，三人阴寒的脸色瞬间变得惨白，

身体犹如被巨锤砸中一般,猛地倒飞进了后面的帐篷中,鲜血将白色帐篷染得颇为刺眼。

"混蛋!"

电光石火间,三名同伴便受重创,那名干瘦男子的眼中闪过一抹惊恐与狠意。他刚欲松动手中的弓弦,一道黑影骤然出现在其身后,森然的低语轻声响起:"以后动手前,最好分辨清楚双方的实力差距,不过我想,或许你没有下一次了。"

噗!话音落下,黑尺重重砸在男子的后背上,顿时,一大口鲜血喷了出来。

脸色淡漠地望着那倒下的人,萧炎反手将玄重尺插在后背上,然后缓步行进街道。瞧得他进来,那些原本满脸戏谑的人在略微呆滞了一瞬后,都赶忙收好表情,任由那道人影带着些许血腥味,从面前飘然而过。

待萧炎缓缓消失在街道转角后,这里方才恢复热闹。人们笑着望了一眼那栽倒在大门处的尸体,眼中也没什么怜悯,只是啧啧赞叹道:"嘿,这个年轻人真是够狠辣的,下手干脆利落,杀起人来竟然没有半点迟疑,够爷们儿,看来他能在黑角域活得挺舒畅的。"

此时的萧炎,自然不知道,他那狠辣的手段赢得了这般高的评价。看来药老所说之话果然不假。

萧炎在沿着这几条并不算太长的街道悉数找了个遍后,却失望地发现这个小部落竟然没有地图卖。

他郁闷地摇了摇头。就在他打算找个人打听一下大致的路线时,一个身材肥胖的人忽然满脸笑容地出现在他面前。

"这位先生是想购买地图吧?先前我看你一路问过来。"胖子笑眯眯地道。

"你有?"萧炎斜瞥了一眼这个陌生的胖子,淡淡地道。

"我是行走在黑域大平原上的商人,自然必须携带最精确的地图。"胖子笑道。

"价格?"萧炎的声音依然没有半点波动,在这黑角域,没有免费的午餐。

"呵呵,说句实话给先生听,在黑域大平原,就算你拥有地图,也难以找到正确的目的地。因为平原上时不时地会出现遮天蔽日的黑风暴,这种时候,地图没用,只有那些老到的人,才能顺利走出黑风暴。不过我想,先生初来乍到,应该没有这种经验吧?"

说到这里,胖子摇了摇头,笑道:"我也不与你拐弯抹角,先前在部落门口时,我见你实力不错,因此才想聘请你为我商队的护卫。如果你是想穿过黑域大平原,进入内部黑角域的话,倒是能够与我同行。不过作为带你走出大平原的报酬,你需要在我商队遇到麻烦时,出一点力,如何?"

闻言,萧炎微皱眉头,在心中谨慎地问道:"老师,真如他所说?"

"呃……黑域大平原的确是以黑风暴著称,经验不丰富的人,倒还真会迷失方向。据说当年一个倒霉的家伙,便是在黑风暴中赶路,结果绕着大平原转了大半个圈,活活给累死了。"药老迟疑了一下,道,"要穿过黑域大平原,与经验丰富的商队同行,的确能省去很多麻烦。"

"呵呵,我们商队的目的地是黑角域内部的黑印城,那里后天便要举行一年一度的拍卖大会,所以我需要加强护卫力量抓紧时间赶过去,不然的话,我也不会找一个不熟悉的人来。"胖子笑了笑,对自己这有些冒失的举动做了解释。

"拍卖大会?"听得这名字,萧炎心头略微一动。黑角域中,最吸引人的便是那些令人咋舌的奇物,每一次的拍卖会都会吸引无数人竞相争夺。

沉吟了一会儿,萧炎也不再迟疑,点了点头。

"合作愉快,你可以叫我多玛。"瞧得萧炎点头,胖子顿时松了一口气,笑眯眯地对着萧炎伸出手来。

"药岩。"随意地握了一下对方那肥胖的手掌,萧炎淡淡地道。

第十章
黑榜，黑风暴

漆黑的大平原上，一支车队带起一缕缕黄尘奔驰而过，最后消失在视线尽头。

略有些颠簸的车内，萧炎盘膝而坐，在他的面前，便是那位叫作多玛的商队主事人。这支商队的护卫的确如同多玛所说并不是很强，最强的一人实力也只在五星斗师左右。作为原本被多玛聘请的护卫长，那个家伙自然对忽然加入的萧炎有些排斥，不过在赶路中被萧炎"不小心"一掌给轰下马车后，他倒是变得老实了许多。也正因为那一掌，多玛对萧炎变得热情了许多，甚至直接将萧炎请进了车厢，好生招待起来。毕竟，在这种处处有可能被劫的危险境况下，车队里有一名强者坐镇的话，能让人安心不少。

此时的多玛，正从怀中掏出一卷有些发黄的地图。他把地图缓缓摊在面前的桌子上，手指指着一处红点，笑眯眯地道："这里便是我们的目的地——黑印城，按照我们的速度，应该能在明天下午到达。"

萧炎紧紧地盯着那张泛黄的地图，视线在黑印城的小点上停留了一会儿，然后便顺着一条路线，缓缓移动，最后停在了处于中心位置的一颗蓝色星星上。

"这里应该就是迦南学院吧？"萧炎瞥了一眼蓝色星星，脸色没有丝毫改变，随意问道。

"嗯，那就是闻名斗气大陆的迦南学院，我女儿便在那里，呵呵。"多玛点了点头，提起他女儿时，那张肥胖的脸有着些许自豪。

萧炎默默点了点头，将那条路线牢牢地记在心中，然后目光再度扫向迦南学院外围的黑色区域，那些黑色区域被分割成好些个大小不一的板块。

"现在的黑角域，基本上已经被一些强大势力瓜分完毕。虽然各种势力间依然还在为争夺地盘而不断厮杀，但是短时间内，变化应该不会很大。"瞧见萧炎的目光，身为商人的多玛自然明白萧炎的一些疑惑。多玛能够猜到萧炎应该是初进黑角域不久的新人，可精明的他却没有点破，反而微笑着解释道。

"我们所要去的黑印城，便属于八扇门管辖，这个八扇门是黑角域的老牌势力，实力极强。据说他们的首领袁衣，实力更是能够排进黑角域黑榜前十。而这一次黑印城的拍卖大会，正是由他们八扇门所主持。"多玛在黑印城周边一带画了一个小圆圈，笑着道。

"黑榜？"陌生的词语让萧炎略微愣了愣，他低声喃喃道。

"呵呵，这黑榜和一些帝国的强者排名榜没什么区别，只不过这里的黑榜的竞争力，却远远超出那些帝国的强者榜。因为仅仅是在这不到两年的时间里，黑榜中的最后三位便直接被取而代之。据说那被取代的三位，也是斗王级别的强者啊。"多玛摇了摇头，惊叹道。

"哦？"闻言，萧炎有些动容。要知道，加玛帝国的那十大强者，至少要将近十年才会轮换更迭。而在这里，连斗王强者也被淘汰得这般快。难以想象那种竞争力是如何强大。

"那黑榜排名前几的又是哪些人？实力如何？"萧炎轻声问道，声音中略有些好奇。

"排名第一以及第二的,因为太过神秘,很少有人见过,所以我也知之不多。不过那第三位倒是个了不得的强者,据说实力早已在斗皇巅峰,并且还精通炼药术,堪称黑角域炼丹第一人,因此大多数人都敬称他为'药皇'。"多玛沉吟道。

"药皇?这外号倒是挺有分量的。"萧炎淡淡笑了笑,道,"他真名叫什么?"

"嗯,我想想,好像……是叫作韩枫吧。"多玛摇了摇脑袋,笑着道。

多玛的话音刚落,萧炎那隐藏在袖间的手指猛然一阵剧烈颤抖,手指处的那枚黑色戒指竟然忍不住爆发出些许森白火焰,导致那手指垂落处的车板直接被高温烧穿了一个小洞。

戒指突然间的变化让萧炎脸色大变。不过好在有袖子的遮掩,对面的多玛没有发现。

"老师,您怎么了?"萧炎轻轻抚摸着漆黑戒指,在心中低声问道。先前戒指的异动,很明显是药老情绪骤然暴动的缘故。

萧炎的问话并没有得到回答,此时的药老犹如完全沉寂了一般。

感受到药老完全沉寂,萧炎明智地没有再追问,只不过心里却将那个韩枫的名字牢牢地记下了。或许这个人跟以前的药老,有着很深的关系。

"药岩先生,你没事吧?"瞧得脸色忽然变化的萧炎,对面的多玛不由得有些忐忑地道。

"没事。"萧炎笑了笑,刚欲说话,却忽然发现马车外面骚动了起来,一道道惊呼声传进马车:"所有人注意,黑风暴要来了,赶紧停车!大家不要分散,免得迷失了方向。"

"黑风暴?真是倒霉,果然又遇见了。"听到外面的惊呼声,多玛的脸色微变,不过他倒也并不太恐慌,对着萧炎道,"药岩先生,我们先下车吧,只要做好防护,这种并不算太大的黑风暴,倒不至于会有多大的危险。"

点了点头,萧炎掀开车帘,跳了下去。他抬头望了望,发现十几分钟前还晴朗的天空，现在却被诡异的黑雾遮掩了，朝前方望去，视线被阻碍得厉害。现在他方才知道，为什么多玛会说，若是遇见黑风暴，就算是有地图，那也是无济于事。

"呵呵，药岩先生，不用担心，我感受了一下风向，并不是很大，这也算是不幸中的万幸了。"多玛在萧炎身旁笑道，"黑风暴虽然是黑域大平原最令人郁闷的东西，但与那些残暴的黑匪相比，却要好许多。至少遇见黑风暴运气好点，还能保住性命，可若遇见那成千上万的黑匪大军，恐怕就只能坐以待毙了啊。"

萧炎微微点头，刚欲说点什么，却发现本就昏暗的天色，霎时间没有半点预兆便完全暗了下来。不久，呼啸的狂风猛然自天空席卷而下，顿时，一些身体稍弱的人便被狂风刮得站立不稳，骇得他们赶紧抓住身旁的一切物体。

黑色狂风自黑压压的天空上席卷而下，犹如张开巨嘴的恶魔，吞噬一切所遇见的东西。

互相连在一起的车队被摆成首尾相接的圆形，众人躲在其中，手中的武器死死插入地面，将自己的身体犹如钉子一般固定下来。

伸手不见五指的黑暗笼罩着所有人，在呼啸风声中，谁也感觉不到自己身旁是否有其他人存在。

半跪在地上，萧炎将玄重尺狠狠地插进地面，然后身体躲在宽大的尺身后，听得狂风吹在尺身上响起的噼里啪啦声，他的脸色也略有些变化。没想到这所谓的黑风暴竟然强到这般地步，而这还是多玛口中所说的小型风暴，若是遇见再大点的，那岂不是能直接把人给卷走了？

黑暗与狂风不知道持续了多久时间，萧炎忽然皱了皱眉头，转头瞥向一个不知道方向的地方。那里，似乎有些许诡异红光在闪动，并且还伴随着模糊的声音隐约传来。

眨了眨眼睛，感受着周围那似乎有减弱趋势的狂风，萧炎迟疑了半晌，忽然半弯着身子，向着那隐约红光处，悄悄移了过去。

几分钟后,那诡异的红光终于出现在萧炎的视线内。借助着那微弱红光,萧炎愕然地发现,那发出红色光芒的竟然好像是一个有些虚幻的人形,看其飘荡的模样,怎么……和药老出现时的状态差不多?

"咦,这个家伙竟然也是个灵魂体?只不过实力似乎挺弱,斗灵级别,不对!有什么东西隐藏在黑暗中……小家伙,千万不要动!"蓦然间,一直陷入沉寂的药老似是发现了什么,急忙喊道。

闻言,萧炎一愣,身体霍地趴在地上,连大气都不敢出。

"你们究竟是谁?为什么追杀我?我似乎从没与你们有过仇怨!"红色灵魂体在狂风中忽摇忽摆。此时的他,正面对着黑暗,一脸恐惧。

"桀桀……"黑暗中,忽然响起一阵令人毛骨悚然的笑声。旋即,一道黑色锁链猛地自黑暗中射出,犹如黑蛇一般,极为灵活地缠上了红色灵魂体。

吱吱……那宛如由一种极为诡异的能量凝聚而成的能量锁链刚刚沾上红色灵魂体,一阵阵白烟便从灵魂体体内渗透而出,旋即响起凄厉的惨叫声。不过不管他如何挣扎,最后甚至召唤出了一种红色火焰,却依然拿那黑色锁链没有半点办法,只能眼睁睁地看着自己的灵魂越来越微弱,最后被锁链吐出的一道黑光包裹了进去。

"桀桀,管你生前有多风光强横,只要成了灵魂体,就是我魂殿的捕猎目标……"难听的笑声逐渐在黑暗中远去,直至最后完全消散。

黑暗的草丛中,萧炎几乎屏住了呼吸,冷汗打湿了衣衫。他没想到,在这黑风暴中,竟然会遇见那个追杀药老的神秘组织。最让萧炎感到震撼的,是刚才神秘人连身形都未露出来,一个斗灵级别的灵魂体便没有丝毫反抗力地被他捕捉,这种力量未免太恐怖了吧!

趴在草丛中,四周的狂风呼啸作响,萧炎再不敢移动半点身体,生怕那隐藏在黑暗中的神秘东西未曾远去,忽然暴起杀人。

黑暗中，没有时间概念，就在萧炎的心中略微泛起一丝淡淡的烦躁时，一缕微弱的阳光忽然照射进黑暗中，那场景，犹如一个鸡蛋被轻轻敲裂开来。温暖的阳光，驱逐了其中的黑暗。

随着第一缕阳光的出现，一道道阳光开始倾洒而进，而那呼呼作响的狂风也缓缓减弱，直至最后消散。

望着略微放明的天空，萧炎这才松了一口气，小心翼翼地爬起身来。他四处望了望，旋即在几百米之外，看见了那个已经在整顿的商队，当下赶忙抬腿向那边奔去。快要接近商队时，萧炎看见了多玛充满欣喜的胖脸。

"药岩先生，你没事吧？刚才找不到你，可把我急坏了。"多玛快步迎了上来，松了一口气道。

"没事，不小心被刮走了一段路程。"瞧见多玛脸上欣喜的神情，萧炎微笑着摇了摇头。虽然这个胖子是因为需要他的实力才这般焦虑，但是与黑角域某些人相比，这人算是比较正常的了。

"被刮走了？那药岩先生可真是好运，若是换个倒霉点的，定然要迷失在大平原上了。"闻言，多玛有些庆幸地笑道，"药岩先生先进马车吧。我整理一下被吹散的货物，然后继续上路。"

点了点头，萧炎望了一眼整理东西的商队，也不再说什么，再度钻进了马车内，然后盘膝而坐，心中却长长地松了一口气，低垂的眼帘中依然残存着一抹震撼。他在心中喃喃道："那就是魂殿的实力吗？果然可怕啊。"

"嗯。不过也并非完全是你所见到的那样，我上次便说过，魂殿有专门对付灵魂体的手段，而且灵魂体并不能使用斗气，一些拥有奇异火焰并且将之炼制成了本命火焰的灵魂体倒要好一些。当初与魂殿的人相遇，我便是凭借骨灵冷火，方才顺利逃脱，不然的话，恐怕下场也就和你刚才所见的那家伙差不多……"药老的声音缓缓响起。

"他们所使用的攻击方式，我觉得，似乎脱离了斗技、斗气的范畴。"想起

那诡异的黑色锁链,萧炎略有些迟疑地道。因为他知道,灵魂体虽然不能使用斗气,但是同样地,斗气对他们的伤害也会相对减少。先前看那锁链一缠上红色灵魂体,灵魂体就犹如烙铁遇到冰块一般,反应剧烈得令人咋舌。

"嗯,当初与他们接触,我也有这种感觉,却没有机会深究。现在想来,他们的攻击方式的确与常人有些不同,我想,恐怕这也是灵魂体在他们手中如婴儿般没有多少反抗能力的主要原因吧。"药老沉吟道。

"不过现在你也不用操这心,只要我少出现,他们短时间内就应该找不到我们的位置,而你现在所需要做的,便是尽量在他们发现我们之前,把自己的实力提升起来!不然,先前那人便是前车之鉴啊。"药老语气凝重地道。

"嗯。"经过这黑风暴中的一次偶遇,萧炎心中的紧迫感更是强烈了许多。那些家伙的诡异攻击方式让他有些担心,毕竟未知的东西才是最可怕的。

"我们或许可以在黑印城停留一天时间,那里的拍卖会,应该会有你所需要的东西。而且黑角域的拍卖会,可不是加玛帝国的那些拍卖会能够相比的,看一看,倒是能开开眼界……不过你身上带够钱了吗?在黑角域,没有钱几乎寸步难行。"药老笑道。

"呃……似乎还有十几万金币吧,这些还是当初在乌坦城销售疗伤药的分成呢。"闻言,萧炎一愣,道。

"十几万……"药老有些无语,无奈地道,"刚好能够让你在黑角域活下去,不过想要去竞买什么东西,那就算了吧。"

尴尬地搔了搔头,萧炎苦笑道:"实在不行,购买点药材炼制丹药去拍卖吧,我可没听说过炼药师会缺钱花……"

"也可以拍卖一点伴生紫晶源或者地火莲子,这些东西放在黑角域,那也是能引起一些轰动的,到时候恐怕会有无数修炼火属性功法的强者去锲而不舍地争夺。"药老笑道。

"怎么可能?那伴生紫晶源可是吞天蟒最喜欢的食物,没有了,那小东西万一不听话了，我怎么办？地火莲子就那么十一颗，还被我吃了一颗，我自己都嫌不够，还拿去拍卖？"翻了翻白眼，萧炎嘟囔道。

"还是炼制丹药拍卖吧，现在的我好歹也是能够炼制出四品丹药的炼药师。我想，就算是在这黑角域里，四品炼药师也不会跟大白菜一般，一抓一大把吧？"萧炎撇嘴道。

"大白菜？也亏你想得出。以你四品炼药师的身份，随便加入哪一方势力，你都能被当成上宾对待，而且待遇绝对不比斗王强者低。"药老嗤笑道。

"嘿嘿，那就好。"窃笑了一声，萧炎听得车门外响起的脚步声，也就停止了与药老的交谈，闭眼垂目，犹如老僧入定。

自从经历过那一场黑风暴之后，多玛的这支车队便没有再经历什么麻烦，在第二天的中午时分，那单调的黑色平原边缘处终于开始出现葱郁的绿色。瞧得这些绿色，经验丰富的护卫都忍不住松了一口气。只要出了这大平原，就会安全许多，毕竟如今的这些城市，大多都有势力独霸，只要交给这些势力足够的钱财，就不至于会落个货物被劫、满队被屠杀的凄惨下场。这些势力倒不会蠢得去干杀鸡取卵的事。

当然，事情并无绝对，不然的话，这黑角域也就和那最混乱区域的名头有些不符了。

马车内，萧炎掀开车帘，望着那徐徐行出了黑色平原的商队，也略微松了一口气。

"呵呵，这次还好，没有遇见那些残暴的黑匪，我的货物总算是保住了，也没什么人员伤亡，倒能省很多赔偿金。"多玛肥胖的脸上浮现出如释重负的笑容。在黑域大平原运输货物，几乎和把脑袋别在裤腰上没什么区别，一个运气不好，便落个丧命的下场，在这黑角域挣钱可不容易啊。

"对了，药岩先生，这是你的报酬，虽然和你大斗师的身价不符……"多玛从怀中掏出一袋金币，递给萧炎，苦笑道。

"没多玛先生带路,我恐怕就算再走十天,也难以走出黑域大平原,这些钱,足够了。"萧炎并没矫情地拒绝对方的报酬,他取过金币掂了掂,看那分量,应该在五千左右。

"多谢药岩先生了。"多玛感谢地点了点头,将怀中那卷精细的地图也递了过去,低声道,"我想,对于初进黑角域的新人来说,这个东西才是最珍贵的。"

萧炎微眯着眼,缓缓地点点头,没有推辞。

"呵呵,药岩先生,我看你年龄并不大,实力便这般强横,想必修炼天赋极为不俗,不过行走在黑角域,万事都要留心点,最好不要让人轻易看出你是新进来的人,不然会惹来很多麻烦。"多玛轻笑道。

"受教了。"

车队在行出黑域大平原后,便逐渐减缓速度,在赶了将近两个小时的山路后,终于在下午时刻翻过了一座山岭。在那山脚下,一座由漆黑巨石累积而成的庞大城市,现出了模糊轮廓。在城市的四方城门处,还能隐约看见密密麻麻的小黑点犹如蚂蚁般,聚拢着拥进城市那张开的黑暗巨口中。

"呵呵,药岩先生,这便是黑印城了,由于这两天将会举行拍卖大会,附近很多势力以及强者都会赶过来。每年的拍卖大会,都会有重磅奇物。据说,去年拍卖大会的压箱底之物,是一卷地阶低级斗技,当时各方势力为了那东西,可是差点直接在拍卖场大打出手啊。最后若不是主办方后台强硬,拍卖大会恐怕就成闹剧了。"站在马车上,多玛望着山脚下的城市,笑着对一旁的萧炎道。

"地阶斗技……"听得这等级,萧炎忍不住抽了抽嘴角。不愧是大陆奇宝流转的销赃地,这种等级的斗技,在加玛帝国中,基本不可能见到。

"走吧。"多玛一挥手,车队呼啸而下,沿途带起一缕黄尘,对着山脚下那座庞大的城市奔驰而去。

"希望不会让我失望。"望着在视线中逐渐放大的城市,萧炎低声喃喃道,心中颇有些好奇与期盼。

第十一章
炼丹脱贫

车队从山顶呼啸而下,十几分钟后,便接近了那漆黑的城门。车队逐渐减缓速度,然后排在人流之后,安静地等着进入。

站在马车前,萧炎抬头望着那黑黢黢的巨大城墙,目光扫了一眼城门正中央"黑印城"三个大字,视线缓缓下移,最后停在城门口十几名身着黑衣劲装的男子身上。他们和外界的守城兵一样,只不过这里,任何进城的人都必须向他们缴纳一大笔不菲的入城费用。收入城费这种事若是放在加玛帝国,恐怕会直接引起民众暴动,而在这黑角域中,貌似是稀松平常的事情。

"给我滚开,少在大爷面前蹦跶。"就在萧炎打量这座具有黑角域特殊风格的城市时,一道暴躁的骂声忽然在他前方不远处响起。萧炎看过去,原来是一个光头大汉或许是因为等得不耐烦,一把将他面前的一名瘦弱男子拎了起来。

"啊……"光头大汉的话语刚刚落下,那被他拎起来的瘦弱男子就猛地一转身,袍袖中飞快地滑出一把匕首。匕首闪起一道寒光,狠狠地对着光头大汉的喉咙刺了过去。不过好在光头大汉反应敏捷,急忙一偏脖子,匕首刺在了其喉

咙下方半寸处，顿时，鲜血狂飙，光头大汉嘴中发出凄厉的惨叫声。

一击重伤光头大汉后，那名瘦弱男子身体一摆，如同泥鳅般，从衣服中缩了出去，然后一头滚进一旁的树丛里，消失不见了。

"杂种，大爷要撕了你！"眼睛赤红地将匕首拔出，失去理智的光头大汉一头冲进树丛。许久，一道与先前凄厉喊叫相同的叫声从树丛内传出，半晌方才消散。

站在车架上，萧炎目瞪口呆地望着那处树丛。听到那惨叫声，他知道，那个光头大汉恐怕是性命难保。不过让他有些错愕的是，那光头大汉的实力应该在二星斗师左右，而瘦弱男子则只有斗者级别，两者间差距这般大，那瘦弱男子下毒手时，竟然这般干脆利落，没有丝毫迟疑，这般狠辣心机，简直让人咋舌。能够在黑角域中生存下来的人，果然都不是普通角色，萧炎现在是真真切切地感受到了这一点。

"呵呵，药岩先生，在黑角域，千万不要以貌取人，每年黑角域中因为这个而死去的人，尸体几乎能够将一座城市堆满。"多玛低声笑道。

"嗯。"萧炎微微点了点头。这亲眼所见的一幕，让他彻底明白了黑角域是一个怎样的地方。

两人的厮杀犹如一个小插曲，仅仅是给排队的众人一点看料而已，并没有多少人对此发出什么感叹。

队伍缓缓前进着，在等了将近半个小时后，终于轮到多玛的车队。在车队到城门口时，多玛眼疾手快地将一大袋金币递了过去。萧炎清楚地看见，在他递大袋金币时，手中还藏了一小袋。

那名脸色淡漠的黑衣男子接过金币，随意掂了掂，脸色柔和了一点，也不说什么废话，一挥手，便放多玛的商队进了城。

"呵呵，药岩先生，你接下来打算去哪儿？"进入城中，多玛将车队停下，笑着问道。

"我打算先在城内转转。对了,不知道黑印城哪里的药材最多?"萧炎跳下马车,抬头问道。

"药材吗?那自然是'千药坊'了。只要你有足够的钱,就能够在那里购买到在外面根本瞧不见的珍稀药材。"多玛笑道。

"嗯,多谢了。既然如此,那就先在这里告别吧,日后有机会再聊。"对着多玛拱了拱手,萧炎不等他说什么客气话,便转身挤进了人流中,然后快速消失不见了。

"唉,希望能真的再见吧。黑角域中每年死亡的人中,新人的数量是最多的。特别是那些有实力的青年人,年轻气盛,不懂收敛锋芒,摆明了一副短命相。不过这个小家伙倒是要好许多,如果手段再狠辣一些的话,说不定还真能在黑角域混出名头来。"望着萧炎逐渐消失的背影,多玛苦笑了一声,然后一挥手,带着车队向另外一条街道驰去。

顺着街道缓缓行走着,萧炎的目光不断在街道两旁的商铺中扫过,让萧炎无语的是,这短短不到百米的街道还未走完,他便看见了不下十起斗殴,其中不乏抽刀血拼的。对于这种城市,几乎只能用一个字来形容,那就是——乱!

避开街上的一些血拼,萧炎转过两个街角,走了将近二十分钟后,目光终于停留在了一家占地颇广的店铺匾额上。在那淡红匾额上,写着"千药坊"三个古朴的大字。

"应该就是这里了吧?"心中低语了一声,萧炎加快脚步,走进这间气势不凡的药坊。顿时,一股夹杂着上百种药味的浓烈气味扑面而来,让人忍不住要打喷嚏。

药坊的面积极大,东西纵横面都摆放着整齐的水晶柜台,透明的柜台内放着各种各样的药材。有不少人驻足在这些柜台前,嘈杂的交谈声不断响起。

萧炎缓缓踱向那些水晶柜台,目光在其中扫过,眼中闪过一抹惊诧。正如

多玛所说,这千药坊里面的药材的确在外界很难寻找到,真不知道他们是从哪里弄来这么多的稀奇药材。

萧炎惊叹地摇了摇头,视线从药材下方标明的价格上扫过,当下忍不住倒吸一口凉气。一株高阶的木灵三针花在外界虽然稀罕,但是售价顶多就五万金币,这里却足足涨了三倍。

"十七万一株……这些家伙,干脆直接去抢吧。"萧炎无语地摇了摇头,按照他现在的身家,貌似连这么一株木灵三针花都买不起。

萧炎苦笑了一声,目光再度从水晶柜台上徐徐扫过,半响,他站在最后一个柜台处,表情有些麻木。经过刚才的察看,他的确将炼制一枚复紫灵丹的所有药材都找到了,只不过经过他的计算,如果将那些药材全部买下来的话,至少需要六十七万金币。

"黑店啊黑店……如果海老在就好了。他身为米特尔家族的太上长老,拿出这些钱肯定是没问题的。"嘴中喃喃着,萧炎忽然有些窘迫。他以前从未在意过这些金钱上的事,如今一进入黑角域,竟然为了钱苦恼起来。

"老师,现在怎么办?"无奈之下,萧炎只得在心中苦笑着问道。

"嘿嘿,我早说过,在黑角域中,没有钱那可是寸步难行。"药老戏谑地道,"还能怎么办?你若是不想以物换物的话,那就先别打那复紫灵丹的主意了,把剩下的钱拿来买两服炼制三纹青灵丹的药材吧,然后再去拍卖场把炼制出来的丹药拍卖掉。不然的话,那些药材是决计弄不到手的。"

"唉,只能这样了。"叹息了一声,萧炎又开始掉头寻找炼制三纹青灵丹的药材。不过还好,三纹青灵丹属于四品丹药,它所需要的药材的价格远远低于炼制复灵紫丹的药材的价格。

"对了,差点忘记告诉你一件重要的事,虽然这事会让你本就不宽裕的经济雪上加霜。"药老幸灾乐祸的笑声,让萧炎有些不安。

"既然你想打陨落心炎的主意,那么就得像当初吞噬青莲地心火一样,将所有准备工作都做完。"药老笑眯眯地道,"吞噬青莲地心火,是靠着血莲丹的保护,才让你成功率大增。不过那陨落心炎在异火榜上排名第十四,可远远比排名第十九的青莲地心火强悍,所以这一次你所做的准备,必须更加周全。"

"呃……差点忘了这一茬。"萧炎一怔,旋即恍然。上一次吞噬青莲地心火,若不是有血莲丹相助,他最后究竟能否成功,还是两说呢。

"那我们这一次,需要准备点什么?"萧炎忐忑地问道。

"六品丹药,地灵丹。材料倒是不多,四种而已,地心火芝、龙须冰火果、青木仙藤还有……六阶水属性魔核一颗。"

淡淡的话语却让萧炎走动的脚步骤然僵硬,嘴角微微抽搐着。不提那三种他连听都没听过的药材名字,光是最后一个,就让他有种气急败坏的冲动。六阶魔核?难道还让他去杀一头能够与斗皇强者相匹敌的六阶超级魔兽?找死也不是这种办法吧?

从千药坊走出来,萧炎仰头望着略有些阴沉的天空,长长地吐了一口气。从现在起,他正式成为赤贫一族了啊。四服炼制三纹青灵丹的药材,不仅将他身上的十三万金币全部耗尽,而且他最后还拿出了整整三瓶二十七粒回气丹,方才将那些药材从一脸诧异的服务员手中拿走。要知道,按照市价,一枚回气丹也能卖到五千多金币,而这二十七粒,就算除去了零头,也是要十多万啊。

"穷得叮当响啊。希望不要炼砸了,不然的话,恐怕就真的只能把伴生紫晶源拿来出售了。"萧炎苦笑了一声。虽然购买了四服炼制三纹青灵丹的药材,但是以他现在的实力,根本不可能达到百分之百的成功率。如果四次中,有两次炼制成功了,那这一次他的买卖还能赚一笔。可问题是,他根本不敢肯定自己一定能保持这般高的成功率啊。当初在加玛帝国的炼药师大会上,若不是借着几分运气,恐怕他还真炼制不出来那最高品阶的三纹青灵丹。然而谁又能肯定,那种好运会一直伴在身边?

　　回头望了一眼那千药坊的匾额，萧炎咬牙切齿地骂了一句"黑店"后，方才拂袖走进街道，开始寻找能够让他安静炼丹的地方。

　　顺着街道缓缓行走了十几分钟，萧炎停在了一间旅馆之外，略微迟疑后，便走进其中。

　　安静的小房间内，萧炎将先前购买的药材一样样摆放在桌面上，边掏边低声道："还好，刚才多玛给报酬时没拒绝，不然现在连住旅馆的钱都没了，这生活过得……啧啧……真是够寒碜的。"

　　将药材尽数掏出来后，萧炎又将一尊算不得有多高级的药鼎拿出来。做完这一切，他拍了拍手，苦笑道："看来又得大战一番了。算了，权当练个手吧。"

　　萧炎轻弹手指，一缕青色火焰自指尖浮现，旋即被弹进药鼎火口中，顿时，青色火苗化为熊熊火焰，在鼎内升腾着燃烧起来。

　　望着升腾而起的青色火焰，萧炎吸了一口气，将心中的诸般情绪压下，然后修长手指犹如拈花摘叶般，在桌面之上闪掠而过，一株株药材被抛进药鼎之内，顷刻间便化为粉末。

　　安静的房间中，青色火焰在药鼎内如精灵般跳动着，火焰的影子投射在墙壁上，张牙舞爪，颇有声势。

　　药材一株株被投进药鼎之中，种种色泽不同的药粉缓缓汇合，然后在火焰的炙烤下开始有融合的趋势。

　　一个小时过去了。

　　萧炎紧紧地盯着药鼎中略现雏形的丹药，手指抽空从纳戒中取出一枚紫色药丸，快速塞进嘴中，微微嚼动，手中印结骤然变动。只见那药鼎内，青色火焰瞬间退散，与此同时，他嘴巴一张，紫色火焰喷吐而出，涌进药鼎。

　　嘭……紫火刚刚进入药鼎，萧炎的脸色便微微一变，旋即，一道细微闷声响起，一堆黑色灰烬从药鼎底部滑落了出来。

　　"失败。"望着那黑色灰烬，萧炎无奈地摇了摇头。

"丹药融合时，过分急躁，火焰转换时，心浮气躁，如此炼药，成功率不足十之二三。"药老淡淡的声音在心中响起，一针见血地将萧炎刚才炼制时所犯的错误指了出来。

　　默默点了点头，萧炎也没解释，安静地站在药鼎前两分钟，深深地吸了口气，将先前失败的情绪瞬间完全驱逐出脑袋，脸上无喜无悲，手掌晃动，又是一缕青色火焰飙射进了药鼎之内。

　　萧炎心神平静，漆黑的眸子中跳动着青色火焰，修长手掌在桌面之上缓缓移走，然后骤然一动，顿时，一株株药材再度被扫进药鼎之内。

　　在安静的小房间中，炼制继续悄然进行。又一个小时后，萧炎虚眯的眼睛骤然大睁，手中印结犹如蝴蝶飞舞般，嘴巴猛地一张，紫火喷射而进，青火悄然消逝。

　　药鼎之内，一颗淡青色的圆润丹药滴溜溜地在紫火上方旋转着，紫色与绿色的美丽丹纹缓缓浮现在丹药表面。

　　呼！抹去额头上的冷汗，萧炎长长地松了一口气。他并没有冒险将药老的骨灵冷火招出来，虽然若是成功的话，便能够让青灵丹真正具备三纹，从而大大提升其价值，但是此时的他实在不敢肯定，最后一次增纹能否像在炼药师大会时一举成功。他发家致富就靠着这二纹的青灵丹，若是再一个不慎，将之搞坏了，那可就糟糕了。

　　"二纹青灵丹的价格，或许能够拍卖到四十万左右，而三纹青灵丹的话，则能够达到六十万左右，这之间，可是涨了将近一半哦。"药老笑眯眯的声音中带着诱惑。

　　"四十万也能将成本赚回来了。"眼角跳了跳，萧炎强忍着诱惑，将丹药装进玉瓶中，盘腿在一旁的床榻上休息了半个小时，然后再度起身，来至桌旁，开始继续炼制。

　　整整一下午时间，萧炎都闷在小房间中，炼制着剩余的药材。当天色暗下

来时，桌面上的药材已经被炼制精光，而两个小玉瓶中各自装盛着一枚浑圆的淡青丹药，淡淡的药香隐隐透出，让人神清气爽。

药鼎之中，紫色火焰熊熊燃烧，最后一枚青灵丹已经在紫火的温养中出现了一道淡紫的纹路。四服药材，能够炼制出三枚二纹青灵丹，这般成功率已经高得令人咋舌。当然，若不是有经验丰富的药老在旁指导，再加上异火的功效，恐怕萧炎在炼药术上再如何有天赋，也不可能达到这种令人眼红的成功率。

紫色火焰在漆黑眸中缓缓跳跃，萧炎的眼珠子直直地盯着那枚已经逐渐完成温养的青灵丹，轻舔了舔嘴唇，瞥了一眼桌面上的两枚二纹青灵丹，突然间，漆黑眸子炽热了起来。

"嘿，就知道你最后还是会耐不住性子，打算炼制三纹青灵丹。"似是清楚萧炎在想些什么，药老的嗤笑声在心中响了起来。

"嘿嘿，反正已经炼制出了两枚二纹青灵丹，就算这一枚失败了，也是赚了，人总得有些冒险精神不是？"萧炎咧嘴一笑，手指轻弹漆黑戒指，顿时，一缕森白的火苗缓缓升腾而起。

森白火焰一出现，原本炽热的小房间，温度顿时下降了许多。萧炎的脸色逐渐凝重，灵魂力量包裹着白色火焰，然后将之小心翼翼地投入药鼎之中。而其中的紫色火焰，在萧炎另外一股灵魂力的驱使下退出药鼎，悄然消散。

白色火焰进，紫色火焰退，对两者间进退的把握，被完全集中精神的萧炎控制得丝毫不差，甚至连药老也发出了赞叹声。

白色火焰进入药鼎，在那骤降的温度下，药鼎竟然轻微地颤抖了几下，细小的裂纹悄悄蔓延。

"冷热交替，果然会降低药鼎的耐用度。唉，看来有时间得搞一个好些的药鼎了，不然以后炼药，总是提心吊胆的。"瞥了一眼那细微的裂缝，萧炎轻叹着摇了摇头，不过此时他并没大惊失色，在掌控好火焰的前提下，这药鼎还是能够支撑到他将丹药炼制完毕的。

药鼎内，森白火焰如一条条细小的白蛇般，缭绕在丹药周围，奇异的温度缓缓地渗透进入丹药之中。然后，一条细微的白色丹纹开始在丹药表面逐渐蔓延。

"嗯，这次火焰的控制，比上次好了许多。"瞧见那白色火焰的细微动作，药老点了点头，略有些赞赏地道。

此时萧炎的脸色一片凝重，额头之上冷汗不断滴下。无论如何，骨灵冷火不是属于他的火焰，因此控制起来极为耗神，以至于他根本不敢随意与药老搭话，生怕注意力一分散，火焰温度升了一点，便会让这枚青灵丹彻底报废。

最后的温养足足持续了半个小时。瞧见淡青色丹药之上的白色丹纹已经蔓延了整整一圈之后，萧炎这才松了一口气，心神一动，灵魂力包裹着森白火焰，迅速自火口处退出，手掌一招，火焰便再度缩回到漆黑戒指中。

手掌翻动，一个玉瓶浮现，一枚翠绿丹药自药鼎内飙射而出，最后悬浮在萧炎面前，被他笑眯眯地装进玉瓶中。

"两枚二纹青灵丹，一枚三纹青灵丹，这就是我发家致富的本钱啊。"抹去额头上的冷汗，萧炎望着那三个玉瓶，丰富的收获将他的疲惫冲淡了许多。进了黑角域，他方才知道，原来自己竟然这么缺钱，炼制复灵紫丹需要一大笔钱，炼制那所谓的地灵丹更需要一笔不菲的资金。这重重债务加起来，让萧炎不禁头大。

咔。将玉瓶收进纳戒中时，忽然响起了细微的声音，萧炎抬头一看，原来那药鼎上的裂缝逐渐扩大，终于在一道清脆声响中，药鼎崩塌为一桌的碎片。

望着破碎的药鼎，萧炎有些无语，苦笑道："还有重新购买药鼎的钱。"

"唉，现在，先动身去拍卖场吧。"

第十二章
黑印拍卖场

站在人流汹涌的街道尽头,萧炎望着面前巨无霸一样的拍卖场,忍不住发出一声惊叹。当初在加玛帝国看见米特尔家族的拍卖总会时,他还为其规模感到吃惊,如今到了这黑印城方才知晓,米特尔拍卖场与这个名为"黑印"的拍卖场比起来,无疑是小巫见大巫。

黑印拍卖场大门处,几十个脸色淡漠的黑衣劲装男子腰间佩戴着锋利的武器,如鹰般锐利的目光不断在进出的人流之中来回扫过。从这些男子体内隐隐渗透而出的气息来看,竟然有五人都是斗师级别,其他人也处在斗者巅峰的层次。随随便便拿出来守门的人,便在斗师级别,看来这八扇门的实力,还真的是极为强大啊。至少,米特尔家族是舍不得把斗师强者拿出来当守门人用的。

紧了紧包裹在身上的宽大黑袍,萧炎微微低头,斗篷的阴影将脸完全遮掩。在黑角域这个混乱不堪的地方,他并不认为随意暴露自己的身份,是个多么明智的做法。

顺着人流,萧炎缓缓走进拍卖场。那庞大的空间让他再次失神,但他很快恢复过来，踱向大厅中央。

这个拍卖场四周悬挂着巨大的屏幕，屏幕之上滚动着无数种参加拍卖的物品名称。萧炎粗略地看了一眼，并没有发现太过稀奇的东西，想来为了保持神秘性，那些奇物被压箱底了。一些实力强大的势力自然能够通过其他渠道打听到那些压箱底的是何宝物。

目光扫过四周，最后停留在一个鉴宝室的门框上。萧炎略微迟疑了一下，缓步走了进去。踏进鉴宝室，萧炎惊奇地发现，这个面积不小的鉴宝室，被整整齐齐地分割成了上百个小密室，想必是为了避免暴露宝物而设置的吧。

萧炎刚刚走进这间鉴宝室，就有一名侍女走上前来，娇滴滴的声音透着一股妩媚："这位先生，您是来鉴宝的，还是来做价格评估以便拍卖的？"

"后者。"萧炎将声音故意压抑得略有些嘶哑。

"请跟我来。"侍女妩媚一笑，然后便转身，水蛇般的腰肢摇摆出极为诱人的弧度。看来这里的侍女都经过专门的调教，懂得如何将自己的魅力在男人眼中放大到极致。

将头垂在斗篷的阴影中，萧炎没有理会那侍女的摇摆身姿。在黑角域这种混乱不堪的地方，就连手无缚鸡之力的女人，也能让人栽个大跟头，所以萧炎不敢也不想与这里的女人有什么交集。

跟在侍女身后走了几十米，侍女停在一个小密室前，对着萧炎恭敬弯身，笑道："先生，只要你将需要拍卖的东西交给里面的大师评估，然后就能够按照你所拍卖之物的珍贵程度，获得等级不同的拍卖会席位。"

微微点了点头，萧炎轻轻推开黑色的木门，走进去，顺手将门关上。

小密室中光线明亮，一个头发略有些发白的老头儿正用锐利的目光扫视着萧炎，由于萧炎几乎完全掩藏在黑袍中，他倒是难以看出什么来。

"请坐。"老头儿随意地指着桌前的椅子，将一些检验拍卖品的器具整理好，低着头淡淡地道，"把你需要拍卖的东西拿出来吧。"

萧炎保持沉默,手掌一晃,三个小玉瓶出现在桌面上。

"丹药?"听得玉瓶碰着桌面的声音,老头儿略微一愣,抬起头来,眼中闪过一抹诧异。戴上薄薄的透明手套,老头儿小心翼翼地取过一个小玉瓶,然后把其中那枚淡青色的圆润丹药倒在手心,放在鼻下嗅了嗅。他把目光停留在丹药那一青一紫的丹纹之上,略微沉吟了一会儿,脸色微微有些变化,惊讶地问道:"这是……二纹青灵丹?"

"嗯。"萧炎微微点了点头,声音依旧嘶哑,"既然你认识二纹青灵丹,想必也知道它的功效,帮我估算一下拍卖底价吧。"

"我得先检验一下。"老头儿摇了摇头,然后拿起那些稀奇古怪的器具,对着丹药上下摆弄,好一阵方才停止。他望向萧炎的目光中多了一抹奇异,话里有话地道:"的确是二纹青灵丹,而且品质还颇高,就算是普通的四品炼药师,也很难炼出这种品质的丹药。按照黑角域的估算方式,这枚二纹青灵丹,底价应该在三十万左右,拿出去拍卖,若是遇到财大气粗的势力较劲,拍卖出五十几万也不是什么难事。"

"那再看看这个。"萧炎微微点头,这个价格已经高于他的心理价位,当下将面前那瓶装着三纹青灵丹的瓶子,推了过去。

"哦?"略微一怔,老头儿将瓶子拿去,然后把那一颗犹如翡翠的圆润丹药倒了出来,当其目光扫到丹身上的三圈丹纹后,平淡的脸上终于现出一抹凝重。

二纹青灵丹与三纹青灵丹虽然只差了一道纹,但是它们的价值,却有天壤之别。二纹青灵丹虽然也有帮助斗师突破障壁晋阶的功效,但是只能提升一星或者两星实力,被反噬的概率还颇大;而三纹青灵丹,一旦服用成功,不仅能够直接打破障壁,而且还能猛然飙升三星实力。当然,这是除开服用者自己特意压制实力暴升的情况。

当初萧炎在服用三纹青灵丹时,便因为担心实力飙升得太快,使自己失去对身体的精确控制力,而将那些药力淤积在体内,后来再度激活药力,却让他实力暴涨了一截，以此便能够看出三纹与二纹之间的明显差距！这位识宝无数的老头儿自然也知道这点，所以他脸上才多了一分诧异与凝重。

"三纹青灵丹？"上下翻看着翡翠丹药，老头儿错愕地低声道。

"嗯。"萧炎淡淡地点了点头。

"好东西……"老头儿咂了咂嘴。即便他见惯了宝物，也不由得下了这么一个评论。他迟疑地说道："这枚三纹青灵丹，拍卖底价或许可以设置在七十万金币左右，而经过竞拍，我想应该能在九十万左右成交。"

萧炎默默点头，心中却忍不住长吐了一口气。三枚青灵丹加起来的价格竟然接近两百万，这钱来得的确快得令人恐惧，难怪炼药是一门从来不缺钱花的职业。这种一本万利的事情，简直让从事其他职业的人眼红。

当然，萧炎也清楚，这种一本万利，是建立在足够高的成功率的基础上。一些炼药师炼制丹药，有时候十次中或许只有一次成功。而炼制这三纹青灵丹的材料的价格，加起来便接近六七万金币，就算十次中成功一次，那恐怕也就刚刚够成本而已。这个世界上，不是所有的炼药师，都有一个经验极其丰富的药老以及异火这两个极好的助力的。

"两枚二纹青灵丹，一枚三纹青灵丹，先生，你所拍卖物品的价值，已经达到了我们黑印拍卖场的二级贵宾等级。这是你的席位号，今天下午，拍卖会便会正式开始，到时候敬请对号入座。"老头儿将丹药小心地放下，然后从柜台中取出一张由绿色翡翠制成的卡片，递给萧炎。

点了点头，萧炎接过翡翠卡，道："现在我可以走了吧？"

"呵呵，先生请随意。"将三枚青灵丹谨慎地收好，老头儿笑着道。或许是因为它们的关系，他现在对萧炎的态度倒是好了一些。

闻言，萧炎不再多话，起身缓步走了。望着那缓缓关闭的房门，再听得那逐渐远去的脚步声，老头儿用手指轻轻敲打着桌面。半晌，他低头望向那装好的三枚青灵丹，浑浊的老眼中闪过一抹奇异的神色。

"这个人,我以前从未见过,能够一次性拿出三枚青灵丹,想必他是一名炼药师吧,而且等级或许还不低……"手掌拍在桌面上某处,密室的墙壁忽然缓缓拉开一个漆黑的洞,老头儿拿起三枚青灵丹,转身走进洞中,喃喃声在密室内悄然回荡,"能够炼制出三纹青灵丹这种等级丹药的炼药师,在黑角域中也不多见啊,这种人,想必门主会感兴趣的。"

出了黑印拍卖场,萧炎便径直回了所住的旅馆。他在小房间里休息了一段时间,直到拍卖会快要开始,方才退出修炼状态,精神抖擞地穿戴起宽大的黑袍,不急不缓地出了旅馆,向着拍卖场走去。

当萧炎再次出现在拍卖场门口时,那近乎人山人海的情势以及冲天而起的嘈杂声、争吵声,让他略有些呆滞。没想到这拍卖大会竟然吸引了这么多人,果然不愧是黑角域中的盛事啊。

试探着往人流中挤了一下,萧炎无奈地退了回来。这黑角域可不比加玛帝国,在这里插队,立马便有几十双拳头狠狠地打过来,毕竟黑角域中的人脾气可没有外界的人那般温和。

退出不断响起惨叫声的人流,萧炎的目光在四处扫了扫,旋即停在了拍卖场大门之外的另外一处通道。那里的通道与这边相比,几乎是两个截然不同的场景。宽敞的通道地面上铺着红色的地毯,周围几十名黑衣男子脸色冷漠地驻于此地,他们身上隐隐散发出的暴虐阴森的气息,将旁边的人震慑得不敢挤过来,竟导致这边的通道形成了一条真空地带。

萧炎看过去时,刚好瞧见一群人步入红色地毯通道,他将目光停在了最中间的一位脸色苍白但很英俊的青年人身上。从外表上看,他的年龄不过二十四五岁,不过从其体内偶尔渗透出来的一丝令空气产生细微波动的能量来看,其实力至少也在斗灵级别!

"这人的实力挺强啊,而且还这般年轻。看来这黑角域果然是藏龙卧虎啊。"

萧炎略有些惊诧地望着那脸色苍白的青年，心中喃喃道。

"嘿，看那边，好像是血宗的人啊。"

"果然是那群变态的家伙，中间那人，应该便是血宗的少宗主范凌吧？嘿嘿，据说前不久八扇门一位长老的失踪和他有些关系啊。"

"全身血液干枯，完全是一副被人强行抽走血液的模样，这种事，也就血宗的人会感兴趣。只是没想到，他竟然还敢来八扇门的老窝。"

"他有什么不敢的？他老爹可是黑榜排名第五的强者，袁衣和他还差了好远的距离呢！况且血宗势力也比八扇门强，他们敢在这里动范凌？不怕他老爹一怒之下，带人洗了黑印城？"

听得那人流中传出来的窃窃私语，萧炎心中方才有些恍然，再度瞥了一眼那脸色苍白的青年，将那个名叫"血宗"的势力记在了心里。

似是察觉到某一道略有些不同的注视，即将进入拍卖场的青年忽然脚步一顿，微微偏头，用冷漠得没有丝毫情感的目光瞥了一眼不远处那将全身都掩藏在黑袍中的萧炎，青年顿时微微皱起眉头，迟疑了一下，旋即，眉宇间带着些许疑惑，进入了拍卖场。

"这黑角域果然没多少正常人。"青年冷漠阴森的目光让萧炎有种被黑暗中的吸血蝙蝠盯上的错觉，他摊了摊手，在心中苦笑道。

继那群血宗的人进入拍卖场之后不久，紧接着又有几批人进入其中。从周围那些人的反应来看，这些人无一例外都是黑角域中的一方强横势力，这倒是让萧炎大开眼界。望着那空荡而安静的地毯通道，萧炎再望了望这边那水泄不通的大门，不禁感到无语。

"妈的，不就是有张贵宾卡嘛，神气什么啊。这八扇门见钱眼开，老子好歹也拍卖了五十多万的东西，也不见给一张。"就在萧炎的目光扫向地毯通道时，一旁一名也是被人流给挤了出来的干瘦男子，看了一眼那边的地毯通道，忍不住低声骂了一句，不过看其眼中，分明是嫉妒之色多一些。

"贵宾卡?"闻言,萧炎心中一动,想起先前那些人在进入通道时,好像都掏出来一张卡片。袍袖中的手掌摸了摸纳戒,一张翡翠卡片跳出,萧炎记得在鉴宝室时,那老头儿便说这东西是二级贵宾卡吧。

"妈的,看什么看?找死啊!"似是感觉到全身包裹在黑袍中的萧炎瞥了自己一眼,那干瘦男人顿时一脸凶相,恶狠狠地骂道。

没有理会对方,萧炎在他那错愕的目光中,径直走向地毯通道。

"喊,这家伙……"瞧萧炎的举动,那名干瘦男子顿时撇了撇嘴。先前他也瞧见了被人流挤出来的萧炎,压根没想到这个穿戴寒碜的家伙竟然能够拥有黑印拍卖场的贵宾卡。除了一些实力不弱的势力有资格配备贵宾卡之外,一般人需要拍卖两百多万的物品,才能够勉强拿到一张三级的贵宾卡。

两百万,这个价格对于黑角域的大多数人来说,都是一个可望而不可即的庞大数目,这一点,从萧炎替多玛护送了一路方才拿到五千金币的报酬便能够证明。一个大斗师尚且如此,遑论其他人。这个世界上,钱不是那么好赚的,不然的话,黑角域中的某些大斗师、斗灵甚至斗王,也不会落魄到去当杀手了。

这自然是将炼药师这种让人无比眼馋的职业给剔了出去,炼药师那苛刻的先天条件,毕竟限制了将近百分之九十的人对它的奢望。

正因为以上种种,那干瘦男子瞧见萧炎的举动,才暗中讥讽,然而没过多久,他脸上恶狠狠的表情便僵住了,因为萧炎仅仅是在地毯通道停留了一小会儿,便大摇大摆地走上了那条无比柔软的红地毯。

"妈的,有贵宾卡也来挤,有毛病啊?"男子因为嫉妒而眼睛变得通红。特别是见到萧炎进入拍卖场时,回头朝这边望了一眼,那干瘦男子更是气得直抓头,他分明感觉到了那黑袍下的戏谑的目光。

进入通道,光线略有些昏暗,顺着走廊一直走到尽头,然后转个弯,顿时,一个巨无霸般的拍卖场地出现在萧炎的视线之内,让他轻吸了一口凉气。

这个拍卖场地比以往萧炎所见过的任何拍卖场都要庞大，那密密麻麻的座位以及那几乎全部由璀璨水晶搭建起来的拍卖平台，更是让人眼花缭乱。

"先生，请问您的席位号是？"在萧炎有些愣神时，一名模样秀丽的侍女快步走了过来，恭声问道。

萧炎没有回答，直接将那张翡翠卡片递了过去，而那名侍女瞧得卡片的颜色后，眼中闪过一抹诧异，态度更是恭敬了许多。她微微弯身，柔声道："先生是二级贵宾，请跟我来。"

说完，这名侍女便赶忙在前面带路，萧炎则晃悠悠地紧随其后。

侍女在巨大的场地内穿行了将近十分钟，最后在靠近水晶拍卖平台的地方停了下来，指着一处席位对萧炎微微一笑，躬身而退。

走向那不仅宽敞，并且铺满精致毛绒的软座椅，萧炎一屁股坐了下去，柔软的触感让他有种将身体蜷缩进其中的冲动。回头望了一眼后方那些普通的椅子，他不由得再度轻叹了一口气，这便是特权啊，由钱而衍生出来的权利。

坐在椅子中，萧炎忽然一挑眉头，抬起头来，目光扫向前方不远处的一排席位上，只见那先前在门口见了一面的血宗少宗主范凌，正目光略带着一抹奇异望着自己。萧炎略微皱了皱眉头，没有理会他，而是闭目安静等待着拍卖会的开始。

"少宗主，怎么了？"范凌一旁一位面容同样苍白的老者，低声问道。

"没什么，只是觉得那家伙有些奇怪，我心中竟然有种奇怪的……忌惮？"脸色苍白的范凌缓缓收回了目光，自己嗤笑着摇了摇头。

"呵呵，少宗主应该是产生了错觉吧。虽然我们血宗的功法极其阴寒，天生对一些极致火焰很是畏忌，但是那种级别的火焰，整个黑角域中，也没几个人拥有。"老者笑着道。

"或许吧。"青年点了点头。那几个拥有极致火焰的人，在黑角域中都属于巅峰强者，而这个黑袍人明显不在其列。青年当下不再胡思乱想，看向水晶平

台，低声喃喃道："不知道那个消息是否属实，如果是的话，父亲说了，不管付出何种代价，都要将之弄到手！"

"嘿嘿，少宗主放心吧，宗主大人暗地里已经有所准备，就算那东西落到了别人手中，也绝对走不出黑印城十里！"老者阴声笑道。

"那敢情好。"嘴角勾起一抹阴冷弧度，青年也闭目休息，安静地等着拍卖会的开始。

距离范凌不远的地方，好几方势力的人都在暗中低语。若是能够听见他们的谈话，便会发现一个共同点，谈话中都牵涉了某一神秘东西，而那东西貌似是这次拍卖会的压轴之物！

当萧炎闭目修炼将近半个小时后，一道清脆的钟声缓缓在场内响起。听到钟声，萧炎退出了修炼状态，顿时，嘈杂的声音犹如魔音灌脑一般席卷而来，他狠狠地甩了甩脑袋，方才保持平静。他抬头望着璀璨的水晶台，此时，一位貌似拍卖师的白发老人已经笑眯眯地伫立在上面。

"终于要开始了啊。"望着那几乎被挤得爆满的巨大场地，萧炎低声喃喃道，漆黑眸中带有期待的意味。

清脆的钟声再次缓缓地在拍卖场内响彻，随着钟声的响起，场地中那喧闹至极的嘈杂声也逐渐减弱。无数道火热的目光，投向了水晶台上。

"呵呵，想必诸位等得有些不耐烦了，既然如此，我就不再说些场面话来讨嫌了。"那位身着华服的白发老者笑眯眯地望着场地内黑压压的人头，最后目光隐晦地扫过坐在前排的那些势力，嘹亮的声音在场中回荡着。作为一名经验丰富的拍卖师，他清楚地知道下面的那些人想看什么以及不想看什么，所以那开场的废话直接被他省略了。老人这一手博得了满堂喝彩，那看起来阴寒如冰块的血宗少宗主也微微点了点头。

"作为一年一度的拍卖大会，我想我们八扇门主持的这一次，定然不会让诸位失望。"老人轻拍了拍手，朗声道，"我宣布，黑印城拍卖会，现在开始！"

随着老人声音的落下，巨大的水晶台猛然爆发出刺眼的强光。半晌，强光渐消，白发老人面前的拍卖台处，一把通体蔚蓝的长剑，正在灯光的照耀下，反射出一抹森寒光泽。看剑身上所流转的能量痕迹，这显然是一把经过名师精心锻造的魔核武器。

"此剑名'寒锋'，乃寒铁所铸，削铁如泥，其上完美镶嵌了一颗三品冰系魔核，若是修炼水属性与冰属性之人用它对敌，威力定然更上一层楼。神兵利器，可是外出时的必带之物。诸位若是有兴趣，可不要吝惜囊中钱财哦。金钱固然可贵，可也得在有命享受的前提下不是？呵呵。"老人手握蔚蓝长剑，剑身一震，淡淡的寒气升腾而起，形成若有若无的淡淡白气。他转头望向拍卖场内，笑眯眯地道："底价十万，诸位请吧。"

"魔核武器吗……"望着那把长剑，萧炎喃喃了一声，并没有太大的兴趣。如今的他，已经喜欢上用玄重尺这种大开大合、攻击起来声势压人的武器，再让他改用细长飘逸的长剑，实在是不太习惯。因此他没有参加抢夺的意思，他知道真正的好东西可是在后面呢。

虽然萧炎没有兴趣，但是不代表别人没兴趣。对于斗者来说，一件称手的武器，如同炼药师手中的药鼎一般，那是吃饭的家伙。因此白发老者的话一落，拍卖场中就接连响起了不少竞价声。

第一次的竞价在持续了几分钟后，便被一名瘦弱男子满脸兴奋地以十五万金币成功拍得。在第一次的拍卖顺利进行后，接下来那拍卖台之上，慢慢出现令人眼花缭乱的种种宝物，如宝甲、斗技、功法、药材等。

萧炎坐在柔软的椅子上，淡淡地望着周围人的那些丑态，微微闭目，等待着能够让他心动的东西。

拍卖会的前期并没有出现什么太过引爆气氛的奇物，而且那些参与竞价的人，也仅仅是坐于后方的一些人，前排的那些拥有许多钱财的强横势力，至今

为止没有出过一次手。

叮……又是一道清脆铃声从水晶台上传下,白发拍卖师满脸笑容地从一名侍女手中接过一个小银盘。银盘上有两个透明小玉瓶,玉瓶中各自滚动着一枚淡青丹药。

这丹药一出场,就吸引了不少人的目光。在斗气大陆上,丹药可是能够与功法、斗技相提并论的重量级宝物。一些能够直接提升实力的丹药,更让无数人趋之若鹜。

"呵呵,此丹名为青灵丹,想必有不少人听过它的名头,能帮助那些在斗师巅峰久久徘徊的人,一举突破障壁。这青灵丹属于二纹级别,服用后,运气好的人,指不定还会猛飙二星实力。"白发拍卖师指着瓶中的丹药,笑吟吟地道。

拍卖师的话语刚刚落下,拍卖场中便掀起了一阵阵骚动,无数双眼睛目光滚烫地望向银盘中的玉瓶。这种能够助人打破晋级障壁的丹药,即使是在黑角域中,也属于可遇不可求之物。斗师与大斗师间,虽仅有一字之差,但是只有实力达到大斗师,方才能够真正称得上在斗气修炼途中达到登堂入室的级别。这是一种近乎质变的跨越,因为无数人止步于斗师巅峰层次,迟迟踏不出那一步。

然而这种种问题,一枚青灵丹便能够轻易解决。故而,此丹一出,连前排的一些大势力也略有几分兴趣。毕竟一枚青灵丹便能够培养出一名大斗师,从长远来看,这笔买卖挺划算的。虽然在黑角域中巅峰强者是主宰,但是大斗师这一级别是许多势力的中流砥柱,能够多添几名,自然是好的。

"既然诸位听过青灵丹的名头,那么想必也知晓它的一些副作用。"拍卖师笑了笑,眼中闪过一抹狡猾,他并没有将青灵丹的反噬效果说得太清楚,仅仅是模糊带过,然后一挥手,说道,"拍卖底价,三十三万!"

"三十四万!"拍卖师的话语刚刚落下,后座之中就有人高声喊价。

"三十五万!"对这二纹青灵丹有兴趣的人明显不少,仅仅不到一分钟,先前的竞拍价格便被超了过去。

萧炎安静地坐在椅子中，十指交叉，听得那在耳边不断响起的递增价格，黑袍下的脸上不由得浮现一抹淡淡笑容。青灵丹在黑角域中受欢迎的程度，远远超出他的预料，按照这状况看，炼制复灵紫丹的药材，有足够的资金购买了。

喊价声在拍卖场内接连响起，此起彼伏，仅仅十分钟的时间，一枚青灵丹的价格便从三十五万飙升到了四十八万左右，而当价格到了这一步时，喊价声明显变得稀拉了许多。毕竟，一枚四十八万，那么两枚则要将近百万了，这价格对于很多人来说，有些高了。

"五十五万。"当价格停留在四十九万时，一道略有些阴冷的懒洋洋的声音，终于在前排位置响起。

听得这猛然飙升了六万的价格，萧炎微微抬头，略感惊诧的目光停留在了那位血宗的少宗主身上，在心中喃喃道："他也对青灵丹感兴趣？"

血宗少宗主一喊价，立马让喧闹的拍卖场安静了许多，一些原本打算再度提价的人面面相觑，皆不甘地坐了下来。虽然他们有些资金，但是与血宗相比，却无疑是有些不自量力了，既然如此，干脆早点放弃算了。

"五十六万。"就在萧炎以为价格将会止步于五十五万时，一道淡淡的声音忽然响起。

萧炎的目光顺着喊话传出的方向移动，最后停留在了坐在前排位置的一位身着骷髅灰袍的中年人身上。萧炎一挑眉头，在心中喃喃道："原来是黑骷墓的人……"

黑骷墓也是黑角域中一方不弱的势力。据说黑骷墓修炼的功法颇为诡异，偏向那种罕见的黑暗属性。因此虽然墓中人数较少，可无一不是精英。平日黑骷墓与那血宗是冲突不断，不过因为有两边首领压制着，所以还未真正拼杀过。

听到有人竞价，血宗少宗主的眼神顿时阴冷了些许。他偏头瞥了一眼那满脸木然的中年人，冷笑了一声，道："五十八万。"

"五十九万。"中年人依然面无表情,不急不缓地喊道。

满场目光都汇聚在这两人身上,前排的一些势力并没有插足,只是饶有兴致地望着,好奇两人究竟能把价格提到多高。

"少宗主,一枚二纹青灵丹,五十万已经到顶了,再加的话,就有些亏了,而且我们还得留下资金做最后的争夺啊。"似是瞧得血宗少宗主还想加价,其身旁的老者赶忙低声道。

"六十万。"血宗少宗主微皱眉头,沉吟了一会儿,最后报出了一个价格。他已打定主意,若是中年人再跟价的话,他就放弃此次竞价。

然而出乎很多人的意料,在血宗少宗主喊出这价格后,那面无表情的中年人却没有再度开口,而是缩回椅子,木然的脸上浮现一抹淡淡的讥讽。

中年人的举动让血宗少宗主范凌一愣,旋即,他似是明白了什么,嘴角勾起一抹阴森的笑容,轻声道:"很好,如果这次父亲动手,这个摩尔罕,让我来对付,我要让他尝尝血液流尽的痛苦。"

"呵呵,范凌少宗主出价六十万金币一枚,还有其他人要加价吗?如果没有的话,那么两枚二纹青灵丹,就属于他了!"白发拍卖师对于这个价格颇为满意,当下笑着问道。见没有人加价,他终于将手中的拍卖槌敲了下去。

"一百二十万。不错的价格,这些冤大头。"黑袍阴影下的脸上浮现一抹戏谑的笑容,一百二十万金币,即将要流进萧炎那已经枯竭的钱包了。

在将两枚青灵丹拍卖出去之后,后面的几种东西便再没有拍出高价,有几样,甚至仅被提了一次价格,就被人成功拍走。这让台上的拍卖师有些肉痛,因为这关系到他的业绩与收入啊。

不过好在这样的低潮在持续了十几分钟后,终于被陡然提升了起来,甚至连萧炎都因为那拍卖之物而满脸惊愕。

水晶台上,拍卖师小心翼翼地捧起一个由古玉制成的卷轴,对着场内,满脸神秘:"各位,接下来要拍卖的东西,恐怕现在已经很少有人见过了,这是一种斗技，不过由于制作方法失传，如今已经极为罕见。"

听得拍卖师的这番介绍，萧炎心中隐隐察觉到了什么。

"飞行斗技：雷蝠天翼！"拍卖师一抖手掌，卷轴猛然下滑，旋即展露而出，顿时，一对缩小版并且看上去透着几分森森鬼气的漆黑蝙蝠双翼，出现在了所有人的视线之中。

"果然……"愣愣地望着那一对精致的蝠翼，萧炎长长吐了一口气，在心中喃喃道。

漆黑的蝙蝠双翼中隐隐透着淡紫的雷电光，并且带着些许弧度，看上去犹如雷电一般，颇为玄异。

这所谓的雷蝠天翼一出场，拍卖场中就静下来了。一些不太识货之人有些茫然，而那些听说过飞行斗技之名的，例如前面坐着的血宗、黑骷髅等势力，则略有些骚动。显然，这雷蝠天翼让他们心动了。毕竟只要拥有了这个东西，就能够像斗王强者那般飞天而起，这简直就是作战时的如虎添翼之物啊！

"这东西有趣，我喜欢。"血宗少宗主紧盯着那犹如要从玉卷中挣脱而出的诡异蝠翼，低声喃喃道。

"少宗主，这飞行斗技的价格恐怕不会低于百万。如果再这般挥霍，那最后的东西，我们恐怕就真争不过了。"听得范凌的话，一旁脸色同样苍白的老者不由得低声道。

"急什么？"斜瞥了老者一眼，范凌冷笑道，"既然父亲早已有所准备，那么不管那东西被谁拍到手，最终都会落到我们手中。那样的话，我们还能省去一大笔钱。"

"可那样就不太保险了啊，而且万一泄露了消息，就有些麻烦了。"老者迟疑道。

"我自有主张，罗长老不必多虑。"范凌目光阴冷地瞥着不远处黑骷髅的人，淡淡地道。

"唉……"见劝说无用，那被称为罗长老的老者也只得无奈地叹息了一声，摇了摇头，不再说话。

水晶台上，白发拍卖师唾沫横飞地将飞行斗技的功效大致说了一遍，而那些原本还略有些茫然的人在听说这东西竟然能让人不用晋阶斗王强者便可飞天时，眼神顿时就火热了起来。

"呵呵，想必诸位也知道，如今飞行斗技非常罕见，所以经过我们的协商，这卷'雷蝠天翼'，若是按照等级来排的话，应该能够算作玄阶低级，因此把它的拍卖底价定在了一百万。现在，拍卖开始。"白发拍卖师笑眯眯地道。

"呃，竟然这么贵！"听得那百万高价，萧炎摇了摇头。他感觉到，这个价格出来后，场地内那些炽热的目光立马减少了许多。

"呵呵，的确贵了点，不过飞行斗技值这个价，这也是为什么当初你在山洞中得到那紫云翼时，连我都说你好运了。至少在加玛帝国中，你恐怕是唯一一个拥有飞行斗技的人。"药老的笑声在萧炎心中忽然响起。

"嘿，这还是我第一次见到除了紫云翼之外的飞行斗技呢，老师，这雷蝠天翼与我的紫云翼比较起来，谁的速度更快？"萧炎笑了笑，心中有些好奇地问道。

"你那紫云翼是玄阶中级，而这是玄阶低级，自然是你的要快上一些。不过这雷蝠天翼的制作材料是雷蝠，在雷雨天气中，它的速度能提升到极致，可若是其他天气，只能算作一般了。"药老笑道。

了然地点了点头，萧炎收回目光。他如今已有紫云翼，这雷蝠天翼虽然也很不错，但是还没有到让他极为心动的地步。

可别人却不一样了。白发拍卖师的话音刚刚落下，血宗少宗主范凌便缓缓站起身来，阴冷的目光环顾四周。凡是与其目光接触之人，都不由自主地将视线闪了开去，唯有那些同样有着不弱势力支持的强者，方才如未曾察觉一般。

"一百三十万！"收回目光，范凌冷声报出了一个让拍卖场内一阵哗然的价格。一下子直接提升三十万，看来这个家伙是想向所有人表明一个态度：这飞行斗技，本少爷要定了！

这个价格一报出，拍卖场中略微安静了一会儿，接着一道妖媚入骨的咯咯笑声响起："范凌少宗主还真是大手笔，不过这雷蝠天翼我们天蛇府也挺感兴趣，所以真是抱歉了，一百四十万……"

听得这道妖媚声音，范凌苍白的脸色不由得微变，眼神微凝地望向拍卖场另外一处。那里有几个身材火爆的女人，她们修长的身子蜷缩在毛茸茸的椅子之中，柔软的腰肢宛如水蛇一般诱人。

"嘿嘿，原来是天蛇府的青长老啊，没想到这次的拍卖会你们竟然也参加了。"范凌皮笑肉不笑地道。

"没办法啊，有些东西是瞒不住的，你说是吧，少宗主？"那个被称为青长老的妖媚女人笑吟吟地道。

"天蛇府？"听得这个名头，萧炎不由得一愣。

"嘿嘿，小家伙，你当初还和天蛇府的人交过手呢，难道忘记了？"药老笑着道。

"交过手？"闻言，萧炎一怔，旋即似是想起了什么，黑袍下的脸色大变，"是那神秘女人和八翼黑蛇皇？"

"嗯，他们便是天蛇府的人。"

"青鳞……就是在他们手中。"萧炎的脸色有些阴沉。

"呵呵，不用太过担心那个小女孩，她在天蛇府的生活，其实比在其他任何地方都好。她那奇异眼瞳，会让天蛇府极力培养她的，说不定日后再见时，你会为她的实力感到惊讶的。"药老安慰道。

"希望吧，不过日后如果有机会，我会再去找找她。若是真如老师所说，那也就罢了；可若天蛇府和那墨家一样变态取人眼目，断然不能让她留在那种地

方。"萧炎在心中沉声道。对于那个身世凄惨的小女孩,他的确是有些疼惜,而且人是在他手中被劫走的,因此他心有愧意。

"嗯。"药老应了一声,旋即便再度安静。

在药老与萧炎谈话之时,拍卖场中的争夺,已经开始让人心惊肉跳了。在范凌与那位青长老竞价时,其他势力也偶尔煽风点火地插上两脚,因此,短短一会儿,那底价为一百万的雷蝠天翼,便涨到了一百七十多万,并且看态势,竟然还处在难分难解的厮杀状态。

"一百九十万!"深吸了一口气,范凌苍白的脸上浮现出一抹病态的红润,阴森的目光盯着那妩媚动人的青长老。

"范凌少宗主还真是阔绰,一百九十万,希望你最后还能有足够的资金吧!"在范凌最后的提价中,那青长老的脸色也略有些变化。她们此次的目的并不是那飞行斗技,此时过多浪费资金,明显是有些不明智,所以当下她也只得放弃争夺,耸了耸肩,撇嘴道。

"哼。"冷笑了一声,范凌转头将目光投向水晶台上,对着那有些发愣的拍卖师冷喝道,"还发什么呆?"

"哦,呵呵,少宗主勿怒。"被惊醒了过来,白发拍卖师急忙笑道,在对着场中按规矩询问了三声之后,手中的拍卖槌终于重重地敲了下去。

随着那拍卖槌的落下,这一卷飞行斗技便落在了范凌的手中。

"啧啧,不愧是大势力啊,出手就是了不得,一百九十万,这般巨资,可是我萧家好几年的收入了。"望着那缓缓坐下来的范凌,萧炎忍不住咂了咂嘴,低声笑道。

在雷蝠天翼掀起了到目前为止最大的拍卖高潮后,接下来的拍卖便又进入了一段低潮期。那些物品虽然拍出了并不亏本的价格,但是与先前的那般大数目比较起来,无疑再难以让人感到惊讶。

背靠着椅子,萧炎的手指轻轻地敲打着膝盖,偶尔,眼角余光扫过远处那些天蛇府的人。他的脸被黑袍遮住了，不知道正在想些什么。

"呵呵，接下来拍卖的东西，倒有些奇怪，因为连我们也没有搞清楚这究竟有何作用。不过经过慎重研究，我们拍卖会认为这倒是像某种未知的藏宝图。"白发拍卖师弯腰取出一个银盘，然后小心翼翼地掀开银盘上的锦布，顿时，一块残破不堪的古老布片，便出现在所有人的视线之内。

"嘘……"瞧见那残破布片，大家在寂静了一会儿后，顿时发出满场嘘声。

听得那些不屑的嘘声，白发拍卖师脸上的笑容也讪讪的。经过他们的研究，这块古老布片应该是一份地图，这从上面的路线标志便能够认出，不过除此之外，他们也没有多少收获，除了……

眼角瞥了一下那块古老布片，拍卖师将它拿了起来，展示在所有人的视线中。他指着边缘处那只有一半的某种图案，笑道："如果所料不差，这张地图应该很有一些年头，虽然并不清楚它隐藏了什么，但是上古之物总不是普通货吧？人总是要赌一把的，如果谁得到完整的地图，运气好的话，说不定其中所隐藏的东西会轰动整个大陆呢！"

对于他的这番话，大多数人嗤之以鼻。当然，也并非所有人都是这般，至少，此时的萧炎，眼睛已经猛然间瞪大了。

目光带着些许颤抖地盯着那张残破地图边缘上的半边图案，萧炎深吸了一口凉气，努力地将翻涌的念头压制下去，他的纳戒中有两份类似的残破地图。而那只有半边的图案也并非什么纹路，而是在异火榜排行第三的净莲妖火！

净莲妖火，是连药老都未见过的恐怖异火。据说，在这种妖火之下，哪怕是斗宗乃至斗尊强者，也只有颤抖恐惧的份儿。萧炎甚至在想，如果得到了它，焚诀能否直接进化成传说中的天阶功法？

当然，萧炎也不知道这个答案，他现在唯一确定的，便是要得到那块残破布片，不惜一切代价！

第十三章
横生变故

水晶台上,白发拍卖师唾沫横飞地介绍着这古老残破布片是如何如何神秘,总之他费尽力气想将这古老布片的价值提升一些,可惜效果似乎不明显。因为在他喋喋不休的介绍下,场中已经有些人不耐烦了,一些脾气火暴的人更是直接骂了出来。

见下方依然没有多么热烈的反应,白发拍卖师只得无奈地摇了摇头,咽了一口唾沫,润着干涩的喉咙,苦笑道:"按照商定,这块残破布片的底价是十万金币。现在,拍卖开始吧。"

巨大的会场内顿时一片安静,一些人扫向台上的眼光犹如看待白痴一般,谁会花费十万金币去买一个根本连真假都不知道的残破东西?就算是有钱,也不能这般乱花吧?

黑袍之下的目光死死盯着那块古老布片,若非有着斗篷的遮掩,恐怕任何人都能从那张激动的脸上看出什么来。萧炎深吸了一口气,强行压抑着内心的激荡。理智告诉他,现在并不是出价的最好机会,一旦因为他的举动而引起前排那些大势力的疑惑以及注意，恐怕这东西就会落入他人之手了。萧炎心中清楚，以他此时的财力，根本不可能与那些势力相抗衡。

望着场中无数道嘲讽的目光，那名白发拍卖师不由得再次无奈地摇摇头，心中不断地咒骂着那些评估价格的家伙。虽然这布片年代久远，但毕竟是残破的，而且这上面所展现出来的信息，根本不足以让人分辨出其中究竟隐藏着什么东西。而在这种种都是未知的状况下，即使是他自己，也没多大信心认为能够顺利拍卖出十万的价格。

拍卖场中的安静持续了将近五分钟后，白发拍卖师终于叹了一口气，刚欲宣告此次拍卖告吹，一个声音忽然让他大松了一口气。

"十一万。"

淡淡的声音打破了场内的安静，顿时，无数道目光停留在了靠近前排位置的一名黑袍人身上，些许嘟囔声响了起来。

"这家伙脑子有毛病吧？花十一万来买一个不知道用途的破玩意儿？"

不仅是那些后面的人群，甚至连前排的一些势力，也都将诧异的目光投向了全身包裹在黑袍中的萧炎。

血宗少宗主范凌偏头望着萧炎，忍不住微微皱了皱眉头。不知道为何，他对这个神秘人总是有种独特的感觉。如今他见神秘人首次出价竞买的竟然是这谁也不知道有何用途的古老残破布片，一股奇异的感觉便缠绕在他心头，挥之不去。

甩了甩头，范凌略微沉吟了一下，微眯的眸子盯着那在拍卖师手中微微摆动的古老残破布片，眼神闪烁。

水晶台上，听得终于有人开价，那拍卖师悄悄叹了一口气，对着萧炎所在的地方笑道："这位大人出价十一万，还有人想加价吗？"

听得拍卖师的话，当下无数人翻起了白眼：你当这世界上有这么多白痴吗？

拍卖师也清楚这话是白问，讪笑了一声后，便欲砸下手中的拍卖槌。

"等等。"

忽然响起的冰冷声音让拍卖师的手僵住了,疑惑的目光循着声音望去,见是那缓缓站起身来的血宗少宗主范凌,拍卖师当下一怔,笑道:"少宗主这是?"

没有理会拍卖师的询问,众目睽睽之下,范凌转身,阴冷的目光凝视着那坐在椅子上动也不动的黑袍人,忽地笑了一声,道:"没什么,只是突然间对这东西也有了点兴趣,十三万。"

黑袍之下,萧炎原本有些激动的目光陡然间变得锐利,袍袖中的拳头紧紧握起。黑袍微微抖动,萧炎的视线透过帽檐,森然地盯着那一脸苍白的青年,淡淡的斗气忍不住在经脉之中犹如咆哮的湖水一般,奔腾了起来。

"不要激动,现在自乱阵脚,对你没好处!"就在体内斗气忍不住要喷薄而出时,药老的轻喝声犹如春雷,令萧炎从愤怒中惊醒过来。

深吸了一口气,在无数人的注视下,萧炎看似懒散地靠在了柔软的椅背上,说道:"十五万。"平淡的语气,犹如是在随意地与人赌气争夺一般。

萧炎的加价让范凌一掀眉梢,在这个拍卖场内,除了那些同样背后拥有强横势力的人外,萧炎还是第一个敢与他正面竞价的独行者。

"二十万。"盯着萧炎良久,这个血宗少宗主一挥手掌,又加了五万。

"少宗主……"瞧得范凌的举动,其身旁的老者忍不住站起身来。先前竞拍那飞行斗技花大钱,倒还情有可原,可现在又去花一些无谓的金钱与人斗气,这实在是与范凌以前的脾性不符啊!

"给我坐下!"范凌脸色一冷,冲着老者冷喝道,脸上一闪而过的戾气让老者心头一寒,他只得缩了回去。

这来得有些莫名其妙的竞价较量,顿时让满场的人错愕起来。谁也不知道这个少宗主是在发什么疯,忽然和一个不认识的人斗气,做这种损人不利己的事情,也当真是有些奇葩了。

水晶台上,那位拍卖师则笑得咧开了嘴,没想到这已经被认定没多大用处的东西，竟然引起了两人的竞拍，而且其中一人还是财大气粗的血宗少宗主。

袍袖中的手掌轻微地颤抖着，萧炎竭力让自己恢复平静。

"别再与他竞拍了，再这样下去，恐怕会被其他势力看出一些端倪。现在的这个范凌，应该还只是因为一些怀疑而试探性地加价，你若是执意与他拼下去的话，恐怕就得暴露那神秘残破地图的价值了。到时候，很难说其他势力会不会来凑一脚，以你现在的经济实力，根本不可能争过他们那些经过好些年积累的势力。"就在萧炎不甘心地打算再度猛加价时，药老的劝阻声忽然响起。

"那怎么办？难道任由这残破地图从眼前溜走？"萧炎咬着牙道。

"净莲妖火我们一定要弄到手，因此这些地图也必须凑齐，不过关于那净莲妖火的事，不能泄露半点消息。所以大庭广众之下，最好不要让这残破地图引起太多人的注意，否则，虽然那地图上的图案只有一半，也保不准某些见多识广之人能将之辨认出来。若到了那一步，就真有大麻烦了……"药老缓缓地说道。

"老师的意思是，让范凌将地图取走？"萧炎皱眉道。

"既然他想要，那就暂时给他吧，不过我说过，那东西，必须是我们的。"药老的声音略有些冰冷。

"老师是想，事后暗中动手抢夺？"漆黑眸子闪过一缕森然，萧炎在心中低声道。

"正如你所说，那张残破地图，我们必须不惜一切代价弄到手，即使他是所谓的血宗少宗主，我们也不能有任何迟疑。"药老冷笑道，"这家伙既然想要，那就先给他。你不要表现出对这东西太过关注了，免得惹人生疑。"

萧炎默默地点了点头，将心中翻涌的念头强行压抑下去，斗篷下的阴森目光瞥向范凌，身体缩在椅子中，不再开口。

瞧见萧炎的这般举动，范凌顿时一皱眉头：难道感觉错了？这个家伙竟买这东西，只是随意而为？

心中这般想着,范凌的脸色也有些难看,而且那从周围射过来犹如看待白痴、疯子一般的视线,更让他嘴角抽搐了一下。他冷哼一声,转身一屁股坐回椅子,脸色阴沉得可怕。

"呵呵,范凌少宗主二十万金币竞拍下这地图,可还有人加价?"拍卖师笑眯眯地问了一句,却再没有人回答他,他爽快地赶紧把拍卖槌敲了下去。

萧炎安静地坐在椅子上,台上换过几批的拍卖物品,都没有将他的目光吸引过去,他的视线若有若无地停留在范凌后背上,黑袍下的脸露出一抹冷笑。

范凌原以为一次随意出手,能够得到一张真正有价值的藏宝图,可惜,藏宝图的确到手了,但也将一张死亡通行证顺便领了回来。

对于那份残破地图,萧炎势在必得,即使不择手段也要得到它。不管事后这范凌跑到哪儿,都将会受到那隐藏在黑暗中的致命袭杀。

拍卖依然在无数人的期待之中进行着。在那张神秘残破地图之后,又出现了一些带动全场气氛的好东西,而萧炎那枚三纹青灵丹所掀起的高潮,更是其中翘楚。

即使是在黑角域,也很少有人见过真正拥有三种丹纹的顶级青灵丹。毕竟那需要三种不同火焰来炼制的条件,实在是有些苛刻,所以当三纹青灵丹出场的那一刻,即使是前方的血宗、天蛇府、黑骷墓等黑角域强横势力,也面露惊讶之色。

而三纹青灵丹的最后得主,却并非财大气粗的血宗少宗主,而是天蛇府的人。那位青长老直接一口报出一百五十万的天价,几乎让全场人都为这个女人的魄力咋舌。而在这般天价下,那血宗少宗主范凌脸色铁青地张了张嘴,最后却被那位青长老的声势所压,只得极为不甘地放弃了争夺。

瞧得那笑吟吟坐回去的青长老,萧炎忍不住摇了摇头,心中喃喃道:"真是个可怕的女人,不出手则已,一出手便是绝杀,不容别人有半点反击,犹如沙漠中那令人闻风丧胆的曼陀罗沙蛇一般。"

三纹青灵丹所掀起的高潮在持续了一阵子后，便慢慢平息。不久，原本无所事事地缩在椅子中的萧炎，目光忽然被水晶台上拍卖师端出来的小银盘内的一株药材给吸引了过去。

这株药材通体火红，犹如鲜血滋养而成一般，整体约有一个巴掌大小，一眼望去，犹如灵芝。药材一出场，一股淡淡的清香就弥漫开来，让水晶台附近的人精神一畅。

"这是……地心火芝？啧啧，小家伙，真是好运气啊，竟然连这种罕见的奇药都能够遇见。这场拍卖会，果然来得没错啊。"在血红灵芝刚刚亮相时，药老那惊异的声音，便在萧炎心中带着几分惊讶响了起来。

"地心火芝？"闻言，萧炎一怔，旋即，心中也涌上一抹难以掩饰的喜悦，问道，"这就是老师所说的炼制地灵丹的四种必备药材之一的地心火芝？"

"嗯，地心火芝只生长于火山之底，吸收火山能量以及地心之火而成长，常人想采集，极为困难，而且火山那种地方，就算是一些斗皇强者甚至斗宗，也不敢轻易闯进去啊。"药老笑道。

萧炎微微点了点头，喃喃道："这东西不能放过，我倒要看看，那家伙还会不会再来和我争抢。"

在萧炎与药老说话的间隙，水晶台上的拍卖师也将地心火芝的作用与来历详细说了出来。听了他的解说，场中反响倒还不错，看来很多人都对这地心火芝有些兴趣。

"呵呵，按照评估，这株地心火芝的底价定在七十万，诸位，开始吧。"白发拍卖师将价格报出来后，便笑眯眯地望向场中。

在这般高价报出来之后，场中一些原本有些兴趣的人顿时情绪颓丧。虽然他们并不是拿不出七十万，但是在这么激烈的争夺中，这东西就算价格翻两倍也是很正常的事，他们资金算不得充裕，这种竞价，自然要量力而为。

"七十二万!"虽然有人退出竞价,但是有心争夺这东西的人也不算少。

"七十四万!"

"……"

萧炎安静地坐在椅子上,听得那不断攀升的价格,并没有急着出手争夺。

随着时间的缓缓推移,原本参与竞价的人由于价格攀高的缘故,越来越少,到最后,就只剩下两人在争夺,而此时的价格已经抬到了一百零七万。

"一百二十万!"就在场中两方僵持时,一道懒洋洋的声音终于响起,无数道目光停留在那缓缓站起身来的黑袍人身上。

突如其来的价格暴增,也让前方的那些人诧异地转过了头,而当范凌瞧得那喊价之人竟然便是先前和他争残破地图的黑袍人时,不由得再次皱起眉头。

一百二十万的价格,将最后两方的争夺者都一举压了下去。感受到周围射来的诧异目光,萧炎并未理会,他微微偏头,黑袍下的视线投射到范凌的脸上,隐隐含着些许挑衅。

似是感受到萧炎目光中所蕴含的情绪,范凌嗤笑了一声。虽然地心火芝极为珍贵,但是对于他来说,却没半点用途。再者,他先前吃了一次小亏,花了二十万买了个莫名其妙的残破东西,这一次,他自然不会再意气用事。

抬起眸子,淡淡地瞥了萧炎一眼,范凌便懒懒地转过身去,不再有什么动作。

黑袍下,萧炎撇了撇嘴,抬头看向水晶台,问:"能敲槌了吗?"

听得萧炎的提醒,那拍卖师连忙点了点头,询问三声后,手中拍卖槌便重重砸了下去。

萧炎心中这才长长松了一口气,缓缓坐了回去。

在地心火芝出场之后,拍卖似乎也逐渐进入了尾声。在接下来的时间里,一件件真正能够称得上奇物的宝贝,接二连三地出现,各种各样的功法、斗技,甚至药方,看得人眼花缭乱,满场激动的喊价声不绝于耳。其中有一次,后排的两方势力为了一套玄阶功法以及斗技争得面红耳赤,到最后,其中一人居然直接拔出刀来。

不过就在那男子即将动手之时,一道破风声猛然在拍卖场半空响起,一支漆黑的长箭诡异地从天而降,狠狠地插在了那男子面前的地板上。箭支因为力道太大,有一半都没入了坚硬的地板中,剧烈摇摆的箭尾因为高速甩动,发出了刺耳的声响。

从天而降的长箭,让有些失去理智的两方势力都清醒了一些。他们忌惮地扫视拍卖场四周,最后恨恨地缩回了各自的座位。

目光缓缓地从骚动之处收回,黑袍下的萧炎,将视线顺着帽檐望向了拍卖场二楼上的某个黑暗处,刚才,连他都感到心悸的黑箭,便是从那里射出的。

"这八扇门有胆量开拍卖会,果然,底子不弱啊。"萧炎喃喃道。先前的那些争夺,他并未参加,因为修炼焚诀,功法对他已经没有太大的吸引力,而普通斗技他又看不上眼。除了又花费四十万的价格,购买了一尊名为"八方明火"的药鼎之外,他就再未购买其他东西了。

震耳欲聋的竞价吼声,在巨大的场地中回荡着,那嘈杂巨响,几乎要掀破天花板,冲上云霄。

在拍卖会即将进行到尾声时,终于出现了一个分量极高的拍卖品,那是一卷斗技,准确地说,是一卷身法类型的斗技。

"三千雷动,身法斗技;级别,地阶低级。"拍卖师轻轻的声音,瞬间便让整个喧闹的拍卖会一片寂静。无数道赤红目光,猛然转向水晶台上那银色的卷轴,急促的呼吸声,犹如拉风箱一般呼呼响起。

"地阶斗技……"萧炎深吸一口凉气,饶是他,此刻也免不了心跳加速,目光中充满震撼。地阶啊……竟然还真的有人将这种级别的斗技拿出来拍卖,真败家啊!

这种级别的斗技,恐怕就是那些大陆上的一流势力也定会将之当作重要之

物悉心保管吧,如今竟然还真的有人舍得拿出来。

"不是舍得拿出来,只是在黑角域中拍卖的东西,大多都是黑货,是通过一些不正当手段得来的,唯恐被人发现,因此自己不敢修习,便拿到这里拍卖。"药老缓缓地道。

闻言,萧炎这才恍然大悟。

"据我所知,这三千雷动好像是大陆风雷阁最高级的身法斗技,习得之后,身形转换如雷电闪动,快得有些恐怖,若是一名大斗师学会了这东西,就算是与斗灵强者正面抗衡,也能立于不败之地了。没想到,这被风雷阁当作命根子的东西,竟然落到这里。我想,恐怕风雷阁的那些家伙,此时已经暴跳如雷了吧。"药老淡淡地笑道。

萧炎微微点了点头,望着前面那些同样眼睛发亮的血宗等势力,不由得苦笑道:"虽然对这三千雷动很感兴趣,但是很明显,还轮不到我来竞争。"

"嗯,他们是不会放弃这种东西的。"药老笑了笑,笑声中忽然有些期盼,"我只是很好奇,这地阶斗技只是倒数第二的压箱底之物,那么真正压箱底的,将会是什么惊天动地的奇宝?"

萧炎一怔,旋即,心中涌上一抹震惊与骇然。比地阶斗技还要珍贵与稀罕的,那得是什么东西?

随着三千雷动的出场,拍卖场的气氛进入了最火爆的时段,那些前方的大势力,也终于开始了让无数人目瞪口呆的竞价。

三千雷动并没有设置底价,不过在那拍卖师手中拍卖槌刚刚落下的一刹那,价格便猛然飙上了两百万。

一掷千金、豪爽与气魄,在这地阶身法斗技的诱惑下,那些势力展现得淋漓尽致。

节节攀升的价格,使拍卖场的气氛一直维持在高位。而在那急速翻倍的天价之下，即使很多人都清楚自己已经没有资格再打那东西的主意，可能够亲眼看见这般惊心动魄的场面，也让他们感觉不虚此行。

急速增高的价格，在持续了将近半个小时的血淋淋的争夺下，终于逐渐进入尾声。而此时，三千雷动的价格已经被抬升到了令人咋舌的八百二十七万。

八百多万，这等巨款，可是相当于加玛帝国米特尔家族好几年的总收入啊。想必就算是在黑角域中，也没有哪方势力能够毫不在意地拿出来这笔巨款吧。

价格升到了这一地步，终于有一些较弱的势力开始放弃，而随着这般不间断的价格淘汰，十分钟后，那属于黑骷墓势力的灰袍中年人终于脸色抽搐地报出了"一千零二十万"的天价，拍卖场内顿时鸦雀无声。

地阶斗技，千万天价！

拍卖场在持续了将近几分钟的寂静无声后，终于逐渐热闹了起来。众人互相对视，皆被那恐怖的天价震撼得浑身战栗、热血沸腾：一千万啊，这个庞大数目，需要一个势力多久的积累？

黑骷墓竟然会出这种高价，明显也让血宗、天蛇府等势力措手不及。他们面面相觑，皆脸色难看地收回了即将喊出口的价格。

血宗少宗主范凌眼神阴冷地瞥着那灰袍上绘有骷髅头的中年人，手掌轻轻颤抖了几下，微微垂头，眼睛中闪过一抹狞笑与杀意。

随着血宗、天蛇府等势力的退缩，自然再没有人有资格与黑骷墓相争，至此，那卷地阶低级的身法斗技在无数人的注视下，落进了黑骷墓的囊中。

"这才是真正的厮杀啊，千万巨款……"望着缓缓落幕的残酷竞争，萧炎忍不住摇摇头，心中苦笑了一声，略感疑惑地问道，"只是这种地阶斗技真的能够用金钱来衡量吗？"

"呃，这话说得……你要炼制丹药，总得购买药材吧？不然凭你一个人，想收集齐那些分布在大陆不同区域的奇药，得花费多少精力与时间？比如你要炼制地灵丹，那四种材料的总价便不会低于五百万，你不需要钱？更何况像血宗

这些大势力，手下养着那么多人。收买人、培养强者，哪样不要钱？你是不当家不知柴米贵啊。"药老无奈地向这很少为钱而苦恼的温室的花朵解释着。

听得药老那无奈的声音，萧炎也讪笑了一声，抬头望向水晶台上。而当瞧见那满脸红光的拍卖师忽然脸色变得严肃之后，他不由得一怔，旋即低声道："看来压箱底的东西，要上场了啊。"

瞧见拍卖师的脸色发生变化的有不少人，他们似乎也从中发现了什么，当下自动停下窃窃私语，目不转睛地等待着此次拍卖会的重头戏出场。

"终于要出来了吗？"苍白的脸上浮现一抹红润，血宗少宗主范凌的眼睛中异光闪烁，喃喃道。

一旁天蛇府、黑骷髅的人，此刻也收敛起脸上的笑容，原本懒散的目光变得犹如鹰眼般锐利了起来。

啪啪……

水晶台上，拍卖师脸色严肃地拍了拍双手，而随着他的掌声响起，水晶台边缘处忽然发出一阵咔咔声响，旋即，一圈漆黑的金属栅栏缓缓升起，最后呈圆形将台子围在其中，甚至连水晶台上空也被延伸出来的金属条盖严实了。

"呵呵，请诸位不要太在意，这只是我们为了保证拍卖品的安全而采取的一点措施。"瞧得那犹如囚牢一般的栅栏构建完毕，拍卖师冲场中众人笑了笑，解释道。

"这囚牢由寒铁所铸，即使是斗皇强者，短时间内也难以攻破。"说话时，拍卖师的眼睛还特意地从前方血宗、天蛇府等势力的席位处扫过，言语间的意思不言而喻。

对于他这番话，那些势力代表也只是淡淡笑了笑，并没有太在意。往年的拍卖会中，出手抢夺拍卖品的事情并非没有出现过，所以八扇门会如此谨慎也正常，否则在自己地盘上被人把东西强行夺走了，他们还有什么脸面在黑角域立足？

对于八扇门这太过谨慎的举动，萧炎怔了一下，不过紧接着便明白了过来，在这混乱的黑角域中，发生任何离谱的事情，都不用太过惊讶。

"啧啧，拍卖场中忽然多出了很多隐藏气息。在二楼的某处，甚至有一道不比海波东弱的气息，想必那人便是八扇门的门主吧。嘿，看来他们也很不放心啊。"药老戏谑的声音，突然在萧炎心中响起。

"嗯？"闻言，萧炎一愣，黑袍下的目光隐晦地从拍卖场四周的一些阴影中扫过，借助着曾经被火焰洗礼过的眼睛，他能够隐隐看见其中一些寒光。

"那重头戏究竟是什么东西，竟然能让八扇门如此慎重对待，乃至门主都亲自出马？"萧炎摇了摇头，在心中错愕地道。

"呵呵，接着看吧，应该不会让人失望。"药老笑着摇了摇头，回道。

微微点了点头，萧炎继续将目光投向水晶台上。拍卖师此时正小心翼翼地躬身从下方柜中取出一个半尺大小的紫金盘，在那紫金盘中有一个巴掌大小的寒玉小盒。

盒子呈淡白色，虽然相隔甚远，但是下方众人依然能够清楚地看见那从寒玉盒上散发而出的淡淡白色寒气，这可是最上等的寒玉方才具备的寒气保存功效。

"是丹药？"瞧得那小盒的体积，再瞧得那种并不陌生的保存方式，萧炎先是一怔，旋即，眼中闪过些许震惊。价值能够超越地阶斗技的丹药，将会是何种品阶？

缓缓吸了一口冷气，萧炎心中清楚，那至少得是七品等级的丹药，才有可能啊！

七品？至今为止，这种等级的丹药，即使是萧炎，也从未见过。

"果然是个好东西啊，只不过，这感觉为什么……"药老的声音中多了些许凝重与疑惑。炼制这种品阶的丹药，实在是太困难了，要知道，光是五品丹药的诞生，便能引得一小片天地的能量动荡，而七品……想起当年自己在成功炼

制这种丹药时,那出现的天地异象犹如末日来临一般,极为恐怖。

在斗气大陆之上,有能力成功炼制七品丹药的炼药师,几乎是凤毛麟角,而这些人,如今无不是一代宗师。

随着那寒玉盒的出现,拍卖会前方所有势力的人都猛然挺直了身子,眼神中带着不加掩饰的贪婪,死死盯着寒玉盒。

没有理会铁牢之外的那些贪婪目光,白发拍卖师手掌略有些颤抖地将紫金盘轻放在拍卖台上,干枯的手指小心翼翼地将盒盖掀了起来,顿时,一股金光猛然射出。

突如其来的金光将整个拍卖场都照得通透起来,一些措手不及之人,更是习惯性地闭上了双眼。

萧炎并未因金光而闭上双眼,他的目光透过斗篷的阴影,牢牢锁定在水晶台上那寒玉盒中。一枚龙眼大小的金色丹药,正安静地躺在那里。丹药表面极其圆润,两丝金色气流在丹药内部流转不定,细细看上去,金色气流居然汇聚成两条细小的金色神龙,彼此交缠。细微的龙吟声透过空气的震荡,缓缓扩散而出,让闻者的灵魂不由自主地在这龙威下颤抖。

萧炎望着那丹气凝成龙形的丹药内部,身体忍不住颤抖起来,斗篷下的脸上,尽是难以掩饰的震撼。

丹气凝灵,这是只有七品以及更高阶的丹药方才具备的异象!

整个拍卖场,都在那若隐若现的龙吟声中,陷入了死一般的寂静。

"阴阳玄龙丹?"寂静之中,药老的低喃声忽然在萧炎心中响起。只不过,从那喃喃声中,萧炎听出了一种隐忍到极点的阴沉与暴怒。

第十四章
阴阳玄龙丹

药老话语中所隐含的阴沉与暴怒,自然没有逃过萧炎的感应。萧炎当下不由得一愣,在心中小心翼翼地问道:"老师,您怎么了?"

心中一道深深吸气的声音响起,药老那强行压抑着某种情感的淡淡话语旋即传出:"没什么……先看看吧,有些事,我日后再告诉你,现在告诉你,有些早了。"

说出这话后,药老便陷入了沉默。萧炎略微怔了怔,默默地点了点头,不再开口说什么,抬头将视线投向那枚被药老称为"阴阳玄龙丹"的七品丹药。

场中很多人虽然并不清楚这枚丹药的确切底细,但是从先前那道金光来看,便能够模糊地知道这东西的不凡,因此都不由得脸露贪婪之色。

相较于那些不清楚这丹药作用的人,前方的血宗等势力却在此刻陡然激动了起来。许多强者甚至因为情绪的波动体内斗气不受控制地满溢出来。

水晶台上,拍卖师目光缓缓地扫过全场,然后满意地一笑,手指着那枚金色丹药,笑吟吟地道:"诸位,这便是我们此次拍卖会的压轴之物:七品丹药阴

阳玄龙丹！"

哗！拍卖师话音落下，满场一静，旋即，震耳欲聋的哗然声以及骇然的倒吸凉气之声，弥漫在拍卖场上空。

众人赤红着眼睛，带着急促的呼吸声，死死地盯在那枚金黄的丹药上。七品丹药？这种级别的丹药，在场几乎超过大半数的人，一辈子都没资格见到，而如今，那仅在传闻中出现过的高阶丹药，竟然出现在了眼前，岂能不让他们激动、失态？

"呵呵，或许很多人都没听过这丹药的名头。"望着一些人眼中的茫然之色，拍卖师笑吟吟地道，"阴阳玄龙丹，位列七品，据说想炼制此丹，首先需要两头死亡时间不超过七天的龙类魔兽的魔核，并且魔核等级至少是六阶。"

拍卖师的这一句话，让有些茫然的人瞬间惊骇，两头死亡时间不超过七天的六阶魔兽，那岂不是相当于两名斗皇强者了？

"据说此丹炼成之时，天现异象，一阴一阳两道龙魂自鼎中直冲云霄，互相缠绕，最后凝为丹身。"拍卖师微微一笑，解说之余，甚至连他的眼中都出现了些许狂热，"阴阳玄龙丹的作用，并非直接让人提升实力，而是破后而立！"

"破后而立？"萧炎一怔，眉头紧锁。

"若是谁服用了这枚阴阳玄龙丹，那么日后当他重伤或者命垂一线之时，运气好的话，这东西便能够赋予此人破后而立的机会。所谓破后而立，就是打破以往的束缚，让人犹如蜕变一般，身体、灵魂甚至斗气，都能更上一层楼！"拍卖师笑着道，"也就是说，只要吃了它，那么即使日后身体受到致命的重创，也无须为生命顾虑，因为说不定，这将是他的一次彻底蜕变！或许很多人对这个彻底蜕变的认知有些模糊，那我在此跟大家详细说说。"拍卖师轻笑了一声，旋即道："风尊者古灵之名，想必各位听说过吧？"

"那可是闻名大陆的巅峰强者，堂堂斗尊级别的强者，当年以一己之力，三天之内，摧毁八方大陆一流势力。这等震惊大陆的恐怖战绩，怎会没听说过？"

拍卖师的问话，招回了一些白眼。

"风尊者古灵？"听到这个此时尚有些陌生的名字，再听得周围响起的嘘声，萧炎将之默默地记在了心中。斗尊强者……那种级别，对于现在的他来说，实在是过于遥远了。

"既然诸位都知道风尊者之名，那应该也知道在成就斗尊之前，古灵大人与一位宿敌的惊世大战吧？那场战斗中，还是五星斗宗的古灵大人虽然成功击败对手，但是自己也处于重伤的状态。按照常理，即使他还能活下去，实力也将会锐减。可在距离那场大战七年之后，失踪已久的古灵大人再次出现在大陆上，而他的实力已在斗尊级别……"拍卖师淡淡地笑道。

满场鸦雀无声，很多人脸上都涌上一抹骇然：七年时间，不仅从重伤中恢复过来，而且实力还来了个大飞跃，直接从斗宗晋阶成斗尊，这速度——可怕！

萧炎脸上也浮现出一抹震撼，片刻后，震撼消退，心头一动，目光转向那枚金黄的丹药，突然间似是察觉到了什么，不由得深吸了一口冷气。

"呵呵，想必一些人也猜到了什么。没错，古灵大人当年游历大陆时，侥幸得到了一枚阴阳玄龙丹，并且服下了此丹，那股药力在漫长的岁月中，一直潜伏在他体内，直到他重伤的那一刻，才启动了阴阳玄龙丹的特效——破后而立！所以，仅仅七年时间，他从斗宗强者一跃成了斗尊！"

巨大的拍卖场中，寂静持续了一会儿后，倒吸凉气的声音几乎连成了一片。无数人再度看向囚牢中的那枚金色丹药时，眼中充满了贪婪的神色。

"可怕的破后而立……"萧炎握紧满是汗水的手掌，低声喃喃道。

"也不用尽听他吹嘘，那阴阳玄龙丹虽然的确有破后而立的功效，但是在人重伤时，就算好运地启动了这种药效，也不见得能够真正地做到破后而立，而且那破后而立的机会，也就只有一次而已。"药老淡淡的声音再度响起，"再者，在破后而立启动的那一刻，身体便完全不属于自己，若是能够从那种非人的折磨中熬过去，那自然可以真正地破茧成蝶，如若不然，破是破了，却也立不起

来了。就算是以古灵那坚韧的性子，当年也差点扛不下来那种折磨，能够让一名斗宗强者都熬不过去，你能想象出那是何等的痛苦吗？"

"呃……"萧炎一怔，眼珠一转，问道，"老师和那风尊者古灵很熟？"

"算是吧。"随意地回了一句，药老忽然回过神来，不由得无奈道，"你不要想套我的话，日后我的事自会告诉你的。不过现在你太弱了，知道得太多，对你并不好。"

闻言，萧炎一阵苦笑。现在仅仅是大斗师的他，离药老他们的那个位置确实还是太远了啊。可是以如今的修炼速度，他想进入斗王甚至斗皇境界，还得需要多长时间？

"小家伙，不要妄自菲薄，你所修炼的焚诀，给予了你创造奇迹的基础，相信自己吧。别人需要日积月累的修炼，而你，只要寻找到足够的异火，并且成功吞噬它们，最后的成就超越我甚至那古灵，都是轻而易举之事。"感受到萧炎的想法，药老不由得轻声道。

萧炎微微点点头，笑道："希望吧……"

水晶台上，感受到那被阴阳玄龙丹所引发出来的气氛，拍卖师这才满意地笑了笑，目光转向那坐在前排的势力，他很清楚，这些人才是阴阳玄龙丹的有力争夺者。

"别废话了，报价吧。"听得拍卖师那啰里啰唆的话，血宗少宗主范凌有些不耐烦地皱了皱眉头，声音阴冷地喝道。

"呵呵。"笑着点了点头，拍卖师清了一下嗓子，正色道，"这阴阳玄龙丹的价值，想必诸位也清楚，光以纯粹的金钱，已经不足以衡量它的价值，所以拍卖这枚丹药的主人说了，不管这丹药最后被谁成功竞买，都必须无条件地答应为他做两件事情！"

"做两件事？"

闻言，下方的血宗、黑骷髅、天蛇府等势力全都一愣，旋即，脸色微变，那位天蛇府的青长老更是忍不住地冷笑道："你这话才说得可笑，如果那人让我们倾尽所有实力去对付某个难以战胜的强者或者势力，那我们也得听他的？"

"呵呵，这自然是不可能，这里的两件事，定然是在各位能力范围之内。不过事先也在这里提个醒，既然能够拿出这枚阴阳玄龙丹，那么此人身份实力想必也不会弱，而他所需要人办的事，多半也不会太过简单。所以，诸位对这枚丹药有兴趣的话，或许就得掂量一下了，不然的话，反而闹得不愉快。"拍卖师轻笑道。

听得拍卖师的话，下方诸多本来打阴阳玄龙丹主意的人，眼神都有些闪烁起来。

"卖主的话，我已带到，各位若还是有兴趣，那就开始拍卖吧，依然是和先前的地阶斗技一样，这枚阴阳玄龙丹，没有底价。"微微弯身，拍卖师冲着下方微笑道。

"走吧，这场拍卖会已经没什么好看的了，这阴阳玄龙丹还轮不到你来争夺。"药老淡淡地道。

手指缓缓揉着额头，萧炎微微点了点头，既然已经见识到了最后的重头戏，的确是没有再留下的必要了。瞥了一眼前方那些蠢蠢欲动的势力，他站起身来，悄然退场。

缓步走出拍卖场，萧炎站在门口，抬头望着那略微昏暗的天空，长长吐了一口气，然后转身向拍卖场的一处客厅走去。

"还是先把拍卖的钱以及竞买的东西拿到手吧。"萧炎边走边自言自语。

进入客厅，萧炎将自己的二级贵宾卡交给了一名侍女，说清了来意之后，便被后者恭敬地请了进去。

"大人，请您稍等片刻，拍卖会马上就要结束了，到时候主事的人会帮大人理清拍卖之物。"侍女将一杯温茶放在萧炎身旁的桌上，然后便微笑着退了

出去。

微微点了点头,萧炎将茶杯捧在手中,感受着那些许温度,却并没有喝。在这黑角域中,谨慎一点,并没有坏处。特别是在这种看似公平,暗地里却黑暗得一塌糊涂的拍卖场。

微闭着眸子,萧炎手指缓缓地敲打在桌面上,如此许久之后,几道脚步声忽然由远而近地传进大厅。手指逐渐顿住,萧炎睁开眼睛,望向被掀开的帘子,一位身材矮小的干瘦老者正领着两名侍女,笑眯眯地走进来。

"呵呵,先生应该便是拍卖三枚青灵丹的人吧?我是这里的主事,叫我胡管事便好。"瞧得那全身被包裹在黑袍中的萧炎,老者走上前来,笑着道。

"药岩。"淡淡地点了点头,萧炎轻声道,"胡管事,拍卖会结束了?"

"呵呵,圆满结束了。"胡管事笑着点了点头,目光不着痕迹地在萧炎身上扫过,却并未发现任何能够让他瞧出后者身份的线索。他挥了挥手,后面的一名侍女赶忙将手中的银盘举了起来。银盘中有一张紫金卡片,卡片上绘着五道颜色不同的波纹。

在斗气大陆上,只有斗灵强者才有资格办理与携带五纹紫金卡。当然,万事无绝对,按照常理来说,一个三品炼药师也有这种资格。

"药岩先生,你的三枚青灵丹所拍卖的总价格是二百七十万,扣去百分之十的拍卖手续费,还剩下二百四十三万。"胡管事眼睛眯成了一道缝,笑着道,"那株地心火芝花费了一百二十万,八方明火鼎炉花费了四十万,你最后的所得便是八十三万……所剩的钱,都在这张紫金卡中,而你竞买的那些东西在这枚纳戒里。"

胡管事一挥手,那名侍女就将银盘递到了萧炎面前,银盘中有一张五纹紫金卡以及一枚普通纳戒。

"好黑的手续费。"心中有些无奈地摇了摇头,萧炎没想到忙活了大半天,最后也就仅仅剩下不到百万的资金。

伸手将卡片与纳戒取过来，萧炎细细地检查了一下纳戒中的地心火芝与八方明火鼎炉后，方才将两种东西取出放进自己的纳戒内。

"对了，胡管事，拍卖会最后的阴阳玄龙丹，被哪方势力成功竞买到了？"将东西都整理好后，萧炎忽然似是随意地问道。

"呵呵，那东西最后被天蛇府的人竞买走了。"听了萧炎的问题，胡管事并未迟疑，直接说了出来。毕竟那竞买可是无数人亲眼看着呢，即使他不说，恐怕也就一下午时间，消息便会传遍大半个黑角域。

"天蛇府吗……"轻挑了挑眉头，萧炎在心中喃喃道。

"既然东西已经到手，在下也就不打扰了，告辞。"得到答案后，萧炎也不再迟疑，对着胡管事拱了拱手，便欲离开。

"呵呵，药岩先生请稍等一下，我家门主对先生颇感兴趣，若是先生不介意的话，能否与我家门主见面聊聊天？"瞧萧炎要走，那胡管事忽然开口问道。

萧炎微皱眉头，淡淡地道："算了吧，我只是拍卖点东西而已，有什么能让贵门主感兴趣的？抱歉，在下还有一些事，就不多留了，日后若是还需要拍卖什么东西，定然再来找胡管事，告辞。"

说完，萧炎不待胡管事出言相留，便快步走出了大厅。

胡管事微眯着眼睛望着逐渐消失在视线中的萧炎，忍不住皱了皱眉头。

"怎么样，看出他的身份了吗？"淡淡的声音忽然在大厅中响起。胡管事一回头，瞧见一名虎背熊腰的中年男子正坐在萧炎先前坐的椅子上。随着这名男子的出现，大厅中的气氛似乎突然间变得具有压迫力一般，让胡管事的腰杆弯下了许多。

"门主……"胡管事赶忙恭敬地道，"暂时还看不出，这人隐藏得太深。按常理来说，他能一次性拿出三枚青灵丹，很可能本身便是一名炼药师，而且等级还不低。毕竟青灵丹这种品阶的丹药，就算是普通的四品炼药师也颇难炼出。可我想遍了我所知道的那些高阶炼药师，却没有一个与这个人的特征相符。"

　　眉头微皱，中年男子微微嗯了一声，淡淡的声音中却蕴含着难以掩饰的阴冷杀意。"派人暗中跟踪他，搞清楚他的底细。一名能够炼制出青灵丹的高阶炼药师不可多得，要想尽一切办法让他为我八扇门效力。实在不行，在确保万无一失的情况下，可以将他除去。如果不能为我所用，自然也不能便宜别人，否则迟早是个祸害。"

　　"是。"胡管事赶忙应声。

　　"嗯，你去办吧，找几个精通隐匿身形的人。我还得亲自去给天蛇府的人办阴阳玄龙丹的交接手续，那东西太贵重了。如果不是卖主身份太强，嘿，在我这拍卖的好东西，哪儿有再拿出去的道理。"站起身来，中年男子撇了撇嘴，颇有些不甘地冷笑道，随后向着大厅后方走去。

　　胡管事连连点头，待中年人消失后，他方才轻缓了一口气，悄悄退出大厅。

　　出了拍卖场，萧炎先是去了一趟千药坊，将炼制复灵紫丹的材料购买齐全后，那八十多万的资金便再度大缩水，只剩下二十几万。

　　把玩着手中的紫金卡片，萧炎忍不住苦笑一声，没想到搞了半天，经济实力还是在原地踏步。

　　"唉，没想到还是穷人。"一想起在拍卖场中，那些家伙一掷千金的情形，萧炎深深感受到了差距。

　　"小心点，有人在跟踪你，我想应该是八扇门的人吧。"就在萧炎转过一个街角时，药老淡淡的声音忽然在心中响起。

　　萧炎略微顿了一下，便再度不急不缓地前行，在心中冷笑道："不愧是黑角域啊，以这些家伙的廉价诚信，竟然还有人放心将物品交给他们拍卖，这若是放在加玛帝国，迟早倒闭。"

　　"没办法，在黑角域，有实力举办这种拍卖会的势力可并不多，毕竟这里实在是太乱了。"药老笑道，"不过你暂时也不用管他们，现在我们没必要与他们起冲突。"

"嗯。"萧炎微微点头。

"把后面的那些家伙甩掉,然后将血宗少宗主范凌的住所打听清楚。其他的东西,我们可以不要,可那张残破的地图,却必须到手。"药老沉吟道。

那地图可是关系到净莲妖火的所在,萧炎自然极为上心。他眼角不着痕迹地扫了一眼人流汹涌的后方街道,身形猛然一闪,犹如鬼魅般蹿进了一条小道之中。

在萧炎闪进小道之后不久,几道人影也急速蹿至小道口,几人的目光往里面一扫,却并未见到任何人影,当下一怔,急忙分散开来,四处寻找失踪的目标。

"这点本事也来跟踪人?"轻易地甩开了后面的跟踪,萧炎心中不屑地笑了一声。他换了衣衫,在街上逛了逛,花费了一些金币,便得到了想要的情报。那范凌因为身份的关系,并没有特意掩饰行迹,而是堂而皇之地住进了黑印城最豪华的酒店。因此,想得到关于他住所的情报并不难。

因为要随时监视范凌的一举一动,所以萧炎舍弃了以前的那个旅馆,在范凌住所的附近找了个隐蔽的住所,以便时刻观察。

在当日的拍卖会结束后,范凌等人并未立刻离开黑印城,而是在休息了一晚上之后,待到第二天中午时,一行人方才招摇地出了酒店,呼啸着冲出了黑印城。

在范凌一行人出了黑印城之后,一道黑影悄然跟随。

"嘿,抱歉了,我的东西,没人能抢得走,管你是什么少宗主!"黑影划过丛林,淡淡的冷笑声缓缓消失。

茂密丛林中,一道黑影忽然闪掠上一处树丛,目光透过树枝缝隙,望向百米外的一棵大树下。那里,十几道人影正在休息。

　　萧炎抬头望了一眼天色，略微迟疑了一下，呼吸平稳得没有丝毫波动。虽然目标就在面前，但是他并没有急着出手。范凌本身便是一名斗灵强者，其身旁的两位老者，实力明显也是在斗灵级别左右，再加上其他一些实力不弱的护卫，即使萧炎有药老帮忙，也难以在极短的时间内完全收拾他们。所以他必须寻找到合适的下手时机，否则一旦暴露，恐怕有些麻烦。毕竟血宗的势力即使放在整个黑角域，也算得上强大。

　　萧炎的视线紧紧锁定范凌等人，对方在休息了十来分钟后，终于再度起身，就在萧炎以为他们会按照先前路线继续赶路时，一行人却忽然转了个大弯，直接朝着黑印城的西面奔掠而去。

　　"呃……"瞧得范凌等人的奇怪举动，萧炎一怔，旋即脸色微变，难道被发现了？这个念头在心中闪了一下后，便被自动排除了。范凌一行人中，实力最强的是斗灵强者，根本不可能发现自己的踪迹，况且，就算发现了，也不会令他们轻易改变路线。一名表面实力仅仅是大斗师级别的人，还不足以让他们这般惧怕。

　　"这些家伙想干吗？"心中闪过一道疑惑，萧炎脚尖轻点树干，身体犹如黑夜中的蝙蝠，轻飘飘地落下，然后再度紧紧跟上前方的队伍。

　　前后两批人间隔百米距离，对着黑印城的西面方向急掠而去。而在这般奔掠了二十分钟左右后，药老的声音在萧炎心中响起："小家伙，小心点，前面山坳处隐藏了不少强横气息，其中有一道甚至比先前在拍卖场中的那道斗皇气息还要强横不少，而且气息阴寒如冰，和那范凌的气息很相似。"

　　萧炎正欲前冲的身形，在药老这突如其来的话语之下，猛然一滞。他脸色大变，强行扭转身子，将自己缩在了一棵树后，心中惊骇地道："我们中计了？"

　　"不像。"药老沉吟道，"看他们那隐匿气息的模样，倒像是在埋伏……为了对付你一个大斗师，他们犯得着这般费力？"

　　"埋伏？"微微一愣，萧炎略松了一口气，皱眉疑惑地道，"可一名斗皇强者带着一大堆人埋伏在这隐蔽之地，想干什么？"

目光略微有些闪烁，萧炎忽然看着黑印城的方向，愣了下，猛然猜到了什么，心中不由得骇然道："这些家伙，不会是想强抢拍卖物品吧？"

"很有可能。不管是地阶斗技还是阴阳玄龙丹，都有资格让血宗费这般大的精力。而且这种拦路抢夺的事情，在黑角域中屡见不鲜。"闻言，药老也一怔，却并未否认萧炎的猜测。

"那我们怎么办？那范凌已经开始进入埋伏范围，看那依然平静的山坳，明显，里面都是血宗的人。既然老师已经感应到了山坳中有一名比八扇门门主还强的强者，那残破地图岂不是更难得到了？"萧炎紧皱眉头，无奈地道。

"先等等吧，静观其变。"药老沉声道。

萧炎微微点了点头，眼睛四处扫了扫，然后将自身气息压抑到最低点，悄悄闪到一处视野开阔的高地丛林中。

身体缩在丛林里的萧炎，借助着地势，刚好能够将下方的森林洼地收进视野内。目光扫过安静得没有丝毫杂音的森林，若非药老提醒，恐怕萧炎即便跟着范凌冲进了小森林，也不会发现那里早有埋伏吧。

小森林东面，是一条蜿蜒到尽头的小道，萧炎的目光沿着西面扫过，能够隐隐看见黑印城那模糊的轮廓。从地形来看，这小森林貌似还是黑印城西面的一条必经之路，难怪血宗的人会选择在此地埋伏。

萧炎静静地趴在树丛中，将呼吸由平日的正常状态直接压缩到两三分钟一次。下方的小森林中可是有着一位斗皇级别强者，若非有药老暗中帮忙，光凭萧炎的实力，还不能够这般安稳地躲在对方的眼皮底下。

在范凌一行人进入小森林之后，这里便陷入了极度的安静之中。就连那些飞鸟都因为感应到林中蔓延而出的些许杀气，而簌簌发抖地将身体缩在窝中，不敢发出半点声响。

诡异的宁静气氛，缭绕在这片区域，许久不散……

　　萧炎微眯着双眼，整个身体几乎都趴在了地上，某一刻，触着地面的手指忽然轻微地颤抖了一下。萧炎忽然睁开眼，抬头将目光移向通往黑印城的那条小道。那里，隐隐有微弱的马蹄声响起。

　　"要来了吗？"低喃了一声，萧炎的眼神也变得锐利许多。远处道路上，一群骑着快马的人影，正追星赶月般地向着小路另外一边飞驰，沿途带起冲天黄土。

　　嘎吱……随着越加响亮的马蹄声，那宁静的小森林中，忽然响起些许轻微的弓弦拉动声。

　　视线尽头，驭马奔驰而来的人影逐渐出现，在瞧见那领头的是一袭绿色裙袍的女人后，隐藏在丛林中的萧炎心忍不住猛跳了几下。他在心中暗道："这些血宗的人，果然是在打阴阳玄龙丹的主意啊。难道他们不怕天蛇府的人报复吗？既然天蛇府有实力争夺这等宝物，想必他们的势力在大陆上也不算弱吧？"

　　"嗯，还行。"药老淡淡道，"下面森林中的那道斗皇气息，应该便是血宗宗主吧。既然连他都出动了，那自然是没打算让这些天蛇府的人离开，只要没人活着回去，天蛇府也只能暴跳如雷。在黑角域中，这种半路截杀的事情，几乎每天都在发生。"

　　"一个不留？挺狠的啊。"闻言，萧炎咧了咧嘴，并未太过意外。这种事情一旦走漏了风声，就是双方势力的死战。而且其中还牵涉到阴阳玄龙丹这等宝物，定然是没有半点调和的余地。毕竟花费了这等天价，天蛇府是绝对不可能让它白白打水漂的。

　　十几道人影瞬间便驰过小路，片刻后，那安静的森林出现在她们的视野中。

　　领头的是拍卖场中所见的那位美丽的青长老。奔驰时，她抬头望了一眼远处的森林，黛眉微皱。能够成为天蛇府的长老，其实力与经验自然远非常人可比。她知道逢林慎入的道理，而且如今身上携带着阴阳玄龙丹这种贵重奇宝，必定更要慎上加慎！

青长老打了一个手势，队伍奔驰的速度逐渐减缓，纤手一扬，身前空间微微波动，旋即，一条翠绿色的能量小蛇自身旁浮现而出，小蛇落进草丛中，以一种极快的速度，向着森林中游去。

能量小蛇悄无声息地游进森林，碧绿的蛇瞳刚欲抬起，一道破风声便骤然响起，一支利箭狠狠插在了蛇头上。小蛇一阵挣扎之后，化为一片能量，逐渐消散。

在能量小蛇被击杀的那一刻，已经到达森林之外不远处的青长老猛地一变脸色，厉声喝道："小心！里面有埋伏！"

"哈哈，不愧是天蛇府的长老，这斗气凝蛇的手段，果然出神入化啊。"青长老的喝声刚落，森林中同时传出犹如夜枭般的大笑声。旋即，雄浑气息冲天而起，一道血红影子自森林中射出，最后稳稳地落在一棵大树之巅。那人略微泛着红芒的双瞳，泛着难以掩饰的阴冷森然，扫向森林之外的青长老一行人。

"范痨？"瞧得那身披鲜血般大红袍的高大男人，青长老的脸色大变，旋即大声地喝道："你这是什么意思？难道是想向我天蛇府宣战?!"

"哈哈，宣战倒是不想，只是对青长老手中的阴阳玄龙丹感兴趣！"红袍男人笑了笑，只不过笑容中透着一抹无论如何都掩饰不了的森然。

"撤！所有人各自撤离，只要有一人逃脱，就立刻向府主大人禀报此事！"听得对方提起阴阳玄龙丹，青长老心头骤然下沉，知道此事没有丝毫商谈余地。她当下不再迟疑，一声厉喝，旋即，脚掌一踏马背，身体率先化为一道影子，对着大路两旁的丛林闪掠而去。

咻，咻，咻……

在天蛇府的人分散而退时，森林之中，猛然间响起大片的破风声，无数泛着寒光的箭支带着凶悍劲力，铺天盖地暴射而出。而在这般无间隙的箭势下，饶是那青长老，都不得不放慢速度，闪动着身体躲避箭矢。

道路中央，先前四散的天蛇府人竟然再度被逼得聚在了一起。而此时，黝

黑森林中，拥出了将近百名身着红袍、手持血刀的血宗战士。

这些血宗战士脸色木然，犹如傀儡，只不过他们的眼中也充斥着与范凌相同的阴森与暴戾。

"青长老，交出阴阳玄龙丹，本宗饶你性命！否则，死！"树尖上，红袍男人身形如鬼魅般闪动，瞬间便出现在包围网上空，阴森的喝声，在道路上空徘徊不散。

第十五章
大路激战

"杀!"对于范痨的阴森喝声,那位天蛇府的青长老没有丝毫迟疑。她脸色阴沉地厉喝一声,雄浑斗气自体内暴涌而出,强横气场直接将附近地面的树叶杂物震得尽数倒射而出,看这般气势,其实力恐怕已晋斗王级别。

而在她的喝声下,身旁将近二十名天蛇府的强者,也锵的一声拔出武器。斗气奔涌,一缕缕颜色各不相同的蛇形斗气在体表循环游走,最后猛然爆发出恐怖劲力,朝周围那些红袍战士冲击而去。

一绿一红两股洪流,在大路中央狠狠对撞,一股能量涟漪自接触处犹如波浪一般蔓延开来。

脸色麻木凶戾的血宗战士,狠狠劈刀间充满血腥煞气,没有发出半点声响;而天蛇府的强者也阴沉着脸,将体内斗气运转到极致,被斗气所覆盖的武器带起划破空气的嗞嗞声响,刁钻而狠毒地刺向血宗战士全身各处要害。

双方的强者都并非庸人,不仅实力强横,而且明显训练有素。双方冲杀虽无巨大声响,但是暗蕴生死血拼的劲头。

青长老此刻脸色冰冷,手持一把蛇形长剑,剑弧每一次的诡异旋转,都会自一名血宗战士的脖子处划过,然后带起一道血痕以及喷薄而出的鲜血,而她在那鲜血飘落间,轻闪飘移,犹如一条剧毒的曼陀罗沙蛇一般,敏捷而狠毒。

大道之上逐渐堆满尸体,其中大多数都是血宗的人。然而不管青长老如何带人冲杀,那黝黑的森林中总有源源不断的血宗战士冲出,将她那想穿过森林的计划打破。

眼神冷漠地一剑洞穿一名血宗战士的胸膛,青长老快速观察四周,心情沉重地发现,原本近二十名天蛇府强者此刻竟然只剩下八人。

青长老手中蛇剑对着身后暴刺而出,将一名想偷袭的血宗战士喉咙洞穿。她微微一震肩膀,一对由绿色斗气凝聚而成的双翼迅速浮现,脚尖轻踏地面,身体便猛然拔升天际。就在她欲转身逃离之时,一道影子突兀地自其上空闪掠而过,旋即,一道阴寒的磅礴劲气自天空暴压而下,由于劲气过于强横,竟然使得半空中响起了一连串音爆之声。

感受到头顶传来的磅礴劲气,青长老脸色微变,双掌上抬,掌心间绿光大盛,由上而下,将整个身体都包裹其中。

嘭!磅礴劲气降下,狠狠地砸在青长老身体的绿色光罩上。光罩一阵剧烈颤抖,片刻之后,终于经受不住这等轰击,随着一道细微声响,光罩炸裂。而青长老也发出一声闷哼,脸色苍白了许多。

"哈哈,青长老,本宗说过,今天,谁都别想走!"天空中,红影闪动,范痨背后一对如鲜血般的斗气双翼极为刺眼,双翼扇动时,甚至都能隐隐闻到风中的血腥味。

阴森笑着的范痨没有再给青长老喘息的机会,他振动背后血翼,身体猛然俯冲而下,宛如一头看见猎物的吸血蝙蝠。

瞧得那扑来的范痨,脸色苍白的青长老也只得狠狠一咬牙,抽剑迎了上去。由于其体内斗气全速运转,凶悍无比的斗气直接导致周身的空间都发出了细微的波动。看来，为了能够从斗皇级别的范瘆手中逃生，这位青长老已经将自身实力发挥到了极致。

萧炎望着下方道路上的残酷死战，再小心地看了一眼天空中那几乎成一面倒的战势，隐藏在丛林中的他忍不住摇了摇头，喃喃道："看来天蛇府的人，今天逃生的机会很小啊……"

"嗯，血宗能够没有惊动任何势力地将大部队埋伏在此，定然是花费了不少心思，就算那天蛇府的人再如何谨慎，今日也难以逃脱啊。"药老点点头道。

"那个范凌也在下面，不过他身边总是有两名斗灵强者守护着，麻烦啊。"萧炎的目光扫过下方的战场。范凌正手持一把血刀，满脸狰狞地与一名天蛇府的强者战斗，而两名老者不管何时都没有离开他身边一米远。

"不要急着对范凌出手，不然一旦被范瘆察觉，就麻烦了。因为那该死的魂殿，我已经不能再像以前那般肆无忌惮地将灵魂力量借给你，所以以后遇见这些强者，你都得谨慎小心。"药老沉声提醒道。

萧炎微微点点头，轻叹了一口气，只得压下心中的些许急躁，安静地关注着下方局势的发展。

虽然血宗的人多，但是天蛇府的那群人明显单个实力更胜一筹，因此他们虽然身上布满伤痕，但是依靠着默契的配合，看似摇摇欲坠，却始终支撑着没被打垮。能够跟随青长老来黑角域这等混乱区域的人，果然都有几把刷子。

虽然地面上还能勉力坚持，但是天空中，青长老以斗王级别的实力根本不可能是斗皇强者范瘆的对手。而且范瘆的身法快捷得堪称鬼魅，才交战不到十个回合，青长老的脸色便更加惨白。

嘭！再次在半空中被迫与范瘆硬轰了一掌，那自手掌接触处冲涌过来的强横劲气，直接让青长老一口鲜血喷了出来。青长老身体急退，而那范瘆则趁机紧追不舍。

急退间，青长老猛然抬头，原本美丽的脸此刻布满狰狞。她一晃玉手，一

只寒玉盒便出现在掌心中，厉声尖喝道："范老鬼，你要是再敢过来，老娘就当场将这阴阳玄龙丹变成粉末！"

前扑的身形骤然停住，范痨望着青长老，缓缓地道："你若是敢毁了阴阳玄龙丹，本宗就废你斗气，然后将你锁在血宗，当成猪狗饲养！"

平缓的语调所吐出来的话语，却恶毒得令人浑身发寒。

想到那种生不如死的下场，饶是以青长老的定力，也不由得有些胆寒，握着寒玉盒的手掌忍不住颤了颤。

就在青长老被范痨这恶毒话骇得略微分神之际，那范痨的身形猛然一颤，竟然凭空消失了。

范痨身体刚刚消失，青长老便有所察觉，当下脸色大变。然而她还来不及后退，一道模糊红影便在其面前浮现，一只如鲜血般赤红的手掌暴射而出，狠狠切在了青长老手臂处，顿时，一道骨头碎裂声凭空响起。

"啊！"手臂传来的剧痛直接让青长老忍不住发出一声凄厉尖叫。范痨闪电般地夺走寒玉盒，然后狂笑着向后急退。

后退时，范痨快速打开寒玉盒，顿时，一道金光射出。他脸上的得意与狂喜越加浓郁，快速合上盒盖，然后对着下方的范凌投掷而去，大声道："凌儿，带着它先撤，血宗血卫，护送少宗主回暮之城！这里由本宗来对付！"

听得喝声，范凌急忙跃身，一把将寒玉盒抓在手中，飞快塞进纳戒里，也不迟疑，手一挥，几十名血卫顿时就从战圈中脱身而出。一行人以范凌为首，掉头向南方急掠而去。

"啊！范杂种，老娘今日拼了这条命，也不会让你好过！"最重要的东西被夺，青长老铁青着脸，仰天发出一声凄厉尖叫，比先前雄浑了将近两三倍的恐怖斗气，自体内铺天盖地暴涌而出，随着斗气狂涌，青长老皮肤下居然有些许鲜血溢出。

怨毒地盯着对面微微皱眉的范痨，青长老披头散发，紧握蛇剑，背后双翼

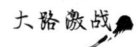

振动，身形化为一抹流光，带起漫天尖锐音爆之声，对着范瘩狂猛攻去。

"临死反击吗？嘿，管你如何挣扎，也绝非本宗对手。"瞧得实力猛然暴涨的青长老，范瘩冷笑了一声，双手微屈，一把犹如用鲜血凝结而成的长刀在掌中浮现，刀身微震，血腥气息立马蔓延而出。

范瘩紧握血刀，选择了以硬碰硬的方式，化为一道血色影子，带起铺天血气，与那青长老狠狠撞在了一起。

顿时，爆炸声响彻天际！

在范凌拿到东西撤退之后，萧炎也悄悄出了丛林，犹如灵猴一般，在森林中穿行着，紧紧地跟在范凌那群人身后。而在听得那忽然在天空响彻的爆响之后，他脚步微停，目光转向后方天空，那里，一绿一红两色光芒，几乎各自占据了半壁天空。

"希望天蛇府的人别死光了啊。"轻叹了一口气，萧炎不再停留，转身再次将目标锁定在视线尽头处的红影上。他与天蛇府并没有什么渊源，自然不可能出手相救。在黑角域中，别说路见不平一声吼，就算吼完一声继续若无其事地向前走，也同样会招来无数砍刀。而且此时萧炎自身都难保，再去多管闲事，明显是种极为愚蠢的行为，所以他也只能暗暗在心中嘟囔一声而已。

他现在唯一的目标，便是不择手段地夺回范凌手中的那份残图！

第十六章
青莲变

  一群红影犹如一股肆虐洪水,从山林间呼啸而过。那股浓郁的血腥气息,让一些外出觅食的低阶魔兽不敢靠上前来,远远地用畏忌的目光望着那从不远处奔掠而过的人群。

  在那红色人群闪掠而过之后不久,又有一道黑色影子从树林间跳跃闪现。他闪身停留在一处树干上,抬头远眺了一下那些埋头狂奔的红色人影,忍不住皱了皱眉,低声道:"再这样拖下去,恐怕范瘘就得追过来了⋯⋯"

  略微沉吟了片刻,萧炎咬咬牙,暗自道:"若是再没有机会下手的话,那就只能强行动手了。"

  语罢,他脚尖再度一点枝干,身体轻飘飘落了下去,继续跟着前面的队伍。

  人数相差悬殊的两拨人,一前一后从山林中奔掠而过,彼此间隔不过百米距离。

  紧紧地跟在前方队伍后面,萧炎在心中默数着时间。几分钟过去后,他终于忍耐不住,脚掌猛地一踏树干,刚要飙射,却猛然发现,前方范凌等人的队伍竟忽然间停了下来。他当下心头一跳，减缓速度，悄悄腾上树枝，小心翼翼地接近前方。

范凌挥手让队伍停下，沉着脸望着面前一名探路的血卫，冷声道："前面有动静？"

"少宗主，在我们正面方向的山间小道中，有人出没的痕迹，经过探测，似乎是黑骷墓的人。"那名血卫单膝跪地，恭声说道。

"黑骷墓？"闻言，范凌脸色微变，道，"我们也被拦截了？他们是如何知道我们的行踪的？"

"少宗主，看他们的模样，倒不像是在伏击我们，反而像是在寻找偏僻的山间小道，赶回骷髅城。"那名经验丰富的血卫略微迟疑了一下，说道。

"哦？嘿，拍买到了地阶斗技，寻找偏僻小道悄悄赶回骷髅城，这倒是挺符合那些家伙的性子。"范凌微眯着眼睛，想起那卷令他垂涎不已的三千雷动身法斗技，心头忽然泛起一抹难以克制的火热，目光扫过四周，开口问道，"他们有多少人？"

"正好十人。"

"灰骷那家伙也在其中？"范凌紧接着问道。他所说的灰骷，正是昨日在拍卖会上与他争夺三千雷动的那名灰袍中年人。

"是的，按照属下的判断，对方应该有两名斗灵强者、两名大斗师，其他人则是斗师级别。"那名血卫沉声道。

"两名斗灵，两名大斗师吗……"范凌喃喃着，许久之后，微眯的眼瞳中掠过一抹贪婪与狞笑，阴冷地说道，"加快速度，追上黑骷墓的人。本来倒没打他们的主意，可他们自己却偏偏要走这山间小路，那就怪不得本少爷心黑了。"

"少宗主，宗主说了，我们此刻最紧要的任务是将阴阳玄龙丹护送回暮之城，若是再横生枝节，恐怕对我们很不利啊。"瞧范凌竟然打算拦截黑骷墓的人，那位一直跟在其身旁的老者不由得急忙劝阻道。

"罗长老，不用担心，对方不论是人数还是总体实力都远不如我们，为了一卷地阶斗技，我们值得冒这个险。"摆了摆手，范凌淡淡地道。

"这……"闻言，那罗长老迟疑了一下，与一旁的另外一名老者对视了一眼，再瞧瞧满脸坚决的范凌，只得无奈地点点头。

"到时候麻烦两位长老拖住对方的斗灵强者，我率领血卫将其他人解决掉。这次和先前围杀天蛇府的人一样，绝对不能让他们走脱半个！"范凌冷声道。他杀伐果断，没有半点迟疑，倒也能算得上一个人物，只不过太贪婪了。

随着范凌的声音落下，那群血卫皆默默点头，没有发出半点反对的声音。

范凌满意地点了点头，一挥手，带头冲进了森林之中。

在范凌等人消失后不久，萧炎出现在一棵大树上。他望着他们消失的方向，脸上浮现一抹诡异笑容，低声道："贪心的家伙，见到好东西便想抢过来。不过这一次，你注定要成为被抢的人了。"

轻轻一笑，萧炎飘下大树，然后化为一道黑影，蹿进了森林中。

十来分钟后，萧炎忽然减缓速度，将身体隐藏在一棵大树后，微微偏头，悄悄注视着前方的情况。

此时，在数十米之外的一处空地上，几十名满身血腥气息的血卫正围成圆圈，将几个袍服上绣着黑色骷髅头的人围在其中。看那满地狼藉以及他们身体上的伤痕，明显，双方已经火爆交战过一波了。

在距离这处战圈不远处有两个小战圈，四道人影彼此交错而过，手中锋利的武器携带着凶悍的劲气，狠狠对劈。偶尔，刀光剑气落空，旁边的巨石或者大树便直接被拦腰斩断。由此看出双方可是真正地在生死搏斗，没有半点切磋之意。

"已经打起来了吗……"目光扫过空地，萧炎再瞥了一眼那两处小战圈，发现其中一名身着灰袍的中年人赫然便是昨日拍卖场上黑骷墓的人。

"黑骷墓的人，没有天蛇府那些人经打啊。"萧炎在心中嘀咕时，那满身血气的血卫已经再度开始了进攻。

扑鼻而来的血腥气息几乎令人作呕,而在那几十把明晃晃的血刀之下,黑骷墓的八人,除了两名大斗师依然在咬牙坚持外,其他的皆直接被乱刀砍死,死状甚是凄惨。

咻!漆黑的冷箭忽然从一旁暴射而出,冷箭携带着浓郁的血气,闪电般地狠狠插进一名大斗师的喉咙处,其上所蕴含的巨大力量让箭身直接从他喉咙穿透而出,最后钉在一处树干上,箭尾急速摆动。

萧炎的目光顺着冷箭射出的方向扫去,原来出手之人便是手持长弓的范凌。此时,在成功击杀了一名大斗师后,他再度举弓,遥指向另外一名大斗师。

瞧得范凌长箭指来,那名大斗师脸色大变,体内斗气狂涌,转瞬间便在体表凝聚出了一副看起来有些粗糙的斗气铠甲。从这斗气铠甲来看,这位大斗师的实力恐怕也就二星或者三星的样子。

"嘿,凭这破斗气铠甲就想挡住我的血蚀箭?"瞧得那大斗师的举动,范凌不由得冷笑了一声。弓成满弦,手指一松,被血色能量所包裹的长箭射出,化为一抹血光,犹如闪电一般,狠狠地与那斗气铠甲碰撞在一起。顿时,令人牙酸的嘎吱声便响了起来。

嘎吱声响并未持续多久便戛然而止,因为那血色长箭竟然直接将斗气铠甲腐蚀出了一个细小孔洞,长箭从孔洞中钻进了那名大斗师的喉咙。

淡漠地望着那软倒在地的大斗师,范凌再望一眼被这两名大斗师临死反抗而击杀的近十名血卫,不由得有些心疼,这些血卫培养起来可不易啊。

"还好有三千雷动做补偿。"念及此,范凌这才好受了一点。他偏头冷冷地望着被两名长老拖得动弹不得的两名黑骷墓斗灵强者,淡淡地道:"摩尔罕,自己将三千雷动交出来吧,我留你个全尸。"

脸色阴沉地闪开面前对手的攻击,那个被称为摩尔罕的中年人声音嘶哑地道:"范凌,你们会后悔的!"

　　冷声笑了笑，范凌手中弓箭微摆，指向另外一名斗灵强者，箭尖暗蕴血气。范凌的眼瞳在此刻紧缩，终于寻出了那名斗灵强者被逼出的破绽，手指一松，血箭暴射而出，那名斗灵强者的胸口处瞬间便被一支长箭狠狠射中。

　　"要死一起死！"那名黑骷墓的斗灵强者倒也凶悍，被范凌冷箭射成重伤，嘴中不断吐出鲜血，却一把丢了手中武器，忍着被对手一刀砍断手臂的剧痛，用另外一只手臂疯狂地死死缠着对手，面目狰狞地大喝道："骨爆！"

　　"韩长老，快退！"瞧得那脸色忽然诡异地变得青紫的黑骷墓强者，范凌脸色一变，急忙喝道。

　　嘭！范凌喝声刚刚落下，那名斗灵强者就轰然爆炸。爆炸产生的强大能量波动，直接将附近地面掀去了将近半尺泥土。而那名血宗的斗灵强者也被炸得衣衫褴褛，皮开肉绽，脸色惨白得几乎要一口气背过去。

　　"该死的！"瞧见那虽然捡了一条命，但是也暂时失去了战斗力的韩长老，范凌一声怒骂，手掌一挥，阴冷喝道，"血卫听令，围杀摩尔罕！"

　　"是！"剩余的二十几名血卫再度竖起手中血迹未干的长刀，带着满身血腥气息，朝摩尔罕围杀而去。

　　围杀与反围杀，在这片空地之上残酷地进行着！

　　正面有一名斗灵强者牵制，周身还有几十名实力强横的血卫偷袭，并且还得小心场外范凌的冷箭，在这般极端复杂的情况下，摩尔罕仅仅坚持了几分钟，便被那位罗长老逼出破绽。虽然他的拼命反击让罗长老也受伤不轻，但还是被罗长老一掌打得昏死过去。

　　"呸！"捂着胸口，罗长老长喘了几口气，吐出一口鲜血，看了一眼剩下的十来名血卫以及重伤的韩长老，不由得苦笑着摇了摇头。没想到这些黑骷墓的人这般悍不畏死，当真是一场苦战啊。

　　瞧摩尔罕终于昏迷，场外一直拉着弓弦的范凌这才松了一口气，把手中弓箭随手一丢。他快步走上前来，随手从一名血卫手中夺过长刀，然后满脸狰狞地砍在摩尔罕的脖子上，彻底将对手了结了。

刀尖轻挑，范凌将摩尔罕手指上的纳戒挑了起来，急忙在其中一阵翻动。半响，脸上涌上一抹难以掩饰的狂喜，一个古朴的银色卷轴出现在他手中。

"哈哈，三千雷动，终于落到我手中了。等我习会之后，就算是斗王强者，又能拿我如何？哈哈！"紧握着卷轴，范凌忍不住仰天狂笑。

就在范凌失态狂笑间，一股吸力猛然凭空出现，那银色卷轴瞬间飞掠而出，被一只修长的手掌随意接住。

"呵呵，多谢范凌少宗主一番辛劳，不过这东西，还是在下帮忙保管比较好。"一袭黑袍诡异地闪现在一处树干上，在他的手掌上，那卷银色地阶斗技正在日光的照耀下反射出淡淡光泽。

从银色卷轴到手，到被抢夺走，不过电光石火间，而在听得那戏谑笑声传出后，范凌终于从那突如其来的变故中回过神来。他脸色陡然阴沉，缓缓抬头，目光森然地望着树干上的黑袍人。在看清那在拍卖场见过的熟悉打扮后，他不由得一怔，旋即阴冷地道："是你？"

在范凌说话之时，场中还余有战斗力的十几名血卫，皆极有默契地四下闪开，刚好将黑袍人包围；那名罗长老也是一脸阴冷，一对冰冷眼瞳中充斥着杀意。不管来人究竟是何目的，既然撞见了他们的行动，就绝对不能放任来人活着离开。

"呵呵，范凌少宗主，我们又见面了。"黑袍下的清秀面孔上泛起一抹戏谑笑容。把玩着手中的银色卷轴，萧炎并没有在意那将他四面包围的血卫。

"交出卷轴，留你全尸。"手中如血液般鲜艳的长刀遥指向萧炎，范凌阴沉的话语中有着喷薄而出的阴冷杀意。

萧炎耸了耸肩膀，不但没有理会，反而手掌一翻，将那在掌心旋转的银色卷轴收进了纳戒中。

"好,好!"范凌瞧得萧炎的举动,嘴角一阵抽搐,苍白的脸上涌出一抹铁青,接连两个蕴含着凌厉杀意的"好"字,从嘴中吐了出来。

范凌这两字刚刚落下,那呈圆形将萧炎包围的十几名血卫,陡然齐声发出一道厉喝,阴森的血色斗气自体内涌出,最后将手中血刀尽数包裹其中,脚掌猛然一踏树干,十几道人影对着萧炎暴射而去。

眼角扫过那从四面八方围攻上来的血卫,萧炎缓缓探出手掌,紧握背后藏在黑袍内的玄重尺柄,微闭着眼睛感受着越加接近的森寒劲气。片刻后,他骤然睁开眼睛,一股雄浑气息自体内涌出,旋即,一道庞大的黑影带起压迫气息,掀开了黑袍,犹如一圈黑色风轮般,以萧炎为中心点,狠狠扩散开来。

叮,叮,叮……黑色风轮所过处,火花四溅,那些血卫手中的长刀居然直接被其上所蕴含的巨力震得脱手而飞。唯有少数几个实力较强的血卫,还能勉强握住手中武器,不过也被震裂了虎口。

萧炎顿住脚掌,黑色风轮就此消散。他抬眼望着那已冲到面前不过半米距离、满脸凶悍的血卫,嘴角掀起一抹冷笑,脚掌猛踏树干,随着一道能量炸响,身体几乎化成了一道闪电似的黑影,穿行在十几名血卫的攻势之中。

嘭,嘭……身形穿行间,不断有闷声响起,而每一次闷响的传出,便有一名血卫口吐鲜血从茂密的树枝中落下,重重地砸在地面上,挣扎几下后,最后无力地软了下去。

望着半空中的闪电激战,范凌那原本阴寒的脸色,此刻却忽然平静了许多,脚尖轻挑起地面上的一把染血长刀,手一探,便将刀紧握手中。他随手撕下衣服上的一块布,缓缓擦拭着刀上血迹,淡漠地道:"四星大斗师左右。这点实力,便敢来我范凌嘴中抢食,够胆量,够豪气。"

"罗长老,这个人交给我来吧,你在一旁守着,万一他有逃跑的打算,拦住他。"

"嗯,少宗主小心点。"那名老者微微点了点头,扶着暂时失去了战斗力的韩长老，退后了几步。从萧炎的出手，他也大致看清了萧炎的实力。虽然在力量以及敏捷两项上，这个黑袍人比先前那黑骷髅的大斗师强上不少，但黑袍人说到底也仅仅只是大斗师，而范凌却早是一名货真价实的斗灵强者！

"嘭！"半空中，最后一名血卫也轰然落地，脸上布满鲜血，逐渐闭上了眼睛。

随着最后一名血卫的落败，萧炎逐渐落到地面，手中玄重尺斜指，殷红的鲜血顺着尺身逐渐滴落。

"我想，你一路跟踪我们，应该是为了那残破地图吧？"随手抛去手中染血的布片，范凌忽然淡淡地道。

玄重尺微颤，黑袍下那张清秀的脸突兀地多出了几分冷意。

"嘿嘿，看来本少爷运气还真不错，误打误撞竟然都能弄到宝贝。既然你如此在意这东西，想必它也不是普通之物，等回去后，我会让父亲好生查看一下。以他的阅历，应该能够瞧出这残破地图的一些端倪。"萧炎的反应虽然极为细微，但是依然被一直紧紧盯着他的范凌收进眼中，范凌当下不由得冷笑道。

"你或许没这机会了。"黑袍下，平静的声音缓缓传出，青色斗气自萧炎体内急速渗出，最后将整个身体包裹。

"是吗？像你这种被宝物迷昏了理智的莽汉，我在黑角域见得多了！不过他们最后的下场，貌似都不怎么好。"范凌挑眉发出阴冷笑声，阴寒的血色斗气缓缓自他体内涌出。一股血腥味道，顿时弥漫了这片空地。

随着血气的弥漫，范凌微微弯下腰，犹如一头发现猎物的猛兽一般，瞳孔中逐渐泛起的血丝，让其看上去更多了一分野兽气息。

脚掌深深插进地面，一声低吼自范凌喉咙间猛然传出。他一蹬脚，身形犹如离弦箭支一般，瞬间出现在了萧炎面前，手中被血色斗气包裹的锋利长刀，带起一道撕裂空气的尖锐劲气，狠狠劈下。

在范凌这记力劈之下，空气之中，刺耳的音爆声连绵不绝。

巨大黑尺猛地上扬,其上青色斗气浓郁得宛如黏稠液体一般,最后与那血刀重重地交错在一起。

轰!金铁相撞的声音,在一大片火花溅射间响起,一股青红两色夹杂的能量涟漪,自刀尺交接处扩散开来,直接将两人站立之处的泥土狠狠削飞了将近半尺。

泥屑漫天飞射,感受着那双臂传来的麻木,萧炎黑袍下的脸略有些变化。不愧是斗灵强者,这般力量不知超过了大斗师多少,只是……为什么这个家伙的斗气有种虚浮之感?

以萧炎的实力,在不使用任何斗技的情况下,他虽然能够与斗灵强者斗个几回合,但是得消耗极为庞大的斗气,范凌看似凶悍无比的一记攻击,却并没有萧炎预料中的那般强横。

"这家伙的力量好强啊!"刀尺接触,范凌双腿与萧炎闪电般互斗了几轮,然后在对方玄重尺横斜下,退后了几步。感受着腿部残余的隐隐疼痛,范凌不由得有些惊异。

"父亲所说果然不假,我们血宗功法虽然霸道诡异,修炼进展颇快,但是太过依赖外力,以致体内斗气难以达到凝实之境,与人对战,总是有些吃亏。不过好在这个家伙只是大斗师级别,收拾起来并不难。"心中快速闪过一道念头,范凌忽然丢弃了手中武器,原本苍白的脸也诡异地变得殷红起来,双掌急速涌现血色,最后一丝丝地渗透进掌心内,眨眼之间,一对与先前那范瘸击杀青长老时相似的血掌便出现了。

"不管你究竟是谁,今天,你都没有半丝后悔的机会!不过为了感谢你给我带来那残破地图藏有秘密的好消息,等你死后,我不会让你成为干瘪的尸体!"

双掌间,令人作呕的血腥味道不断散发而出,范凌抬起头,冲着萧炎森然一笑,脚掌轰然落地,双掌挥动,血雾迅速弥漫。旋即,他的身体化为一阵血雾，对着萧炎暴射而去。

"化骨血煞掌？"瞧得范凌那变得犹如染上了鲜血的诡异双掌，场外的两名血宗长老不由得一怔，相互对视了一眼，道："没想到宗主竟然将这等斗技也教给了少宗主，那个黑袍人，也算是自己撞上了枪口。"

"嘿，活该，敢抢我血宗之物，若是换作我来……"那名失去了战斗力的韩长老阴笑道。

黑袍下的一对漆黑眸子，死死盯着那暴射而来的血色雾气，嗅着那弥漫的血腥之味，出色的灵魂感知力让萧炎清楚地感应到血色雾气中那对血掌的凶悍威力。

"小家伙，小心点，以你现在的实力，还不是斗灵强者的对手。"药老的提醒声在萧炎心中响起。

"那可不一定。"轻笑了一声，萧炎竟将眼缓缓闭上，体内气旋中心的纳灵处，一缕缕青色火焰犹如火山喷发一般喷涌而出，最后沿着一条玄异路线在体内高速运转。

"你想……"

随着青色火焰的诡异旋转，闭目中的萧炎隐隐感受到一股充斥着狂暴因子的雄浑能量，在火焰运转间从身体各处急速渗透了出来！

铺天血气扑面而来，那血雾中的阴寒劲气也瞬间临体！

然而，就在血雾将萧炎身体包裹之时，黑袍下的眼睛陡然睁开。青色火焰自眸中暴射而出，一股不比场中任何人弱小的雄浑气息，猛然自萧炎体内涌出。

双掌闪电般地探出黑袍，青色火焰缭绕而上，萧炎心头响起一声炸雷般的厉吼，双掌携带着排山倒海般的炽热气息，对着身前的血雾重重轰了出去。

"天火三玄变第一重：青莲变！"

嘭！血雾中，一对血掌与青色火掌重重对轰，一股恐怖气浪自两人掌心处猛然扩散而出，以致一旁的两名血宗长老都不得不脸色大变，急速后退。

双掌对轰之后,仅仅沉寂了瞬间,一道凄厉的惨叫声便带着些许惊恐响了起来:"火?该死的,你竟然拥有异火!"

轰!惨叫声刚刚落下,又有一道炽热气浪自血雾中扩散而出。在气浪的翻滚下,那缭绕在空地上的血雾,被那股炽热气息熏烤得淡化了许多。

噗……逐渐淡化的血雾中,忽然响起口喷鲜血的声音,紧接着,一道影子贴着地面从血雾中倒射而出,双脚在地面上擦出了一道将近十米的深痕后,最后重重地撞在一处树干之上,肩膀一震,树干立马被震成了两截。

背靠着树干,人影小腿一软,身体倒下,双掌撑着地面,鲜血顺着嘴角滴落而下,嘶哑的急促呼吸声,犹如拉风箱一般,呼呼地响个不停。

"少宗主!"目光扫向那极为狼狈的人影,血宗的两位长老顿时脸色大变,骇然失声。他们怎么也想不到,范凌在施展出了化骨血煞掌这等阴毒诡异的斗技后,竟然反而被一名实力仅为大斗师的人弄成了这副凄惨模样。

浑身颤抖着从地上站起来,范凌低头看了一眼那一片焦黑的手掌,苍白的脸上忍不住闪过一抹惊骇。他剧烈咳嗽了几声,抬起头将目光扫向那片逐渐淡薄的血雾。

随着三人陷入沉默,这片空地也变得安静,仅仅片刻工夫,那淡薄血雾中缓缓响起的脚步声,却让三人彻底变了脸色。

血雾悄然消散,一道全身被包裹在青色火焰中的人影,出现在了三人的视线之内。

望着那全身都被包裹在青火之中的人影,感受着那隐隐渗透而出的炽热气息,两名血宗长老忽然感到体内斗气流转得有些阻塞起来,当下眼瞳骤缩,失声喊道:"他身上的是异火!"

血宗功法剑走偏锋,专走阴寒之道,因此天生与火属性功法相克。当然,这里的相克,也仅仅是对于普通的火属性斗气而言,若是遇见类似异火那种级别的天地火焰,则将会犹如老鼠遇见猫一般,没有丝毫抗衡之力。

在血宗的第一条门规中，便明明白白地写着，若是遇见持有异火的强者，速退！由此可见，血宗功法已经被异火克制到了何种地步。甚至在与拥有异火的强者交战时，血宗的人难以发挥出自身十之五六的实力。

好在这个世界上拥有异火的人并不多，所以这么多年来，血宗的人极少撞见异火强者。可惜这一次，范凌等人倒了大霉。

缭绕身体的青色火焰削减了一些，萧炎露出一张年轻得令人惊讶的清秀面孔。望着三人那错愕的神色，萧炎微微一笑，笑容中却有淡淡的寒意。

"你究竟是谁？为何要与我血宗过不去？只要你能退去，我就以血宗少宗主的名义发誓，绝不会追究今日之事。"站直身子，范凌挣扎着与两名长老聚在一起，喝道。

"想拖延时间等范痨赶过来？"萧炎灿烂的笑容暗蕴冰寒，一语道破了范凌的目的。

闻言，范凌脸色微变，眼睛死死地盯着那张比自己年轻许多的脸。他难以想象，以对方的年纪，竟能具备那种即使他父亲也极为忌惮的恐怖异火以及成熟的心智。

"少宗主，你先走，我来拖住他！以宗主的实力，应该已经解决了天蛇府的青长老，只要再等一下，就能支撑到他到来！"那名尚余有战力的罗长老，手中握着一把长刀。虽然他心中也充满着对异火的恐惧，但是此时此刻，也唯有他还有能与对方一战之力。

听得罗长老的话，范凌咬了咬牙，没有半点迟疑，拖着重伤的身体，回头便跑。

望着那掉头跑得没有丝毫迟疑的范凌，萧炎却忽然笑了笑，身体并没有动。

转头跑了一段距离，没有感受到身后的激战，范凌的心中泛起一抹疑惑，然而疑惑刚刚浮现，眼角却猛然闪过一抹七彩光影。

此刻犹如惊弓之鸟的范凌并没有无视它，脚掌擦着地面滑出一道痕迹，骤然停住前冲的脚步，目光四下扫动，却并未发现任何东西。他当下一皱眉头，刚欲继续逃窜，胸口却猛地传来一阵钻心剧痛，缓缓低头，刚好瞧见一条七彩光影由后背穿透而出。

七彩光影在穿透其胸口之后，便在范凌眼皮底下化为一条不足半尺长的七彩小蛇。眼睛死死地盯着那有着一对妖异蛇瞳的小蛇，范凌想不明白，以自己斗灵强者的防御力，怎么会被它像穿豆腐一样给直接洞穿。

"这次，真要栽了。"胸口传来的剧痛，让范凌的视线逐渐模糊。在即将瘫倒之时，他强行转过脑袋，目光透过树林缝隙，刚好瞧见那处空地上骤然大盛的青色火焰，旋即传来了凄厉的惨叫声。在异火的绝对压制下，那两名一轻伤一重伤的长老，根本不可能在突然间实力暴涨的萧炎手中存活下来。

身体重重地砸落在地，范凌缓缓垂下眼皮，他隐约看见一袭黑袍缓步穿过林间，向着自己走了过来。

随着身体的移动，萧炎身上的青色火焰逐渐缩进体内，而那堪比斗灵强者的气息，也在此刻悄然回缩。

脚步顿在范凌尸体面前，萧炎的气息再度恢复了大斗师的强度。脸色略有些苍白，他剧烈咳嗽了几声，低头望着那因为力量过于强大而造成些许烧伤的手掌，不由得苦笑一声，低声道："这天火三玄变的威力的确是不错，只可惜，对身体的损伤也不小……"

"没想到你竟然成功地将天火三玄变的一重变化给学会了，只不过如今还有些不太熟练，不然即便会有损耗，也不至于会出现这种伤势。"药老那略有些诧异的声音，在萧炎心中响了起来。看来，他对萧炎能够在一个月里便摸索到了使用天火三玄变的门道颇为惊奇。

萧炎微微点了点头，将吞天蟒收进袍袖中，然后俯身将范凌手指上的纳戒取了下来，快速地一阵翻找。半晌，一个寒玉盒被他取了出来。

嘴巴有些干涩地望着手中那价值连城的寒玉盒，饶是以萧炎的定力，心脏也在此刻狠狠地跳动了起来。

深吸了一口气，他没有打开寒玉盒，而是将其直接丢进了自己的纳戒中，然后再度一阵猛翻，片刻后，一块古朴的残破地图出现在了他手中。

摊开残破地图，那些熟悉的路线以及那仅有一半的妖异图案，映入萧炎眼中。

"终于到手了。"紧握着残破地图，萧炎心中非常激动。他小心翼翼地将地图收进纳戒中，长长地呼了一口气。

"小家伙，赶紧走，我感觉到那范痨的气息了！"萧炎刚刚将残破地图收进纳戒，药老的声音便急切地响起。

萧炎心头猛地一紧，赶紧起身，就在他欲转身时，身体忽然一顿，再度俯身，狠狠一掌击打在范凌脑袋上，这才彻底放心，身形化为一道黑影，冲进了密林之中。

在萧炎消失之后将近十分钟，一道红色影子从这片山林上空闪掠而过，片刻后，身形忽然僵住，停在了一处空地的上空。

脸色极其阴沉地望着空地上的尸体，红影闪掠而下，落在空地上，目光从那一具具血卫的身体上扫过，最后停在了其他十具袍服上绣着骷髅头的尸体上，拳头紧握间，发出嘎吱声。

视线在满地尸体上扫过，却并未发现他所要寻找的，他当下急忙四下里看，片刻后，身体化为一道模糊红影，冲进了密林之中。

密林内，红影陡然顿住，浑身颤抖地望着地上的一具尸体，猛然间，红影脸色苍白，仰头发出一声怨毒的怒吼。

半晌，吼声方才逐渐停下。

范痨快步走近范凌的尸体，双手间血光大盛，罩在范凌脑袋之上，随着血光的照耀，一滴诡异的血液忽然缓缓自范凌后脑勺渗透而出，最后悬浮在范痨

面前。

脸上充斥着阴冷的怨毒,范瘸一挥手,血液忽然爆裂开,化为一个细小的血幕。在那血幕中,一道全身包裹着青色火焰的人影若隐若现,只不过由于血幕实在太薄,范瘸未能看清人影的确切长相。

嘭。血幕持续了半分钟,便忽然爆裂而开。

"黑骷墓……很好……"

缓缓弯身,范瘸将范凌的尸体抱起,然后大步走出密林。那怨毒得令人浑身发寒的声音,在密林中回荡。

第十七章
继承龙气

　　茂密的山林,一道黑影猛然闪掠而过,偶尔,黑袍碰上横生的树枝,黑袍掀动,露出一张清秀的年轻面孔,赫然是那击杀了范凌等人取得宝物后奔逃的萧炎。

　　担心在地面上奔跑会留下脚印之类的微小痕迹,所以萧炎自从离开打斗之地后,便一直选择在树干之上闪掠,就算偶尔落地,他也会小心翼翼地将脚印涂抹掉。

　　借助着森林中茂密树丛的掩护,逃跑期间的萧炎曾经感受到了一股充斥着无比阴寒与杀意的气息自天空中飞掠而过,好在有药老帮忙隐匿气息,他才没有被那暴怒中的范瘆察觉。

　　经过整整一天一夜的拼命逃窜,萧炎将黑印城远远地甩在身后。此时,那范瘆即使是有通天之能,也绝不可能从几百里之外将萧炎给寻出来。

　　一处陡峭斜坡边的山崖上,黑影忽然从后方的森林中弹射而出,然后稳稳落在边缘的一块巨石上。一袭黑袍显得有些脏乱,掀开头顶上的斗篷,一张经

过一夜休整后再度恢复精神的年轻面孔露了出来。

站在山崖边缘处,萧炎深吸了一口那略带着些许薄雾的空气,残余的些许疲惫终于完全消散。他望着山崖下方如蚯蚓般蜿蜒的道路,嘴角突然间忍不住地勾起一抹细微弧度,紧接着弧度扩大,最后化为一阵痛快大笑,在山崖之上久久回荡。

这一次化身黄雀,收获远远超出了萧炎的预料。原本他只想得到那残破地图而已,可没想到范凌等人还主动替他将阴阳玄龙丹以及三千雷动这等奇宝抢了过来。两种即使是放在整个斗气大陆也能掀起一番不小波浪的宝贝,便这般带着几分滑稽落到了萧炎手中。这种天上掉馅饼的事,让萧炎有种恍如梦境的感觉。

笑声逐渐停下,萧炎手掌一晃,那古朴的残破地图出现在掌心,紧接着他屈指轻弹纳戒,又有一份稍大点的以及那次被海波东一分为二的残破地图闪现而出。小心翼翼地将三份地图拼凑起来,再望望那左下角的偌大缺角,萧炎不由得轻笑了一声。没想到才三年多时间,那不知道分散在大陆何处的残破地图,就有三份落在了自己手中,不得不说,这实在是太幸运了。

"还好,我最先得到的这份残图上面有净莲妖火的图案,不然恐怕连老师都不会由这份残破地图联想到那异火榜排名第三的净莲妖火上去。如果我们不知道地图的确切底细,就算是在别的地方遇见了相同的残图,恐怕也不会像如今这般,冒着被斗皇强者以及庞大势力追杀的危险,来抢夺这些地图。"对着地图失神了一会儿,萧炎忽然有些庆幸地喃喃道。

随后,萧炎小心翼翼地将地图收好,手掌一翻,现出一个冒着白色雾气的寒玉盒。

眼睛直直地盯着寒玉盒,萧炎喉结微微滚动了一下,那原本平静下来的心脏再度剧烈地跳动起来。在这等奇宝面前,萧炎的定力也被削弱了许多。

萧炎小心地掀开一丝缝,一缕金光顿时射了出来。见状,萧炎赶忙将盒盖盖上，那架势，仿佛生怕引来什么强者。在阴阳玄龙丹这种天价宝贝的诱惑下，除了极少数等级已经达到某种级别的强者或者无欲无求的人之外，恐怕多数人都会忍不住心中的贪婪，直接杀人夺宝。而那两种人，在这黑角域中，似乎少得可以忽略不计。

"吃了它吧，留在身上不安全。"淡淡的声音忽然在萧炎心中响起。

"什么？"闻言，萧炎一怔，一时间竟不知如何是好。

"我说，让你服下这枚阴阳玄龙丹！"瞧得萧炎那愣头愣脑的模样，药老只得无奈地重复了一句。

"在这里？"萧炎满脸错愕。这可是七品丹药啊，就在这算不得多安全的地方服下？以前他服用三纹青灵丹时，还得找个没人打扰的安全地方好好炼化药力呢。

"别废话，吃了！"药老不耐烦地催促道。

苦笑一声，萧炎只得点点头，小心翼翼地掀开寒玉盒。在盒盖掀开的一刹那，他猛然一把将之握在手心，手掌上淡青色的斗气盛涌而出，将那即将暴射出去的金光挡了回去。

手掌中，阴阳玄龙丹表面金光流转，两条细小的金色神龙在丹内不断盘旋。淡淡的龙吟声透出丹药，细细听去，似乎隐隐有一种奇异的魔力，竟然能够让人的灵魂瞬间失神与颤抖。

使劲甩了甩头，萧炎再度望向那枚阴阳玄龙丹时，眼中不由得多了些许惊异，不愧是七品丹药，居然有影响人的灵魂的奇异能力。从修炼到现在，他还是第一次听见这种能够使灵魂产生幻觉的奇异声音。

握着阴阳玄龙丹，萧炎深吸一口气，然后猛地把阴阳玄龙丹塞进嘴中，还没等他嚼动，金丹便化为一股热流，顺着喉咙灌进了体内。

澎湃的热流犹如洪水般，铺天盖地地涌进身体，萧炎紧咬着牙关，赶忙盘膝而坐，等待着药力爆发。

然而,萧炎盘腿坐下之后良久,预先设想的药力爆发却并未出现。那澎湃如洪水的热流,犹如水流进入海绵之中一般,缓缓沉淀,直到完全消失。

慢慢睁开眼睛,萧炎发现身体没有半点动静,嘴角忍不住一阵抽搐。他有些气急败坏地道:"老师,这阴阳玄龙丹不会是假货吧?怎么连半点反应都没有?"

"你要什么反应?通体金光大放?像你以前吃其他丹药一般,再来个痛不欲生?"

萧炎一滞,无奈道:"可至少也得有点反应啊,吃了阴阳玄龙丹,怎么就像喝了一杯白水……那好歹也是七品丹药啊。"

"那拍卖师不是说过了吗,这阴阳玄龙丹不是什么提升实力的丹药,它的最大作用,就是破后而立。那股药力已经渗透进你的身体,你日后若是真到了生死关头,又运气好将之开启的话,自然能够得到意想不到的好处。现在……你就当是喝了一杯白水吧。"瞧得萧炎那郁闷的脸色,药老不由得有些好笑地道。

"……难道就没半点其他好处?"略微释然了一点,萧炎站起身来,依旧有些不甘地再度问道。

"那也不尽然。"药老沉默半响,道,"这阴阳玄龙丹,已经拥有了丹气凝灵的效果,再加上它的炼制之物——两颗死亡时间不超过七天的六阶龙类魔兽体内的魔核,因此倒也具备了一些稀薄龙气,这也正是为什么丹药中的龙吟声会让人的灵魂有种颤抖的感觉。凡是服用了阴阳玄龙丹的人,若是好运的话,则有一定概率能够将这稀薄的龙气嫁接到自己身上。不过概率有点低,那风尊者古灵,便没得到阴阳玄龙丹的这项功能。"说到这里,药老忽然道:"你若是想试试的话,可以不断运转体内斗气,在斗气高速运转时,若有一种奇异能量从斗气中分离而出的话,阴阳玄龙丹里面所具备的稀薄龙气,就被你继承了下来。"

"具备那龙气后,会有什么好处?"萧炎好奇地问道。

"若你真的具备了那稀薄龙气,只要再得到一卷类似声波攻击类型的斗技,那么日后与人对敌,突然间来个吼声,将对方震得灵魂刹那间失神,岂不是占了便宜?强者对战,分秒间便会有胜败之分,而且蕴含了龙气的声波,对于灵魂体也有极大的杀伤力,以后要是遇见什么灵魂体强者,这就是对付他们的撒手锏,毕竟你没有魂殿那诡异的能量攻击方式。"药老淡淡地道。

听得药老这话,萧炎眼睛一亮。他站在山崖边缘,深吸了一口冰冷空气,逐渐闭上眼睛,体内气旋之内的斗晶发出一阵细微颤抖,旋即,一缕缕青色斗气盛涌而出,最后犹如奔腾湖水般,顺着经脉呼啸而过。

随着体内斗气运转速度的加快,雄浑的青色斗气已经化为薄薄雾气,将萧炎的身体完全环绕,甚至在他未主动控制的情况下,那些能量雾气竟然隐隐有自动凝聚成斗气铠甲的势头。

斗气一波波犹如风轮般狂猛运转,最后居然发出了些许尖锐的异样声响,与此同时,经脉中传出若有若无的淡淡抽痛。

"坚持一下。"见萧炎的脸有些扭曲,药老急忙出声安抚,声音中多了一抹凝重以及企盼。

萧炎紧咬着牙关,手掌也细微地颤抖了起来。半响,抽痛之感骤然加剧,萧炎灵魂一阵颤抖,终于再也忍受不住。然而,就在他忍耐到极限的那一刻,体内飞速运转的斗气却猛地一抖,旋即有一缕奇异能量被甩了出去。

这缕奇异能量被甩出经脉后,便犹如受到某种牵引一般,直接冲上了萧炎的喉咙。

紧咬的牙关在这一刻被一股奇异能量强行冲破,一道令人灵魂颤抖的奇异声波,自萧炎的嘴中浩荡吼出。

吼!在这吼声下,这座原本偶尔会响起魔兽吼声的山峦,完全陷入了肃杀安静中。

"唉,的确是个好运的家伙啊,没想到竟然还真的把那龙气继承了过来。古

灵若是知道了，恐怕又得红着眼嫉妒一番。"感受着从萧炎嘴中扩散而出的奇异声波，药老的低喃声缓缓响起。

带着奇异波动的吼声，在山峦之间浩荡传播，许久之后方才逐渐消散。至此，那忽然变得安静的山峦，才悄然恢复了一些生气。

山崖之上，萧炎忽然捂住脖子剧烈咳嗽了几声，然后使劲咽了几口唾沫，如此喉咙处火烧火燎的感觉方才减弱了一点。

"正常反应，不用担心。"瞧得萧炎这般表现，药老笑着安慰道。

"老师，我成功了？"脸虽然因为剧烈咳嗽而有些涨红，但是萧炎面带兴奋，急切地问道。

"嗯，看样子，你的确成功得到了那具有震慑灵魂作用的奇异龙气。"药老笑声中带着欣慰。

闻言，萧炎脸上的兴奋更浓郁了许多。虽然阴阳玄龙丹并没有让他立即提升实力，但是这所谓的龙气，倒让他多了一种出人意料的攻击手段，日后这东西将会给予萧炎极大的帮助。

"你现在虽然成功继承了阴阳玄龙丹的龙气，但若是光依靠龙气来发出那种声波的话，对你的喉咙损伤很大，一个不慎，最后搞成了哑巴，可就不划算了。"药老沉吟道。

"这所谓的龙气声波，还得配合着声波斗技来使用吧？"萧炎微微皱眉，听得药老的话后，不由得苦笑道，"那种斗技颇为稀少，想弄到手，谈何容易？"

"慢慢找吧，当年我倒是有一本玄阶的声波斗技，不过后来因为一些变故遗失了，所以这东西只能靠你自己去寻找了。"药老叹道。

听了药老这话，萧炎只得耸了耸肩，看来想从他这里拿到一本声波斗技是没指望了。

萧炎顺手从纳戒中取出一瓶清水，狠狠灌了一口。抹去嘴角水渍，他忽然随口问道："老师似乎对这阴阳玄龙丹很了解啊，竟然连如何将隐藏在斗气中的那缕龙气逼出来都知道。"

萧炎这话一出口，药老就骤然陷入了沉默。瞧得药老这般举止，萧炎一怔，旋即想起在拍卖会上药老初次见到那枚阴阳玄龙丹时的反应，不由得有些尴尬。

沉默了许久，药老淡淡的声音方才再度响起，只不过说出来的话，却让萧炎非常惊讶。

"因为那阴阳玄龙丹的药方，便是我创制出来的。在这个大陆上，能够炼制出这种丹药的人，只有两个，一个是我，另外一个……"说到这里，药老的声音中忽然多了些许淡淡的悲凉。

清晰地察觉到药老声音中的那些情绪，萧炎明智地保持了沉默，没有插嘴。

"另外一个，便是当年被我视为最完美的传承者的那个学生。他在炼药上的天赋不比你弱，而我在他身上所付出的心血，也同样不比对你的少。在他还是婴儿之时，我把他从冰冷的废墟中抱了出来，视他为亲人，并且把他当作最完美的传承者来培养……"药老笑了笑，声音平淡，"只不过最后，为了一些东西，他选择了背叛……呵呵，或许，我会变成如今这副模样，也是托他的'福'。"

"他该死！"

萧炎感受着药老声音中的凄凉，那是一种被至亲之人背叛伤害后，而由心底深处蔓延而出的寒意。萧炎袍袖中的拳头死死地握着，他目视前方，轻轻的声音，似乎是在对着那个从未见过面的师兄所说。

"我们不该这么早离开黑印城，既然八扇门帮那人拍卖了东西，想必也见过他，再者，这般贵重的东西，恐怕他也不会随便让人送过来，说不定是亲自护送……"

"呵呵，就算在黑印城真找到了他，又能如何？"药老淡淡地道，"我说过，他的炼药天赋并不比你弱。在我那么多年的悉心培养下，当年的他，曾经是斗

气大陆炼药界中最耀眼最璀璨的一颗明星,如今这么多年过去,恐怕他已是今非昔比了。并且现在我因为那魂殿的牵制,不敢随意出现,光凭你现在的实力,无论是在炼药还是斗气修炼上,都远远不是他的对手。"

药老的话语虽然平淡,但是因为同为一体,萧炎依然察觉到其中一缕隐藏极深的怒意。那抹怒气,犹如坚硬地壳之下的火山岩浆正被拼命压抑,等待着彻底爆发的那一天。

深吸一口气,萧炎沉默了一会儿,仰头看着那蔚蓝天空,声音忽然变得轻柔了许多:"老师,我会超越他,不管是在炼丹上,还是在斗气实力上,然后帮您清理门户。我会让您知道,您的眼睛,不会看错第二次!"

"呵呵,好!好!我药尘也相信,这对老眼,绝不会再错一次!"萧炎的轻声,忽然让药老灵魂深处蔓延出一股几乎令他落泪的酸涩。当年的背叛,对他造成的创伤,实在是太大了。不过好在老天没有真正地让他陷入那种永无止境的黑暗与绝望中。

双手使劲搓了搓有些泛红的鼻子,萧炎咧嘴灿烂地笑道:"看来为了尽快提升实力,是时候赶去迦南学院了啊。不过我是不是得找个时间,先把三千雷动学会,那样以后就算遇见打不过的强者,至少可以用来逃命。"

"三千雷动可是地阶斗技,哪儿有那么容易学会?你忘记当年修习焰分噬浪尺时的艰苦了?想学会这三千雷动,需要付出的血汗可不比那次少。"暂时将那些情绪抛开,药老对着这个被他再次投注了心血与企盼的小家伙笑道。

"这些年我吃的苦难道还少吗?"萧炎轻笑了一声,顺手从纳戒中取出在黑印城时多玛给自己的那张黑角域地图,仔细地观察了一番后,这才收起,目光转向北方,笑道,"走吧,从现在开始,直奔迦南学院。按照地图上所指,以我的速度,想必三天时间便能够赶到!"

"嗯,那诡异的魂殿恐怕不会进入迦南学院所在的那片区域,毕竟学院里的那些老家伙可不是吃素的。不过你也别妄想借我的灵魂力量去作弊,那里面的老家伙们精明得很，很容易察觉出我的行迹。"药老笑着道。

"呃，老师也太小看我了吧？这些年在您的帮助下，我一直在与那些高不可攀的强者战斗，虽然不时被打压得四处逃窜，可在同龄人当中，我还需要您出手帮忙？"闻言，萧炎顿时翻了翻白眼，撇嘴道。

"嘿嘿，那可不一定。迦南学院作为斗气大陆最古老的学院，里面的天才更是不知有多少，而且我听说，学院里还有一个内院，那里的学员才是真正的万里挑一，若是把你这小家伙放进去，恐怕还真会有一场好戏。"药老戏谑道。

"那我倒是挺期待的。"耸了耸肩膀，萧炎背间微颤，紫云翼缓缓自肩膀上伸出，轻轻一振，身体猛然拔升而起，在空中一个转弯，便呼啸着朝着北方天际飞去。

这一次赶路，萧炎除了怕紫云翼飞行的动静引人注意，而在路经一些人口众多的城市时谨慎地落到地面之外，其他的路程几乎全部都使用了紫云翼。虽然这般赶路极其消耗斗气，但是这对于随身携带着十几瓶回气丹的萧炎来说，并不算太大的问题。

三天时间在不停地赶路中飞速度过，而那地图之上的迦南学院，距离萧炎也越来越近。

在第三天接近黄昏时，满脸疲惫的萧炎突然间精神抖擞，原因是听见了药老开口说出的话。

"小家伙，迦南学院快要到了，降下去吧，在迦南学院周边百里，都不准强行飞跃，否则会引来攻击的。"

听得药老这话，萧炎赶忙减缓飞行速度，落下身形，双脚停在一处小山坡上。站在小山坡顶上的萧炎极目远眺，看见远处两座雄伟巨山的夹角处，有一个若隐若现的小镇。

望着那小镇，萧炎顾不得浑身风尘，快速冲下小山坡，然后踏上了那条直

通小镇的黄土大道。

黄土大道上有不少行人明显是从黑角域过来的。不过让萧炎有些诧异的是，虽然这些人体内有些许凶戾气息，但是脸上没有半点杀气溢出，可这种隐匿内心杀气的模样并不自然，看上去显得表情很怪异。

似是察觉到一旁萧炎目光的注视，这些人恶狠狠地瞪了他一眼。这让萧炎感到有些好笑，如果是在黑角域中，恐怕这些家伙早就拔刀了吧。

"果然如老师所说，任何走到这里的人，都必须收敛黑角域的风气啊。啧啧，迦南学院的确挺强悍，竟然能够将这些刀头舐血的家伙压制得服服帖帖。"瞧得这些人强行压制着凶戾，萧炎不由得摇了摇头，在心中暗自道。

萧炎顺着这条两旁树木葱郁的黄土大道缓缓走近那座小镇。这里倒还真是将黑角域的混乱氛围完全隔绝了。

十分钟后，萧炎停在了小镇口。他抬头望了一眼镇门处的匾额，上面的名字很普通很庸俗，若是放在黑角域中，第二天准会被拆。

"和平镇"，这便是从黑角域进入迦南学院周边的第一座小镇！

萧炎刚欲踏进这座城镇，却忽然感觉到周围的声音骤然安静了许多。他有些诧异地转头，却发现一些从黑角域过来的人正脸色煞白，腿打着哆嗦，望着小镇口左面不远处的一棵大树。

大树呈漆黑色，树冠向四面八方蔓延开，张牙舞爪，在夕阳的余晖下，透着一抹淡淡的阴冷。

"这就是所谓的'死灵树'吗……"萧炎的喉结缓缓滚动了一下，额头上，冷汗悄然落下。

第十八章
迦南学院执法队

　　那棵诡异的死灵树散发出的阴森气息，让停在小镇口的一干人骨子里有些发寒。在黑角域中，这棵死灵树的名声，几乎已经达到了某种让人闻风丧胆的地步。很多在黑角域中待了一些年头的人，永远都不会忘记黑角域与迦南学院间的那一场殊死血战。当年那场血战的确切起因，已经没有太多的人知道，而唯一能够让人记住的，便是那场血战后，两名斗王以及一名斗皇强者死在了这棵死灵树上。

　　从那之后，迦南学院周边便成为一片与外界格格不入的存在，再没有任何黑角域的强者敢携带满脸杀气闯入。即使偶尔有几次骚乱，那骚扰之人也会在不到一个小时后死在死灵树上。

　　这些年，死灵树的名声几乎扩散到了整个黑角域，因此，即使是那些穷凶极恶之徒，也很少有胆量进入这里。

　　站在小镇口，萧炎深吸了一口气，将心中的寒意驱散，不理会那些踌躇着不敢进入镇门的人，脚步一抬，就踏进了这代表着迦南学院入口的和平镇。

在脚步刚刚踏进镇门时,他便察觉到一道奇异波动从自己身上扫了过去。

没太理会那道带着检验味道的奇异波动,萧炎抬头望着小镇的街道。街道上有不少行人,两旁摆着各种小摊,一些小孩在穿行打闹嬉笑,这一派安详融洽的氛围,与黑角域截然不同。

街道上的那些行人自然也发现了刚从镇口走进来的萧炎,虽然他们眼中隐藏着一分警惕,但是并没有太大的惊恐。

目光扫过街道,萧炎刚欲继续往前走,心头忽然一动,将视线投向小镇的屋顶,却见到十几道影子正犹如猿猴般,矫健地对着镇门方向闪掠而来。

片刻之后,十几道人影闪现在小镇大门处,目光扫过萧炎等人。其中一名领头的中年人淡淡地道:"凡是进入和平镇的人,必须报出自己的身份、姓名,否则将会被直接驱逐出去。"

目光从这十几道人影身上扫过,萧炎发现除了那名领头的中年人外,其余的十几人中有男有女,不过都颇为年轻,看样子也就二十二三岁。

这些年轻人统一穿着淡蓝色的衣衫,衣衫胸口处皆佩戴着一枚蔚蓝色徽章,徽章中雕刻着一把沾染着些许殷红血液的匕首。

此时,这十几名年轻人正用淡淡排斥的目光,戒备地盯着萧炎等人。

"另外,在报了各自的身份、姓名后,便将这丹药服下吧。"中年人一挥手,一瓶淡红色的丹药就出现在了手中,他随意地瞥了一眼那些脸色有些变化的来自黑角域的人,冷冷地道,"放心,这不是什么毒药,只是由学院炼药系炼制出来的一种感应杀气的丹药。若是你们在小镇内心存杀机,这丹药就会从你体内散发出红光,我们执法队将会顺着红光寻找过来。你们也应该知道,我们迦南学院是如何对付那些将黑角域的风气带到这里的人……在你们打算离开小镇时,可以到镇中心的解药发放点领取解药,不过解药一到手,就会有执法队一路监督着你们离开小镇。"

听得中年人这话,镇口的众人不由得脸色微变,以他们那种经常在刀头舔血的敏感神经，怎么可能会去吞服一些莫名其妙的丹药，那岂不是将自己的命交到别人手中吗？

然而就在一些桀骜之人忍不住想出声反对时，那中年人身后的十几名年轻男女顿时锵的一声，整齐地抽出腰间所佩长剑，颜色各不相同的斗气自他们体内渗透而出，最后剑尖指向镇门口，大有一言不合便直接动手驱逐的势头。

"和平镇的规矩一向如此，若是不愿遵守的话，那就别进来了，不然进来了又违反规矩，旁边的死灵树上便要多挂点东西了。"中年人负手淡漠地说道，一股强横气息缓缓自其体内渗透而出。

"这人的实力恐怕至少在七星大斗师以上吧。"感应着中年人那股雄浑的气势，萧炎低声喃喃道。

瞧得对方没有丝毫松动的模样，镇口的一众人脸上忍不住涌上一抹凶气，不过当他们眼角瞟向一旁的死灵树后，却打了一个寒战，刚刚聚起来的凶气顿时烟消云散。一些依然不愿吞服丹药的人，则无奈地退了出去。

随着那些人退去，剩下的人虽然不情愿，也只得走向中年人，在报出各自的身份、姓名后，领了一枚淡红色丹药，当着执法队的面吞了下去。

望着那些乖乖吞下丹药的人，中年人淡漠的脸色这才略微缓了缓，不过他似乎对黑角域的人很不待见，始终没有露出什么好脸色。

"那个……本院的学生，能不能不吃这东西？"就在中年人习惯性地将丹药递给站在面前的一名年轻人时，年轻人忽然问道。

"啊？"听得这话，周围的人以及那十几名执法队员，顿时将错愕的目光投了过来。望着那张年轻的清秀面孔，中年人满脸怀疑地道："你说你是本院学生？"

"当初在过了学院招生测试后，便请了一段时间的假，所以只能自己过来了。"萧炎耸了耸肩，微笑道。

"你是自己穿过黑角域走到这里来的？"闻言，中年人顿时一愣，满脸惊诧。要知道，一般学院新生在到达黑角域外后，都会由学院派人一路护送过来。在

那种吃人不吐骨头的混乱地方，一个初出茅庐的新生，恐怕连黑域大平原都走不出来，便会被无数暗刀子解决了。

面对中年人及其身后十几名年轻男女的诧异目光，萧炎笑了笑，微微点头。

瞧得萧炎点头，中年人眼中的诧异更盛了许多。他仔细打量着萧炎，道："报出你的名字、年龄、招生导师。"

"萧炎，十八，导师……"萧炎眼睛眨了眨，脑海中浮现出当年那温婉如水的成熟女人，不由得笑道，"若琳导师。"

"十八岁？十八岁便敢独自横穿黑角域？小子，不管你的话究竟是真还是假，这般魄力，我倒还是第一次看见。"中年人挥了挥手，刚欲吩咐身后的人查档案，一名皱眉苦苦思索着什么的青年却忽然一变脸色，失声道："萧炎？难道你就是加玛帝国那个一请假便是两年的萧炎？"

周围的人一愣，旋即皆满脸恍然大悟的神情，将诧异的目光投向萧炎。这个还没进学校，便直接请了两年假的刺头学生，名声早已经传遍整个学院。当然，萧炎的名声之所以能够在迦南学院里这般"深入人心"，与薰儿脱不了干系。

"萧炎？薰儿学妹口中的那个萧炎哥哥？"几名青年在愣了愣后，那望向萧炎的目光中，突兀地多出了些许莫名意味。萧炎以前在乌坦城时，也曾在那位加列少爷的眼中看到过这种神情。

"嘿，这个妮子。我还没来学院呢，她就给我弄出了这些莫名其妙的情敌？"瞧得那几名青年眼中的神情，萧炎顿时一乐，哭笑不得地摇了摇头。

"如果你们所说的是加玛帝国乌坦城的萧炎的话，那应该就是我了。"萧炎冲着那个同样一脸诧异的中年人摊了摊手，笑道。

"你先和我们去办事处查查档案吧。如果你所说不假，就不用吞服这东西。对了，我叫霍德，是迦南学院执法队二小队的队长，也是学院的一名黄阶导师。"在萧炎说出乌坦城的名字时，中年人便相信了几分，不过为了稳妥起见，他还是让萧炎跟着他朝镇中的学院办事处走去。

"霍德导师。"萧炎微笑着打了一声招呼,见霍德点了点头,便在附近那十几名执法队员异样的眼光中,跟了上去。

"嘿,这家伙真的就是那个萧炎?"不远不近地跟在霍德身后,那十几名学院执法队员望着萧炎的背影,不由得窃窃私语起来。

"看起来应该不假吧,也不是很帅啊,为啥让薰儿学妹那般惦记?甚至为了他,直接拒绝了我们头儿的追求。"

"别小看了这个萧炎,他能够独身闯进黑角域,并且安全来到这里,便足以说明一些东西。就算是现在的我们,若是在黑角域中逗留个十天半个月,都不敢保证自己能手脚健全地回来。"一名长相平凡的青年盯着萧炎的背影,瞥了一眼同伴,淡淡地道。

这名青年似乎在执法队中有着不小的威望,因此一听见他这话,其他十来名执法队员都默默点了点头。作为与黑角域相接的第一个小镇,他们平日里见多了黑角域中的疯子。

"一请假便请两年时间,这个家伙,也是奇葩啊。不过我想,接下来学院里,或许会多很多好玩的事了。在学院里,不知道有多少人正在翘首等待着,看那被薰儿学妹整日念叨的萧炎哥哥究竟有何神通呢。"双臂抱在胸前,青年轻声喃喃道。

"嗯,竟然还真是那个请了两年假的新生。"宽敞的房屋中,霍德手中捧着一卷档案。档案上绘有萧炎的图像,虽然这张图像是两年前所画,脸还略微带着几分青涩,不过那大致轮廓与如今的萧炎一模一样。

将手中档案合拢,霍德的脸上方才真正露出一抹笑意。他拍拍萧炎的肩膀,若有深意地笑道:"小家伙,不简单啊!档案上说,两年前你只是四星斗者,可如今,恐怕至少也是斗师级别了吧?"

听得霍德这话，房间中的那些执法队员旋即将错愕的目光投向萧炎。两年时间，从四星斗者晋阶成为斗师，这种速度很是不错啊。

萧炎微微笑了笑，既没否认，也没承认。

"你现在是打算去学院里吗？"霍德笑着问道。

"嗯。"萧炎点了点头。

"带着它，你才能够进入学院。"霍德从纳戒中取出一枚蔚蓝色徽章，将之递给萧炎，然后似是忽然想起来什么，转头对着房间中的那些执法队员笑问道，"对了，明天要举行内院选拔赛吧？"

"嗯，是的，霍德队长。"一名队员赶忙回道。

"你倒是好运，刚来学院就能够见到这种盛事。不过我记得，去年内院选拔赛便有你的名字，那是若琳导师力排众议给你报上去的，可惜你没来，把若琳导师气坏了。所以我想，今年她应该不会再报你的名字了，毕竟这一次选拔赛，可是她能否晋级成为玄阶导师的关键。"霍德笑眯眯地道。

"呃……"闻言，萧炎一怔，想起当年所见的那性格温婉的女人脸色铁青的模样，便苦笑了一声，道，"我去年的确有事赶不过来。"

"嘿嘿，这可不关我的事，你自己和她解释去。"霍德幸灾乐祸地笑笑，望了一眼外面逐渐暗下来的天色，沉吟道，"现在天色已经暗了，我看你急着去学院，也就不留你了。不过在迦南学院之外，还有一大片原始森林，那里面有很多高阶魔兽，夜晚穿行的危险系数不小，我可以让人驾驭狮鹫载你直接赶往迦南城，如何？"

"那便多谢霍德导师了。"听得这话，萧炎一喜，感激地说道。多玛给他的地图只标示了黑角域的地形，对于进入和平镇后该往哪边飞行，他就一头雾水了，如今有人带路，自然是求之不得。

"呵呵，不客气。"霍德笑了笑，与先前在镇口时那个冷漠的他判若两人。他挥挥手，将一男一女两名执法队员叫了出来，吩咐了一声，便让两人出去准备。

"萧炎哪,临走前,我可得提醒你一下,虽然你还没进过学院,但是你在迦南学院中的潜在对手,恐怕已经不少了。呵呵,想必你也知道是什么原因。薰儿那种优秀的女孩子,对学院中那些天之骄子的吸引力实在太大,这才来学院两年多,名声便追赶上了那个令人头痛的小妖。所以你的那些情敌,可都不是简单货色哦。不过我建议你要懂得隐忍,那样会好点。"霍德靠近萧炎,善意地提醒道。

闻言,萧炎轻笑了一声。虽然少了两年学院生活,但是他相信,自己这两年的生死打磨,绝对不会比任何教育方式弱。这两年时间,即使是斗皇甚至斗宗强者,他也毫不畏惧地与之斗过,难道如今在这学院中,还会被一些同龄人吓倒?

"多谢霍德导师提醒,萧炎谨记在心。"冲霍德笑着一拱手,再听得外面响起的狮鹫低吼声,萧炎也不过多停留,转身快步走出房间,瞧见了那停在门外街道上的巨型狮鹫兽。此时,狮鹫上面的一男一女正冲着萧炎笑道:"萧炎学弟,上来吧,我们护送你到迦南城。"

"多谢两位了。"笑了笑,萧炎脚尖轻点地面,身形矫健地跃上狮鹫兽后背,旋即,双脚犹如粘在了后者身体上一般,没有丝毫颤动。

瞧得萧炎那纹丝不动的身形,狮鹫背上的两人脸上闪过一抹讶异。要知道,这狮鹫的羽毛有一种奇异的湿气,很多初次乘坐它的人,只能坐在特定的人造位置上,方才能够稳住身形,萧炎却完全凭借自己的力量将身体保持了稳定,这一手,即使是他们两人也不可能这般从容地做到。

"副队长说得果然不错,这个萧炎,还真是有一些本事。"两人在心中嘟囔了一声,冲着那走出屋来的霍德等人摇了摇手,然后嘴中发出一道哨声。顿时,匍匐在地面上的狮鹫翅膀一振,巨大的身体便盘旋着升上了天空。

望着那迅速变得渺小起来的小镇,萧炎轻吐了一口气,目光迷离地望着蔚

蓝天空，一张淡雅精致的少女容颜缓缓在脑中浮现，那一颦一笑，让过了两年苦日子的青年牵挂不已。

"薰儿，终于能够见到你了！"

这次飞行，足足持续了将近一夜时间，当然，这是将中途休息的两三个小时加了进去。第二日天蒙蒙亮时，一缕晨晖从大地尽头投射而出，将天地间的黑暗尽数驱逐。

而此时，正闭目凝神的萧炎忽然有所感应一般，睁开了紧闭的双眼，将目光投向遥远的前方。那里，一座庞大得让人咋舌的城市轮廓，缓缓出现在了薄雾之中。

"这便是迦南城吗……"

即使身处高空，也依然未能将整座城市完全收入眼中，由此可见这城市的面积之大。

"呵呵，萧炎学弟，待会儿我们会把狮鹫停在城中的飞行停留所，到时候，你便需要自己赶去学院了。这周是我们这一支执法队值勤，所以不能离开和平镇太久。"那名执法队青年转过头，对着萧炎笑道。

"多谢两位学长了。"萧炎点点头，微笑着感谢道。

"不用。"青年摆了摆手，嘴中再度发出一声哨音，狮鹫兽顿时一声低吼，振动着翅膀，对着那庞大的城市俯冲而下。

迦南城，飞行停留所，萧炎抬头望着那再度腾空而起的狮鹫兽，缓缓吐了一口气，转身走出空旷的停留所。

出了飞行停留所，一条青石铺就的宽敞街道便出现在眼前，街道上那汹涌的人流让萧炎暗暗咋舌。这种人气，即使是加玛帝国的帝都也赶不上，不愧是大陆最古老的学院所在地啊，光是这名头，便能吸引无数人来到此处。

没有过多地在街道上停留，萧炎按照先前那名执法队员所指的路线快速走去。如此在城市中兜兜转转将近半个小时后，萧炎无奈地停下了脚步，望着那依然看不到尽头的街道，忍不住苦笑道："城市修这么大干什么？"

郁闷地叹了一口气，他也懒得再着急赶路，放缓了脚步朝着那坐落在城中心的迦南学院走去。

缓步行走在宽敞的街道上，感受着那种正常的城市氛围，萧炎心中松了一口气，还好，这里不像黑角域那样。

再次走过一条街道，在遥远的前方，萧炎似乎能够看见那座古老学院的模糊轮廓。

"给我拦住那小子！"

刚刚转过一个拐角，前面不远处忽然传出一声厉喝，街道上旋即骚乱了起来。一大群人迅速围成圈，指指点点，瞧着里面的战斗。

目光随意瞟过那些看热闹的人，萧炎并没有凑过去，手掌轻拍了拍背后硕大的玄重尺，脚步不急不缓地绕开人群。

就在萧炎径直往学院走时，人群中一个年轻人的冷笑声，却让他陡然停下了脚步。

"玛言，别费心思了，凭你那实力，还想打我表妹的主意？"

"小子，敬酒不吃……给我上，不需要他的命，不过必须见红！"冷笑声后，一个恼羞成怒的声音响起，人群中再次传来打斗声。

背对着人群，萧炎沉默了一会儿，听得里面的闷响声，轻叹了一口气，转了身。

人群中，一名年约二十岁的蓝衣青年，眼睛正充斥着怒火，与周围几名男子狠狠地以拳相搏。从青年身体上渗透而出的斗气来看，他的实力似乎在斗师级别，不过围攻他的四名男子实力明显不比他弱，因此蓝衣青年一直处于下风，脸上偶尔挨上一拳，便有血迹从他的嘴角流出。

嘭！

又是一阵混战，一名男子一脚狠狠踢在蓝衣青年小腹上，顿时，青年的身

体便蜷缩了起来。他已没有还击之力,四名男子却丝毫没有停止打斗的意思,还是继续对着蓝衣青年的身体狠狠踢去。

"砰,砰,砰!"

一道黑影猛然闪掠而过,蕴含着凶猛劲力的脚掌结结实实地踢在了四条腿上,惨叫声立马响起,四人抱着大腿在地面上痛苦地翻滚着。

黑影在击退四人后,便把巨大黑尺插在了坚硬的石板上。蓝衣青年抱着小腹艰难地站起身来,脸色有些苍白,向那背对着他的黑衣青年拱了拱手:"这位先生,多谢了。"

"萧宁,两年不见,你倒是比以前少了许多锐气啊。"黑袍青年缓缓转身,瞧着那看到自己的面貌而目瞪口呆的蓝衣青年,淡淡地笑道。

这蓝衣青年,竟然便是当初在萧家与萧炎有着一点恩怨的萧宁!

"你……你是萧炎?"呆滞地望着那张两年多不见的脸,半晌,终于回过神来的萧宁犹自有些难以置信。

"我还以为你不认识我了。"萧炎轻笑了一声。虽然年少时他与这个一直跟自己不太对付的家伙有些芥蒂,但是如今他已不再是当年喜欢意气用事的小孩,那些事自然早就烟消云散,而且不管如何,面前的这个人都与自己有着一丝血缘关系。

"怎么可能会忘记,萧炎表弟……"

苦笑一声,萧宁望着面前的萧炎,心情颇为复杂。萧宁如今不再是小孩,在外面混了两年多,在这充斥着各色人等的世界中,他方才发现,其实当年家族中的那段经历,才是心中最宝贵的回忆。

"萧宁表哥。"瞧着那冲自己露出一抹歉意笑容的萧宁,萧炎微微一笑,轻拍了拍他的肩膀。

"这些家伙……"萧炎将目光瞥向在地上翻滚的四人,问道。

"还不是因为薰儿。这些家伙知道我们的关系,便想尽办法从我这里打听薰儿的消息，麻烦死了。在学院里，他们不敢动手，我今天出来买东西，碰巧被这群家伙遇见了。"萧宁有些无奈地道，看来这种事情他已经不是第一次碰到了。

闻言，萧炎也只得苦笑一声，果然是红颜祸水，那小妮子如今恐怕也褪去当年的青涩了吧？

"嘿嘿，薰儿现在可了不得，女大十八变，她越变越漂亮。这两年，不知道有多少人为她疯狂，我想，即使是你再次见到她，也会惊讶的。"萧宁嘿嘿笑道。

"小屁孩能变到哪儿去？"萧炎摇了摇头，轻笑道。萧炎这老成的话语，全然忘记了自己也不过才十八岁而已。

"你这话在学院说，可是会被群殴的。"萧宁翻了翻白眼，旋即似是想起了什么，脸色忽然一变，一把拉住萧炎，朝着学院大门跑去。"竟然忘记了，今天可是内院选拔赛。若琳导师禁不住薰儿的撒娇磨蹭，又冒着失去晋阶玄阶导师机会的风险，把你的名字报了上去。如果你还像上一次那样缺席的话，若琳导师三年内都别想晋阶了。"

"什么，写了我的名字？"萧炎一脸错愕。

"唉，不过就算你赶来了，恐怕也没多大用处了。内院选拔赛可不是普通的选拔赛，有资格参加选拔的，哪个不是学院尖子生？没七星斗师以上的实力，恐怕一上场就会被淘汰。"急跑的脚步缓了缓，萧宁叹息道。

萧炎一怔，张了张嘴巴，还没说出话，萧宁便又道："算了算了，能来总比缺席好，就算败了，若琳导师也只是这一次晋阶失败而已，下一次还有机会。"

说完，萧宁便火急火燎地拉着萧炎冲那古老学院快速跑去。

作为迦南学院的一大盛事，内院选拔赛自然极惹人关注。而且，在这个选拔赛上，那些学院中的风云人物皆会露面，这对于将那些人视为心中偶像和爱

慕对象的男女学员们来说，无疑有着极大的吸引力。

虽然院方早就准备好将学院里最大的一个广场作为选拔场地，可这里依然是人山人海，迦南学院的无数学员挤破了头想冲上广场四周的席位。从看台上一眼望去，全部都是黑压压的人头，响彻耳边的是那直冲云霄的喧哗声。

广场呈圆形，在广场周围，石梯不断向上蔓延，犹如一个角斗场般，坐于广场周围的人皆能够清晰地看见整个广场。

此时的广场中，两道人影，一男一女，彼此闪掠交错，双掌接触间迸发的凶猛斗气波动，让周围看台上时不时地爆发出惊叹声。不过那些看台上的目光，明显将近有大半是停在那一袭淡青衣裙、身躯闪动间轻盈飘逸的倩影之上。

两道人影又是一次险之又险的交错，淡青色倩影却骤然一顿，双掌间金光大盛，带起一道光线，准确打在那名青年的胸口上，强猛劲气直接将青年震出了战圈。

"学长，承让了！"一击退敌，青衣少女微微一笑，冲着那名模样颇为英俊的男子弯身行了一个挑剔不出任何毛病的礼。

"薰儿学妹不愧是这一届最有潜力的学员，我输了。"虽然被击败了，那名英俊男子却笑了笑，深深地看了一眼那如青莲般让人心旷神怡的青衣少女，旋即洒脱退出。

"此局，萧薰儿胜！"

听得裁判席上响起的裁判声，青衣少女这才转身闪掠下比赛台。

"薰儿，真不错！"在青衣少女下台后，看台上，一女子冲着她挥了挥手，笑道。

"若琳导师。"无视周围射来的炽热视线，薰儿小跑进那特别安置的看台，笑吟吟地喊了一声，旋即将目光转向看台旁边的一群女子，微笑道，"萧玉表姐。"

"小妮子真是越来越厉害了，竟然连莫文都被你打败了，看来这次你一定能够进入内院了。"一名身着淡紫院服的美丽女子笑着走过来。

"希望吧。"薰儿微微笑了笑，与萧玉身后的众女生打了声招呼，便挽着萧玉的手臂在若琳导师身旁坐下，低声笑谈着。

"萧玉表姐，那个……萧炎哥哥还没来吗？"薰儿看了一眼一旁虽然看似放松但是眉宇间隐隐有着一丝焦虑的若琳导师，低声问道。

"嗯。"闻言，萧玉叹了一口气，旋即紧握着玉手，低声责备道，"也不知道这个家伙究竟在搞什么，当初说好了只请一年的假，如今却拖了两年多，而且还次次缺席选拔赛。"

"他应该很快就会来的。"薰儿轻咬着红唇，低声道。

"我也希望啊。不过今天就是举行选拔赛的日子，他若是再缺席的话，导师就……"萧玉苦笑了一声。

在两人窃窃私语时，那广场上又进行了三波战斗。到了第四波时，一名男子闪掠而上，手中长枪猛地触地，蕴含着侵略性的炽热目光毫不掩饰地对着薰儿所在的方向扫了过去。

"玄阶三班薛崩，对战黄阶二班萧炎！"

随着裁判席上声音的落下，喧闹的广场陡然安静了许多，无数人看向了黄阶二班所在的方位。这两年时间，萧炎的名字早已经被迦南学院的学员乃至导师们牢牢记住。毕竟自迦南学院创建以来，还是第一次遇见这种直接请假两年的学生。

当然，更多的原因，还是上一次内院选拔赛时，萧炎是唯一缺席的学员。所以如今再次听到这个名字，所有人都看向了薰儿她们。因为薰儿在学院中的出色表现，让她追求者众多，然而两年以来，却依旧没任何人能够打动她，从她嘴里听到最多的称呼便是那个所谓的"萧炎哥哥"。而这种极其亲昵的称呼，自然又使得那从未露过面的萧炎成了众矢之的。

面对那无数道射过来的目光，若琳导师光洁的额头上浮现出些许汗水，手掌也紧握了起来，眼睛扫视着周围，期盼那两年前让她极为看重的身影能够犹

如救世主一般出现。

安静下来的广场也让薰儿与萧玉紧张起来,她们对视了一眼,皆从对方眼中看出一抹焦虑。

"萧炎嘛……一个胆小得不敢露头之人,让一个女孩子去承受那些不必要的非议,这人,不行。"在一个位置不错的看台处,一袭白衫的青年摇了摇头,淡淡地道,"他配不上薰儿……"

白衫青年赫然便是当日那在山脚处与薰儿相遇之人。他叫白山,是迦南学院年轻一届中的风云人物,势头可不比薰儿等人弱上多少。

"喊,这就是让萧薰儿心心念念的男人?他是属乌龟的吧?跟着这种男人,还不如跟着我呢。那些臭男人有什么好的?全是不动脑子的笨蛋。"在看台另外一个绝佳的位置,一名身着红色衣裙的少女双臂环在胸前,背靠着一根铁管。她望着那竟然无人上场迎战的广场,不由得撇了撇嘴,颇有些不屑地冷笑道。

"小妖女,给我坐好!大庭广众下,这般放肆,成何体统?"在红衣少女一旁,一名发须皆白的老者瞧得她那姿势以及特立独行的言语,不由得气得吹着胡子喝道。

红衣少女毫不客气地给了这个明显在迦南学院地位不低的老人一个白眼,冷哼道:"亏你还是外院的副院长,换作是我,早就把那个萧炎踢出学院了,两年假期,哼,好大的架子!"

"没办法,薰儿妮子执意要护着那小子。"老人无奈地摇了摇头,旋即沉吟道,"不过如果这一次,他依然还是缺席的话,那就实在没办法了,迦南学院的规矩不能破。"

"难道你还指望最后这几分钟,那个萧炎能够出现?"红衣少女斜瞥着老人说道。

"我倒是希望……"老人叹了一口气,缓缓闭目,等待着这场闹剧结束。

广场在持续了两分钟安静之后,终于响起了窃窃私语声。

"唉，这个不守信用的混蛋。"望着脸上布满失望的若琳导师，萧玉长长地叹了一口气，低声骂道。

薰儿微垂着头，拉了拉若琳导师的袖子，轻声道："对不起，导师……"

"呵呵，不用自责，这事和你没什么关系。"若琳导师拍了拍薰儿的手掌，强笑着安慰道，"没关系，大不了再等三年。"

"走吧。"站起身来，若琳导师对着萧玉与薰儿说道。看她略微有些泛红的眼圈，貌似她并非如嘴中所说的那般洒脱。

黄阶二班的同学们失望地叹息着站起身来，欲离开广场，然而那刚刚站起身子的薰儿却骤然一愣，抬起俏脸，喃喃道："他来了……"

"你说什么？"萧玉等人一怔，没听明白。

就在萧玉问话之时，广场上空，一道刺耳的破空声骤然响起，将所有人的目光吸引了过去。

一道黑影猛地自天空暴冲而下，轰然砸在广场之上。坚硬的地板直接被震成了粉末，粉末扑腾而起，缭绕在一小片区域的上空。

"是谁？"瞧得那黑影，叫作薛崩的持枪青年不由得冷喝道。

薰儿目光盯在那片被灰尘遮掩的区域，俏脸上涌上一抹难以掩饰的激动："他来了！"

听得薰儿这话，若琳导师以及萧玉等人皆身躯一颤，旋即急忙看向场中。

在无数道目光的注视下，灰尘之中，有轻微的脚步声响起，在变得鸦雀无声的广场上，那脚步声犹如踏在人的心口一般，让人的心脏随之跳动。

咚，咚……一个背负着巨大黑尺的黑袍青年，在灰尘中若隐若现，最终出现在所有人的注视下！

"黄阶二班，萧炎！"

黑袍青年前踏一步，微微抬头，淡淡的声音却如雷声一般，在广场周围每个人耳边轰隆响起。

第十九章
杀鸡儆猴

广场上再度安静下来。一道道带着几分诧异的目光,投向了广场中央那个背负着足以与其身高相等的巨大黑尺的黑袍青年,一时间,整个广场鸦雀无声。

"萧炎哥哥!"薰儿望着广场上那个虽然比两年前挺拔了许多,但是也瘦削了一些的背影,俏脸上顿时流露出一抹清雅笑容。

"这个家伙,每次都要搞出这般大的动静,真是爱显摆。"美眸紧紧地盯着那两年不见的背影,萧玉在心中大松了一口气,嘴上却依然不依不饶地讽刺道。

"嘻嘻,萧玉姐姐,那便是薰儿口中的萧炎哥哥吗?没想到竟然在最后时刻赶了过来呢。"在萧玉身旁,一众似乎与薰儿同为一班的少女,眸子泛着好奇地盯着场中那道背影,笑嘻嘻地问道。

"是啊,这就是让薰儿牵肠挂肚的浑小子,你们失望了吧?"萧玉瞧了一眼在一旁抿嘴轻笑的薰儿,不由得道。

"嘿嘿,这可得看实力哦,光样貌好看,有什么用?"少女们嘻嘻哈哈地说。在迦南学院这个同样以实力为尊的环境下,男人的长相好坏并没有那么重要。

"不过就算他现在赶了过来，情况也不太好啊，薛崩可是九星斗师实力啊。而且他所修习的功法还是玄阶低级，枪法早已练得炉火纯青，一套玄阶中级的'叠浪'枪法斗技，曾击败了不少对手。"一名模样秀丽的少女忽然有些怯怯地道。

闻言，萧玉微微一皱黛眉，旋即瞥了一眼镇定自若的薰儿，有些不确定地道："那浑小子应该能应付吧，以他的性子，我可不相信这两年时间会毫无成就。"

美眸盯着场中那背负着巨尺的青年许久，若琳导师在心中也悄然松了一口气。既然萧炎已经赶到，就算他输掉了比赛，那她也只是失去这一年晋升玄阶导师的机会而已，明年还可以再争取。毕竟以萧炎当初在招生测试时所展现出来的潜力，她相信，只要他能够在学院里修炼一年，就定然能够赶上其他学生的进度。

"好了，好了，都别犯花痴了，既然这小子赶了过来，那就先留下来为他助助威吧，不管他能坚持多久，他毕竟是我们黄阶二班的成员。"转过头，横了一眼众少女，若琳导师无奈道。不过听她话里的意思，对萧炎能够战胜薛崩明显没有抱太大的期望。

"他就是那个萧炎吗？"看台一处，一袭白衣、身材挺拔、显得玉树临风的白山略感诧异地望着广场上的黑袍青年。他没想到，在最后的时刻，这个家伙竟然真的赶了过来。

"气息倒是挺沉稳，或许有一些本事，不过也仅此而已。"望着黑袍青年那丝毫没有因为周围的人山人海而有所动容的表情，白山一挑眉梢，淡淡地道。对于这个潜在的情敌，眼光极高的他，并没有给予太高的分数。

"这就是萧薰儿口中的萧炎哥哥？终于舍得出现了啊。不过似乎长得也不算很帅啊，真不知道她为什么这般惦记。"一个身穿红衣裙的少女饶有兴致地在萧炎身上扫过，撇了撇嘴。

"长得帅有什么用？能让裁判给他加分？"那个须发皆白的老人翻了翻白眼，一对犹如普通老人般的浑浊眸子停在萧炎身上，片刻后，微皱眉头，眼中掠过一抹惊异，摇了摇头，淡淡地轻笑道，"一个很有趣的小家伙。"

"希望别一上场就败在了薛崩手中，不然的话，萧薰儿的脸，可就真的被丢光了。"红衣少女纤手挽着一缕垂在胸前的淡红长发，有些幸灾乐祸。

"看着吧。"老人笑了笑，将目光转向不远处的裁判台，发现几个老友的眼中也有着一些惊诧，想来都看出那个叫萧炎的小家伙有一些奇异之处了吧。

"你便是萧炎？"万众瞩目的广场上，脸色冷淡的薛崩将手中长枪重重戳在坚硬的地板上，目光直视着面前的黑袍青年，冷声道。

萧炎微笑着点头。

"你配不上她。"见萧炎点头，薛崩说得直接而不屑。

"或许吧。"闻言，萧炎顿时有些无奈。又是一个薰儿的追求者，看来这妮子在迦南学院里还真的是混得风生水起啊。

"迦南学院里有无数人等着你露面。从今天起，恐怕你的麻烦将会绵绵不绝，我是第一个挑战你的人，但绝对不会是最后一个。"薛崩冷笑了一声，旋即一摆手中长枪，枪尖直指向萧炎，"我会在她面前将你击败，那般优秀的女孩，庸人是没有资格拥有的。"

"果然还是一群只知争风吃醋的小屁孩。"望着那一见面就对自己宣战的薛崩，萧炎有些无语。他叹了一口气，手掌缓缓握上玄重尺柄，尺身微震，霍然斜指而下，随着玄重尺的挥动，极具压迫气息的破风声便响了起来。

"我挺讨厌接连不断的麻烦，所以为了杜绝那些麻烦，只能委屈你一下了。"巨尺在地面上留下宽大的黑影，萧炎抬头冲薛崩轻笑道。

"哦？想拿我来杀鸡儆猴？"那薛崩也并非傻瓜，听得萧炎如此说，便明白了他的用意，当下眼中闪过一抹隐晦怒意，冷笑一声，道，"也不怕风大闪了舌头。"

"可以开始了吗?"萧炎微偏过头,看向那坐着七八位年龄颇大的老者的裁判席,含笑问道。

"嗯。"瞧得萧炎望来,那几名老者互相对视了一眼,微微点头。

"狂妄的小子!"

薛崩脸色微寒,手握枪柄,脚掌猛然一跺地面,长枪震动,带起一道尖锐劲气,径直射向萧炎。

身体纹丝不动,萧炎望着那手持长枪率先攻来的薛崩,手中玄重尺微微倾斜。正如先前所说,他清楚地知道,在这迦南学院中,有不少因为薰儿而对自己心怀敌意的人,他如今初来乍到,想杜绝那些源源不断的挑战,唯一的办法便是一举将他们震慑住。

哪怕没有那些可能会源源不断的麻烦,萧炎也迫切地需要在刚刚来到这天才云集的迦南学院的时候,取得一场毫无悬念的压倒性胜利。

他要向所有人证明,萧薰儿念念不忘的萧炎哥哥,有站在她面前抵挡任何风暴的实力。

他要让其他人知道,她选中的人,不会让任何人失望。

当年他是废物,所以薰儿站在了他的面前,而如今,他不希望往事重现。

所以这一场战斗,他需要一种摧枯拉朽的胜利。

这一次的张扬,是给那个苦等了他两年时间的女孩一份微薄回报。

他要让她知晓,两年时间,他并未虚度。

心中念头如潮水般翻转,萧炎深吸了一口气,手中玄重尺插进地板,双手探出黑袍,缓缓地将袍袖卷起。

在对方的凶猛攻势即将临体前,萧炎不慌不忙地整理着袖子。望着萧炎那副平静的神态,广场周围的人海顿时静了下来,对于萧炎此时的表现,他们唯有一个词语来形容:狂妄!

眼神冰冷地望着萧炎的举动,薛崩心头的怒意更盛,随着心中念头转动,

　　体内斗气顿时滚涌进入长枪之中，枪尖带起一道淡红光亮，手掌猛地击打在枪柄尽头，顿时，长枪暴射而出，几乎是眨眼间，便抵达萧炎的喉咙前。

　　"啊！"

　　瞧得场上那攻势如闪电的薛崩，萧玉以及若琳导师等人的脸色不由得微变，唯有薰儿依然保持着平静。她心中清楚，现在的萧炎，已不再是当年那个萧家的废物，连被云岚宗悉心培养调教的纳兰嫣然都败在了他手中，足以瞧出萧炎如今实力的强悍。

　　在无数道充斥着各种情绪的视线的注视下，薛崩那声势浩荡的长枪攻势，眨眼间便已到萧炎喉前，然而就在所有人都等待着即将出现的血腥一幕时，那距离萧炎喉咙不到半寸的枪尖，却犹如被凝固了一般，陡然停住。

　　无数目光顺着长枪移动，最后停留在枪杆处，那里，一只白皙修长的手正紧紧握住枪杆，而薛崩那凶悍无比的一击，竟然被这只手掌强行阻止了下来。

　　广场上，无数目光停留在那一脸平淡的黑袍青年身上，顿时，满场哗然！

　　缓缓抬起眼睛，萧炎对着面前脸色大变的薛崩笑了一声，嘴角掀起一抹细微弧度，轻声道："一招！"

　　话落，萧炎身躯一晃，身形瞬间化为一抹模糊黑影，右拳紧握，尖锐劲气顿时响起。

　　感受着那陡然升起的恐怖劲气，薛崩眼瞳骤缩，脸上划过一抹骇然。

　　黑色拳影带起恐怖劲气，猛然浮现在薛崩眼前，拳头所过之处，空间都泛起了细微的波动，刺耳的音爆如同闷雷声般，不绝于耳。

　　在萧炎这犹如雷霆般的凶悍攻势之下，那坚硬的地板不断爆发出咔嚓声响，一道道裂缝在无数道目光的注视下，从其脚掌处急速蔓延。

　　萧炎发动攻击的速度快若闪电，不过薛崩并非那种只会逞口舌之快的人。虽然心中为萧炎所施展出的实力感到骇然，但他的反应却不慢，在萧炎拳头急速在眼瞳中放大时，他没有丝毫迟疑地放弃了那被对方钳制住的长枪，后退了一小步，手指轻弹纳戒，一把通体银色、由精钢打造而成的长枪，瞬间便出现在手中。

长枪到手，薛崩那被萧炎这恐怖一击而骇得大缩的战意，迅速飙升了起来，喉咙间发出一声怒吼，体内斗气在此刻被运转到极致，淡红色的斗气自体内喷涌而出，最后在身体表面形成一件红色的斗气纱衣。

体内斗气涌动之时，薛崩手中同样没有丝毫停滞，枪尖一震，竟然震出了十几道残影。红芒暴涌，残影猛然合拢，最后整条长枪都化为一抹刺眼红芒，对着萧炎暴刺而去。

"叠浪！"薛崩心中一声低吼，手中长枪带着一往无前的凶悍气势，对着萧炎的拳头刺去。枪身震动间，红芒一波接一波涌上，炽热的气息犹如红色的火浪。

广场上，在无数人的注视下，一抹刺眼红芒带起滔天气浪，这般威势让不少人哗然。不愧是有资格参加内院选拔赛的尖子生，这种凶悍攻击，恐怕都能赶上那些刚进入大斗师级别的强者了吧？

红色光芒在漆黑眼瞳中急速放大，感受着那扑面而来的炽热劲气，萧炎的脸色依然平淡。两年间，与他交战的对手大多是远远超过自己的强者，比眼前大十倍百倍的攻势场面，他都见过，因此凭这等攻势便想让他退缩，无疑是痴人说梦。不过对方能够在这般短暂的时间中，便施展出全力抵抗，这种不俗的敏锐力，还是让萧炎略感吃惊。

萧炎拳头微颤，青色斗气猛然涌动，最后迅速在拳头表面凝聚出了一层青色的角质层。

"不管你今日如何挣扎，也唯有一路可走！"被青色角质层所覆盖的拳头上力量骤然暴增，萧炎嘴角一扬，终于不再有任何迟疑，右臂甩动，拳头暴砸而出，最后在无数道目光的注视下，重重地与薛崩的枪尖轰在一起。

"八极崩！"

嘭！两者接触，霎时间，一声巨响自场上暴起，只见两人接触之地，那坚硬的石板轰然一声便被震成粉末，裂缝犹如蜘蛛网一般，不断地蔓延而出。

嚓！粉末从地面升腾而起，而在一拳一枪接触之后的瞬间，一道精铁断裂的咔嚓声响，便猛地自交战处传出，紧接着，一道人影自淡淡灰尘中倒射而出，殷红鲜血狂喷而出，身体重重落地，贴着地板滑了十几米后，方才缓缓停止。

无数人急忙顺着人影倒射处看去，当他们看清那倒射落败之人是谁后，广场上瞬间便陷入了寂静。

广场的边缘处，薛崩的上衣几乎被交袭的劲气震成碎片，浑身上下布满了碎石射在身上所带出的淤青，嘴角残留的血迹让他看上去分外狼狈。当然，最让人感到惊骇的，还是薛崩那满是鲜血的双手所握的两截断枪，那断裂口明显是被强力直接崩碎的。

能够在一名九星斗师施展出了玄阶斗技后，依然一拳头强行震裂精钢所打造的长枪，这一手，即使是在场的一些大斗师，也难以办到。这个在迦南学院中拥有不小名气的薛崩，却被一个刚刚来到学院的新生，用这种最狂野的手段正面击败！

望着广场边缘处艰难地挣扎着想爬起来的薛崩，再瞧得那断裂的长枪，一些原本心中转着某些念头的人，顿时感觉到一股寒意自心中涌出。从萧炎所露出来的实力看，这个足足请了两年长假的新生，的确并非庸人。

广场上的灰尘缓缓落下，一袭黑袍的青年缓步走出，身上整洁得没有丝毫皱褶的袍服，与狼狈不堪的薛崩几乎是两个极端。就凭这点，只要不是太过愚蠢，就能够明白，这个名叫萧炎的年轻人实力远远超过了薛崩。

薛崩如今的实力是九星斗师，既然萧炎能胜过他，那么萧炎至少是一名大斗师强者。

想起这种可能，人山人海的看台上顿时响起一片倒抽冷气的声音，再度看向萧炎的目光中，明显多出了一些莫名意味。这个年纪的大斗师，即使是在整个迦南学院,也算得上出类拔萃的佼佼者。

"好……好强……"

看台上,萧玉等人微张着嘴,满脸错愕地望着场上那挺拔的瘦削背影,其中一名少女更是忍不住眼冒星星地失声喃喃。谁能想到,那实力在九星斗师的薛崩,竟然仅仅在一个回合,并且还是在他施展了最强斗技的情况下,被萧炎一拳击败。

原本她们还在讨论萧炎究竟能够支撑几回合,可讨论还未结束,场上便出现了这等让她们目瞪口呆的结局。

"这个家伙……这两年进步得太快了吧?"萧玉苦笑道。

一旁,若琳导师缓缓从震惊中回过神来,望着场上青年的背影,到现在,她依然有些难以相信。这个缺席了两年学院教育的刺头学生,竟然将玄阶班级的尖子生打败了,而且打败的方式,还是最强悍最直接的那一种。

回想起刚才萧炎那宛如雷霆般的一拳,若琳导师自问,换作是自己,恐怕也难以完全抵挡下来吧。心中这般想着,若琳导师忽然苦笑一声。两年前,在乌坦城,那费尽所有手段方才在自己手中走了二十回合的小家伙,如今所施展出来的攻击,连自己都要好生掂量一下,方才敢确定能否接住,这般进步速度实在可怕。

"难怪能够让薰儿这般出色的女孩子念念不忘,这个家伙的确有这本钱啊。"偏头望了一眼俏脸噙着笑容的薰儿,若琳导师在心中喃喃道。

看台另一边,白山双臂环在胸前,微皱着眉头望着那身躯笔直地站立在广场上的黑袍青年,半晌,淡淡地笑道:"不错,果然有几分本事,现在,你方才有资格让我正视,希望你能多坚持几轮吧,如果有机会,我倒要亲自会会你……"

"一个劲敌啊,不过,她一定会是我的!"目光转向薰儿所在的方向,白山望着那一身淡青衣裙、在众女围绕间犹如一朵独自绽放的青莲般淡雅的少女,

低声道。

"呀,那家伙好凌厉的拳势,竟然连薛崩的叠浪都挡不住片刻,我想,恐怕他的实力在三星大斗师以上吧。"红衣少女望着那落败得极为干脆利落的薛崩,不由得讶然道。

"嗯,的确是很凌厉的拳势,而且居然还懂得将能量局部凝固化,以此来增加攻击力与防御力,这可需要对斗气的精妙掌控方才能行啊,在这一点上,他都能与你相媲美了。"一旁的老人微微点了点头,声音中同样带着些许诧异。

"呵呵,现在知道薰儿那妮子的眼光如何了吧?这个小家伙,可不是常人哪,我想,就算是你或者白山对上他,胜负落谁手,恐怕都未可知啊。"老人瞥着场上的瘦削背影,若有深意地道。

"哦?"闻言,红衣少女顿时一翘纤细的柳叶弯眉,娇笑道,"那我倒要找个机会与他比比,若是我赢了,就让他把薰儿让给我。"

"你……你这个浑丫头,那么多优秀的男人追求你,你不喜欢就罢了,去骚扰人家薰儿干啥?你要把我这老脸丢光才甘心啊?"听得红衣少女这话,老人顿时皱起眉头,低声怒斥道。

"那些臭男人有什么好的,若不是这张脸,他们谁还会来追求?"红衣少女撇了撇嘴,纤手摸着那张如精灵般狡黠的俏脸蛋儿,不屑地道。

对于这无法无天的少女,老人气得七窍生烟,却无可奈何,当下只得一甩衣袖,继续看向场上。

此时的场内,萧炎瞥了一眼广场边缘处无力再战的薛崩,这才转头望向裁判席,微笑道:"不知此局能否算我胜?"

"呵呵,自然能。"坐于裁判席上的一名灰袍老者笑眯眯地望着萧炎,目光中充满莫名意味地点了点头。

听了他的回答,萧炎微微躬身,在万众瞩目下,手掌一晃,那插在不远处的玄重尺便自动飞了过来。他一把抓住,反手插在后背上,抬头望着看台处笑吟吟的青衣少女，心中泛起些许温馨暖意。他脚尖轻点地面，身体径直闪掠下了比赛台，最后飞腾上那黄阶二班所在的场所。

"抱歉，我来晚了。"看着面前亭亭玉立的美丽少女，少女的容颜在这两年中早已被深深印刻在了心底，萧炎无视周围那一道道炽热的目光，挠了挠头，略有些歉意地柔声道。

薰儿盯着那张比两年前少了一些青涩稚嫩、多了一些成熟坚毅的清秀面孔，脸上忽然露出一个颠倒众生的美丽笑容，旋即做出了一个让满场人呆若木鸡的举动。

在学院中从来没和任何一个男人有过超越普通朋友关系的举止正常的少女，此时微微张开双臂，一头扑进了那阔别两年多的温暖怀抱，贪婪地嗅着熟悉的味道。

望着那一头扑进萧炎怀中的青衣少女，整个广场陷入了一片寂静，隐隐间，似乎有无数心碎的声音响起。

薰儿身旁的若琳导师以及萧玉等人都未曾料到平日一向矜持淡然的少女，竟然会在大庭广众下做出这等大胆举动，当下都是一脸错愕。

望着扑进萧炎怀中的薰儿，再瞥了一眼笑容温醇得如地下深埋的酒酿一般醉人的萧炎，萧玉的心中忽然泛起一种莫名的不太舒服的感觉。

在看台另一边，白山那一直噙着淡淡微笑的脸，终于在此刻变得阴沉了。

"这萧薰儿，怎变得如此胆大了？就为了那个男人吗？"红衣少女此时也将柳眉倒竖了起来，若非一旁的老人见状一把将她拉在了身边，恐怕她都忍不住冲过去将那如胶似漆的两人强行分开了。

手臂紧紧地环着那纤细柳腰，萧炎低头轻嗅少女泛着清香的青丝。既然她都能够在这大庭广众下，做出这等宣布两人关系的大胆举动，那身为男人的他，自然不可能退缩，哪怕那从周围射来的炽热目光让他如处火炉。

两人的拥抱持续了将近一分钟后，若琳导师终于忍受不了周围的炽热目光，

轻咳了一声。

听得咳嗽声,那如小鸟依人般依偎在萧炎怀中的薰儿,终于从初见到心中想念之人的幸福与激动中清醒了过来,顿时,淡雅如莲的俏脸飞上一抹醉人绯红,她赶忙从萧炎怀中退出,然后犹如一棵含羞草般,缩在了萧玉身后。

瞧得薰儿难得出现的那副小女人的娇羞模样,萧炎轻笑了一声,面向若琳导师,讪笑道:"嘿嘿,抱歉了,若琳导师。"

"你还记得我是你导师?"若琳导师斜瞥了萧炎一眼,淡淡地说道。

瞧她这副表情,萧炎苦笑了一声。他也知道自己这次的确惹恼了这个性格如水般温婉的女人,不过因为理亏,他并未顶嘴,只是硬着头皮承受着她的批评与怒火。

"哼,别以为不说话就没事,逃了两年的课,你也真算有本事。你可知道,这两年为了你的事,我和院方磨了多少嘴皮子?"若琳导师愤愤不平地道。

"导师,这事的确是萧炎这浑小子过分了,不过如今他及时赶了回来,并且还将薛崩打败了,只要接下来薰儿和他能够保持在选拔赛中不被击败,那您就能够顺利升级成玄阶导师。若您还是觉得不解气的话,可以等他将选拔赛打完后,再处罚也不迟啊。反正如今他都来学院了,还怕他跑了不成?"瞧萧炎无奈地苦笑着,萧玉虽然在心中暗自嘟囔了一声活该,可说出来的话却是在替萧炎开脱。

听了萧玉的话,若琳导师微怒的脸色这才略缓了缓,对着萧炎说道:"好,等选拔赛结束后,我再找你算账!"

见若琳导师终于暂时停止了批评,萧炎在心中松了一口气,对萧玉投去一道感激的目光,不过对方却赏了他一个大大的白眼,还轻哼了一声。

"嘿,萧玉表姐,两年不见,越来越漂亮了啊,追求者一定不少吧?"装作没看见萧玉的脸色,萧炎笑眯眯地问道。

"你管我!"听得那与幼时几乎如出一辙的语气,萧玉的心中顿时泛起一股奇异的感觉,与此同时,那修长性感的长腿几乎条件反射般地微微抬起,作势欲踢。

"好了,别在这打情骂俏了,今天的选拔赛已经快要结束了,都先跟我回去吧。明后两天,还有更加激烈的战斗。想进入内院,可不是什么容易的事。"若琳导师挥了挥手,也不理会那因为她的话语而羞红了脸的萧玉,转身带头向着广场外走去。

萧玉狠狠地瞪了一眼幸灾乐祸的萧炎,拉着薰儿快步跟了上去。

萧炎背着巨大黑尺走在队伍最后面,在即将出广场时,脚步忽然一顿,微皱着眉头转过身子,将目光投向了广场另外一边。在那里,一个一身白衣的青年,正脸色阴沉充满敌意地盯着他。

"这人是谁?貌似挺强的。"收回目光,萧炎略微沉吟了一下,便微微摇头,在无数人的注视下,快步跟上了即将走出广场的若琳导师等人。

出了喧哗的广场,若琳导师将那些围在萧炎周围满眼小星星的少女"驱逐"开去,然后带着萧炎、薰儿、萧玉三人,转过几条绿荫小道,最后进入了一座别致清雅的楼阁。

进入房内,若琳导师让三人随意找位置坐下,这才将目光转向萧炎,笑吟吟地道:"小家伙,看不出嘛,两年时间,竟然进步得这么快。"

"侥幸而已。"萧炎耸了耸肩,笑道。

"算了,不和你扯闲篇了,既然你如今已经来到学院,我又将你的名字报进了内院选拔赛中,接下来的两天,你与薰儿可得努力进入前五十,那样你们就能够获得进入内院修习的机会,而我也能够从黄阶导师晋阶成玄阶导师。"若琳导师认真地道。

"进入内院有啥好处?"萧炎背靠着椅子,十指交叉在身前,抬头问道。

眸子紧紧盯着那张微笑的年轻面孔,半晌,若琳导师忽然叹了一口气,道:

"看来请两年的假,对你来说的确是最好的,现在的你,哪儿还有当年在乌坦城的青涩?一眼看去,任谁都不会把你当成一个仅仅十八岁的少年。"

萧炎微笑不语,这两年他所经历的的确太多。几番大起大落,使得他那从小培养出的沉稳性子更加坚如磐石,现在的他,已彻底褪去了年少的稚嫩。

"迦南学院分内、外两院,外院便是我们现在的所在,那些从大陆各处招过来的新生,都会在外院修习,直到他们的实力达到某种程度时,才可以参加每年一届的内院选拔赛,只要进入选拔赛的前五十名,就能够得到进入内院的资格。内院与外院很不同,毫不客气地说,迦南学院的外院,仅仅是一个考验新生的地方,其真正核心,是在内院之中!"若琳导师略微整理了一下思绪,然后缓缓说道。

"迦南学院外院的班级中,分玄、黄两个级别,我所管理的班级便是黄阶,而先前与你交战的薛崩,则在玄阶班级。玄阶班级的总体实力,普遍要强于黄阶班级。当然,事无绝对,比如薰儿,再比如你……"

"我看你现在的实力,应该是在大斗师左右吧?"若琳导师盯着萧炎,忽然问道。

听到若琳导师的问题,萧玉惊诧地看着萧炎。她现在也不过是五星斗师实力而已,这个家伙在离开两年后便成了大斗师,这般速度,是不是太快了?

"嗯。"在萧玉惊诧的目光中,萧炎微微点了点头。

"果然是个怪胎,能和薰儿这妮子相比了。"嘀咕了一声,若琳导师道,"关于内院的事,按照规矩,我也不能透露过多。不过既然它能被称为迦南学院的真正核心,自然有着外院难以比拟的地方,所以你若是能进去,对你肯定有好处。"

"好,我尽量吧。"摊了摊手,萧炎笑道。在来时的路上,他便听药老提起过那个内院,如今能够有机会进入其中,他自然不会拒绝。

"以你的实力,我想只要不是遇上白山或者小妖女等少数几个人,要闯进前五十，应该没有太大的困难。"见萧炎点头，若琳导师也松了一口气，接着道。

"白山？小妖女？后面这个名字，我倒是在两年前听导师提起过……"嘴中重复了一遍这两个名字，萧炎笑道。

"白山在这两年中，可以说是迦南学院外院中风头最劲的人之一，人长得帅，实力又强，不知道迷倒了多少女学员。另外，他好像也是薰儿的追求者之一，就算我不与你说，他迟早也会来寻你。"若琳导师掩嘴娇笑道。

萧炎无奈地摇头。

"至于小妖女嘛，她是副院长的外孙女，背景可不一般，加上那不比你弱的变态的修炼天赋，以及副院长手把手的指导，我想她的实力恐怕还要胜白山一筹。因为她特立独行的行事风格以及美丽容貌，在学院中同样有不少追求者。不过她好像对男人没太大的兴趣，反而很喜欢女人，以薰儿的气质天赋，自然早就被她注意到了。所以说，你的出现，应该也会让她对你抱有敌意。"咳了一声，若琳导师红着脸说道。

闻言，萧炎的脸色顿时变得古怪起来。他偏头看了一眼同样一脸无奈的薰儿，有些哭笑不得地道："男女通杀？"

薰儿学着萧炎的模样，摊了摊手，表示这事她也没办法。这两年，她已经足够低调了，甚至为了等萧炎，她放弃了上一次的内院选拔赛。

"唉，果然到处都是对手啊。"轻叹了一口气，萧炎抬头冲着若琳导师笑道，"不过为了若琳导师能够晋阶，我会尽量进入前五十。"

"那就好，你今天就先在这里休息吧，这是我的住所，平日薰儿与玉儿也住我这里。明天开始，选拔赛中的强者便会全部露面了，到时候，你就会对那些对手的实力有一些了解。"站起身来，若琳导师吩咐道。

萧炎微笑着点了点头。

摆满书架的安静房间中，七八位老者坐于圆桌旁的椅子上，先前在广场上

与红衣少女说话的老人也在其中。从他们那非常人可比的气息中能够看出，他们的实力以及地位不低，毕竟寻常老人可没资格坐在这决定着院内大小事务的会议室中。

此时，那名被红衣少女称为副院长的老人，正缓缓地将手中的一份资料放下。他环视室内，淡淡地笑道："啧啧，这个萧炎果然不简单啊，以一己之力对抗加玛帝国的云岚宗，并且正面击杀一名斗王强者，最后还从斗宗强者手中顺利逃脱，这般战绩，就算是内院的那些佼佼者，想做到恐怕也有几分难度啊。"

"哦？"听得从老人嘴中吐出来的话语，周围那几名老者干枯的脸上闪过一抹惊诧。

"这是关于萧炎的情报，你们自己看看吧。"副院长屈指一弹，面前的资料便自动对着其他几名老者飞了过去。手指轻轻敲打桌面，半响，听得那些看完资料的老者齐声发出的惊叹声，副院长微笑道："潜力很大，不过他与云岚宗间的关系实在太差了，基本上是难以调节。"

"潜力的确很强，好好培养，恐怕又是一名巅峰强者。"一名灰袍老者轻声道，"至于云岚宗，倒不用太过在意，一个斗宗而已，还没胆量对我迦南学院怎样。"

"云岚宗的确没什么，可它背后……"副院长微微皱了皱眉头，话吐了一半，却忽然安静下来，脸色微微变幻着，最终却并没有将一些极其隐秘的事情说出来。他挥了挥手，道："先暗中观察一下萧炎吧，如果真有培养价值，我们倒可以一试。"

"嗯。"闻言，其他几名老者无异议地点了点头。见副院长沉默了下去，他们对视了一眼，身躯微微晃动，旋即便诡异地从椅子上消失了。

夜深人静，淡淡的月光从天际洒下，那栋别致的楼阁显得分外幽静。

一道白影忽然闪掠而出，来人脚尖轻点一处树枝，身体飘逸地掠上楼阁之外不远处的乱石堆上，平淡的目光直射楼阁中的某个房间，淡淡的银色斗气若隐若现地自其体内渗透而出。

在白影体内斗气浮现之后仅刹那间，楼阁中，一道黑影闪电般地飙射而出，几个腾掠，稳稳落在距离白影不远处的一块巨石上。黑影缓缓抬头，淡淡地望着那一袭白衣、英俊挺拔的男子。

两对眸子在黑夜中相碰撞，没有丝毫预兆地迸射出些许火花。

"离开她。"白衣男子的声音平淡而缥缈。

闻言，萧炎轻笑，微微抬起头，那张清秀面孔在月光的照耀下显得分外桀骜不驯。

"凭你?"淡淡的话语在黑夜中徘徊不散。

白衣男子眼神冰冷地盯着那一脸桀骜的青年，没有再说任何话语，双手微旋，淡淡的银色斗气在掌心中酝酿着，并且还隐隐有低沉的闷雷声从中发出。

"雷属性斗气?"听得那从银色斗气中散发而出的闷雷声，萧炎眼中闪过一抹诧异，没想到这个家伙居然拥有和他二哥萧厉相同属性的罕见斗气。

手掌微动，淡青色斗气也自掌心中盛涌而出，萧炎脸色平静地注视着这在白天见过一面的白衣男子，没有丝毫的畏惧与胆怯。

"弱者，是没有资格拥有她的!"白衣男子淡漠地瞥了一眼没有退缩的萧炎，冷笑了一声，脚尖一点乱石，身体陡然化为一抹银光，划破黑暗，快若闪电般地暴射向萧炎。

黑暗中，因为白衣男子的这般凌厉攻势，竟然凭空响起了些许微弱的雷鸣声。

银光在漆黑瞳孔中急速放大，萧炎的脸色依然平静。他缓缓紧握手掌，淡青色的斗气在拳头上缓缓吐缩，犹如一条条细小长蛇。

"白山，你干什么?!"银光划破黑夜，然而就在萧炎准备毫不客气地进行反击之时，一声略微噙着些许怒气的娇喝，忽然打破了黑夜的宁静，紧接着，一

道金光暴射而出，最后在半空处将银光拦截下来。两种能量猛然对撞，剧烈的能量风暴，将地面上的碎石吹得四处飞射。

在娇喝声响起之时，萧炎便无奈地摇了摇头，紧握的拳头缓缓放松，抬头望着那被金光拦截后闪身掠回一处树枝上的白衣男子。

淡青色的倩影从楼阁中闪掠而出，瞬间后便出现在了萧炎身旁。薰儿微蹙着柳眉，俏脸噙着一分薄怒地望着树枝上的白衣男子。

"没什么，只是想与萧炎学弟切磋一下而已。"在青衣少女出现之后，白衣男子的目光便一直停留在她身上。他冷冷地斜瞥了一眼一旁的萧炎，旋即淡淡地笑着说道："薰儿何必如此着急？以萧炎学弟的本事，若是连我那随意一击都挡不住，还如何参加内院选拔赛？"

"白山学长，我敬你是学长才对你客气有加，你若是再这般无理取闹，那就休怪我不再留情面了。"薰儿缓缓平复下心中的一抹怒气，轻声道。

闻言，白山平淡的脸色微微一变。自从他认识薰儿以来，虽然彼此间的关系算不上太过亲密，但是按照他自己所想，两人至少也能算是朋友，如今听得薰儿竟然以这般语气对他说话，他当下再也压抑不住内心的情绪，脸色变得难看了许多。

"你若是男人，就不要站在女人身后。"缓缓吸了一口气，将心中怒意压抑住，白山冷冷瞥向萧炎，嘴角一勾，不屑地冷笑道。

"白山，你不要太过分了！"薰儿俏脸微沉，纤手一晃，金色能量在掌心中急速凝聚。白山三番五次对萧炎的挑衅，已经触及她的底线。

"妮子，后面待着去，这些事，我自己解决就好。"一只手抓住薰儿的手腕，她回头一看，却瞧得萧炎脸上的淡淡笑容。以她对萧炎的了解，知道每到这种时刻，他便极为认真，当下略微迟疑了一下，只得点点头，退后了一步。

"你真想打？"前踏一步的萧炎扭扭脖子，看着站在树枝上的白山，轻笑道。

"你若想，我不会有意见。"白山轻弹了弹白色袖子，冷声道。看到总是对自己保持着距离的薰儿竟然对萧炎百依百顺，他那一向沉稳的心便涌上一阵邪火。以他的样貌、实力、修炼天赋，哪样不比面前这个叫萧炎的家伙强？可为什么她总是对自己不理不睬？

"我有意见！"冷喝声忽然从楼阁中传出，若琳导师的身影旋即飞掠而出。她脸色略有些难看地望着白山，沉声道："白山同学，你这般胡来，可不合学院规矩。你若是想挑战的话，在选拔赛上一较高低便是，深夜潜来，不仅行为不轨，而且还落个下乘名头。"

瞧得连若琳导师也被惊动了，萧炎无奈地摇了摇头，知道今天晚上这架恐怕是打不起来了，当下只得将斗气收回体内，拉着薰儿，转身朝楼阁缓缓走去。

"萧炎，希望你不要在选拔赛中被淘汰。弱者，没有获得任何东西的权利！希望你到时候不要再躲在女人身后。薰儿认可的男人，不会是懦夫吧？"望着两人的背影，白山淡淡地道。

破风声骤然响起，一道劲气划破黑暗，狠狠对着白山的脸砸了过去。

察觉到那迎面而来的破风劲气，白山眼中闪过一抹寒光，屈指轻弹，一缕银光暴射而出，最后与那破风劲气撞在一起，顷刻间将之震成一团粉末。白山定睛一看，那破风之物竟然是一块碎石。

"不要再啰里啰唆了，你就是白山吧？所谓的风云人物，不过如此，争风吃醋倒是行家里手，但你现在也不用这般牙尖嘴利撂狠话，选拔赛上见吧。"萧炎淡淡的阴冷声音缓缓响起。

"若是你败了，离开她？"白山冷笑。

"你确定你是叫白山，而不是白痴？"即将进门的萧炎忽然一顿脚步，转过头来，怜悯地看了一眼脸色铁青的白山，然后摇了摇头，拉着忍俊不禁的薰儿走进楼阁。

"唉，你回去吧。"望着脸色铁青的白山，若琳导师忍不住叹了一口气。这个人平日里极为沉稳，怎么今日在萧炎面前却变得这般浮躁？看来他对薰儿的

执念很深啊，不然也不至于这般乱了分寸。"

说完这话，若琳导师便转身飞进楼阁，留下白山一人，脸色忽青忽白地站在树枝上，受那半夜的冷风吹。

树上的白山深吸了一口冰凉的空气，紧握拳头，喃喃道："没想到因为她，竟然分寸乱成这模样，她一定会是我的！那个萧炎，便在选拔赛上击败他吧，我白山看中的女人怎能让给旁人？她那般优秀，萧炎有何资格与她相配？"

语罢，白山这才逐渐平复心情，他淡漠地瞥了一眼楼阁，脚尖轻点树枝，身体飘掠而下，旋即几个点动，便消失在了漆黑的夜中。

楼阁中的窗户边，萧炎望着那远去的白色影子，微眯着眼，一缕冷光闪掠而过。他转身望着身后的薰儿，无奈地摇摇头，道："妮子，这两年过得还好吧？"

"嗯。"纤手握着萧炎的手掌，薰儿温柔地点了点头。

拉着薰儿在窗户前坐下，萧炎仰头望着天空中的璀璨星辰，忽然轻笑道："想知道我这两年是怎么过的吗？"

"嗯。"薰儿再次温柔地点点头，将萧炎的手掌捧在双手间，感受着那股淡淡的温暖。

一只手缓缓地抚摸着薰儿那头柔顺的齐腰青丝，萧炎略微沉默了一下，方才声音略带着几分嘶哑地将当初离开乌坦城后所发生的事情，一件件徐徐道来。当然，其间与某些女子的一些瓜葛以及异火等需要绝对保密的事情，他选择了含糊带过。

出乌坦城，进魔兽山脉，闯沙漠，大闹墨家，进帝都，炼药师大会艺压群雄，上云岚宗，击败纳兰嫣然，以一敌整个宗门，击杀斗王强者，最后从斗宗强者手中逃走……一件件惊心动魄、令人热血沸腾的事件，被萧炎平淡地说出。语调虽然平淡，但是其中所涉及的种种险境，依然让人有种内心被猛然紧握的感觉。

窗台边,淡淡的月光挥洒而下,照耀在他们的身上,为他们披上了一层薄薄的银纱。

萧炎讲完之后,薰儿将脑袋轻轻靠在萧炎肩膀处陷入了沉思。即使她早已经知晓了大部分的事情,可如今听萧炎本人一一道来,依然有种内心激荡的感觉。这两年时间,他过得很苦啊。

"萧炎哥哥,等你再次回到加玛帝国时,我相信,云岚宗将再不能阻拦你的脚步。"半晌,薰儿微笑着柔声道。

萧炎淡淡一笑,抬头望着浩瀚星空。

在两人身后不远处的墙壁转角处,若琳导师背靠着墙壁,胸脯缓缓起伏着,一脸震撼。

"没想到云岚宗竟然还有一个云山活着,真是出乎我的意料啊。"许久之后,薰儿微蹙着柳眉,如秋水般的眸子中掠过些许冷意,轻声道。

"的确挺麻烦。"萧炎也轻叹了一口气。若不是云山,云岚宗根本不足以将他追杀得一路逃出加玛帝国。

萧炎眼角瞥了一眼后方黑暗的墙角转弯处,听得那里逐渐离去的细微脚步声,这才转头盯着薰儿,脸色凝重地道:"薰儿,有件事,我需要你如实告诉我,因为这非常重要!"

"哦?"闻言,薰儿一怔,瞧得一脸认真的萧炎,当下微微点头,道,"萧炎哥哥想知道的事,若是薰儿知道,自然不会隐瞒。"

"在第一次顺利离开云岚宗后,我便担心云岚宗会将怒火发泄到萧家头上去,而事实也的确如此。在我回到乌坦城时,萧家已经遭受到了云岚宗那位大长老的私自报复。"萧炎的声音,此时略带些阴冷。

听得萧炎这话,薰儿脸色顿时一变,柳眉倒竖,眸子间充斥着怒意:"这云岚宗未免也太胆大了吧?家族受创严重吗?"

"有些损失,并不是很严重,但父亲却被云岚宗的三位长老追杀,逃出了乌

坦城，至今下落不明。"萧炎的声音虽然极为平静，但是那在薰儿双手中细微颤抖的手掌，却暴露了其内心的震怒。

"下落不明？"薰儿先是一愣，脸色紧接着也变得阴沉下来。她非常明白萧战在萧炎心中的地位，此刻她终于恍然大悟，为什么萧炎在顺利离开云岚宗后，竟然会再度冒险回去。

"我想，萧战叔叔应该是落在了云岚宗手中吧？"薰儿沉吟道。

"没有。"萧炎直视着薰儿，摇了摇头，低声道，"追杀父亲的云岚宗大长老已被我所杀，他在临死前说，在他追赶父亲的途中，父亲突然间诡异地消失了……"

"消失？"

"没错，就在云岚宗大长老的眼皮底下消失了。"萧炎眼睛紧紧地注视着薰儿的脸，缓缓道，"据我猜测，父亲恐怕并非自己消失，而是被神秘强者给掳走了！"

"神秘强者？"闻言，薰儿柳眉蹙得越加厉害了，抬头望着萧炎，道，"萧炎哥哥想问薰儿什么？"

"薰儿，我知道，你并不是萧家之人，而且家世极为显赫。我不知道你背后的势力与萧家究竟有何瓜葛，可我有我的情报来源。所以我猜测，父亲的消失，或许与你背后的势力有些关系。我相信这与你没什么关系，不过我需要得到父亲是否安全的消息，不然的话，我会寝食难安。"萧炎反握住薰儿的手，沉声道。

萧炎的话，让薰儿脸色略微有些变了。半晌，她摇了摇头，极为冷静地道："不会的，一定不会是他们动的手，他们与萧家之间有约定，绝不会干出强行掳人之举！这种约定的约束力，并非你想象的那般简单，所以就算他们中有人想这么干，也会遭到其他人的强烈反对。再者，既然能够神不知鬼不觉地在一名斗王强者面前将萧战叔叔掳走，那出手之人的实力至少也是在斗皇级别，可这段时间,我没有得到任何与之有关的消息。"

"不是?萧家除了我以外,便再没有人接触过斗皇级别的强者,别的强者莫名其妙地掳走父亲有何作用?只有你背后的势力与萧家有一些我所不知道的关联,同时,他们也具备这种实力!"心中的猜测被推翻,萧炎握着薰儿的手掌猛然间用力了许多,声音中也多出了一分怒意。

"萧炎哥哥,薰儿真没骗你,我背后的势力的确与萧家有牵连,可其中详细情况,此时却还不能说,说了,反而对你不好。不过关于萧战叔叔之事,薰儿敢对你保证,绝非他们所为!"瞧得萧炎那略微噙着怒气的脸,薰儿原本冷静的脸色顿时瓦解,忍不住有些委屈地道。

望着薰儿那略带委屈的脸,萧炎也逐渐恢复了清醒。用手使劲抓了抓脑袋,他长吐了一口气,喃喃道:"看来萧家还真有一些我所不知道的秘密啊。好吧,既然你不愿说,我也不勉强你。若真按你所说,并非你背后的势力所为,那云岚宗便有点鬼了。这个宗门,并非我所认为的那般简单。好了,你先去休息吧,明日还有选拔赛呢。关于我父亲这事,先暂时放下,虽然并不清楚他现在的状况,但是没有消息便是最好的消息。唉,必须尽快提升实力啊,不然就算日后知道了父亲的踪迹,恐怕也没有实力将他救回。"萧炎转头对着薰儿笑了笑,拍拍她的脑袋,安慰道。

"我会让人帮忙调查此事,如果有线索,就立刻告诉你。"薰儿点了点头,纤手却忽然绞在一起,明亮的眸子望着萧炎,有些忐忑地道,"萧炎哥哥,你不会怪薰儿不肯告诉你我背后的确切势力以及与萧家之间的关系吧?"

"你会害我吗?"萧炎笑了笑,揉着薰儿的脑袋,反问道。

薰儿微微一怔,俏脸扬上一抹笑容,微微摇头,轻声道:"不会。"

"所以我相信你。不早了,早点休息吧。"手臂伸出,萧炎将薰儿那柔若无骨的身躯抱在怀中片刻,旋即松开,对着她挥了挥手,然后便转身向自己的房间走去。

"嗯。"望着萧炎逐渐消失在房门口的背影,薰儿微微点头,略微沉吟了一会儿,转身快步走回自己的房间,反手将房门关好。她屈指轻弹,一缕金光击打在房间中的某处角落里,顿时,一道漆黑阴影便扭曲着化为一个黑色人影,单膝跪地,出现在房间中。

"明天让凌师到学院后山。另外,派人打听一下,前段时间加玛帝国内是否有神秘强者的踪迹。还有,我需要云岚宗的所有情报!"看着黑影,薰儿表情淡然,声音清冷地吩咐道。

"是,小姐。"听得薰儿的命令,黑影身躯一晃,再度化为阴影融入黑暗中,最后完全消散。

望着那消失的黑影,薰儿这才缓缓松了一口气,低喃声在房间中回荡着:"该死的,究竟是谁下的手?主意竟然打到萧战叔叔头上去了。"

翌日,温暖阳光倾洒而下。随着天边一轮耀日缓缓升起,安静了一宿的学院,终于再度变得充满活力。无数青春洋溢的男女从学院各处陆续拥出,他们的目的地极为明确,那便是位于学院中心的大广场。

这两日的内院选拔赛是迦南学院一年一度的盛事,能够有资格参加选拔赛的,无一不是各个班级中出类拔萃之人,他们之间的强强竞争极具看头。并且今年的选拔赛,还有萧薰儿、白山以及那同样属于学院风云人物的红衣少女参赛,他们三人便吸引了全场将近大半的目光。

除这三人外,偌大的迦南学院自然还有其他顶尖参赛者,而在这之中,初来乍到却以雷霆手段击败对手的萧炎,自然备受瞩目。再者,他与被无数男学员视为心中仙女的萧薰儿间的亲昵关系,更是让无数人咬牙切齿地想等着看他出丑。

在楼阁中简单洗漱了一番后,萧炎便与若琳导师、薰儿、萧玉三人一起出了楼阁,向着广场走去。

作为此时学院中的焦点人物，这一路上，那不断从路旁射来的蕴含着各种情绪的目光，让萧炎头皮发麻。瞧得他那无奈的神色，一旁的薰儿忍不住莞尔一笑。

在一路灼热的目光的注视下，萧炎一行人走进早已人山人海的广场，朝着规定的席位走去。

在规定的席位上坐下后，原本正与薰儿谈话的萧炎忽然一挑眉头，有所感应地抬起头，目光扫向对面看台。在一处位置绝佳的地方，一袭白衣的白山正负手而立。瞧得萧炎看过来，他嘴角勾起一抹淡淡冷笑，手掌撑在面前的栏杆上，手指却隐晦地对着萧炎做了一个极具挑衅性的动作。

微眯着眸子望着那一身白衣显得玉树临风、极为帅气的白山，萧炎淡淡地笑了笑，微垂下的漆黑眸子中闪过一丝寒光。既然对方三番五次地挑衅，那么就成全他吧。

将目光从白山身上收回后，萧炎的目光打广场四周扫过，在看台的中央位置，有一处视野最好的席位，那里仅仅坐着四名须发皆白的老人。虽然这四人浑身的气息几乎与寻常老人没什么区别，但是萧炎的视线却最先停留在他们身上。别人或许感觉不出什么，可灵魂感知力出众的他，却能够隐隐地察觉到四个老人周身那偶尔浮现的一缕空间波动。这种空间波动，只有体内斗气强大到某种限度时，方才有可能引起。

在萧炎所认识的强者之中，就算是海波东，也未曾达到这种地步，唯有那已步入斗皇巅峰层次的加刑天或者更强的云山，方才能够达到。

在萧炎打量四个衣着颇为朴素的老人时，四人却忽然有所感应一般，原本慵懒的眼睛一抬，浑浊目光直接与萧炎的视线对视。对视之下，萧炎顿时感到眼睛有些疼痛，体内斗气运转，一缕青色火焰突兀地自漆黑眸子中闪掠而过，那股疼痛之感这才逐渐淡去。吃惊之余，他赶忙收回了目光。

"咦？"在萧炎眼中悄然闪过一缕青色火焰时，那席位上的四个老人不约而

同地发出惊异声。其中三人互相对视了一眼，开口道："好奇异的斗气，简直犹如火焰一般炽热与灵动。"

"这种斗气用来炼制丹药，可以说是最好的燃料。这个萧炎若不是炼药师，可真是巨大的损失。"坐在最左边的一名老人眼中掠过一抹诧异，缓缓道。

"呵呵，火老头儿，听说这个萧炎曾经取得过加玛帝国的炼药师大会冠军哦，炼药天赋不弱，若是能够招进你那炼药系，恐怕日后成就将会让人咋舌。"中间的一名灰袍老人微笑道。

"嗯，十八岁便有那般成就，潜力的确非凡，是棵好苗子。不过我想他应该有自己的老师吧，不然光凭他自己的天赋，是决计不可能在这个年龄达到这般地步的。"被称为火老头儿的老者先是点了点头，旋即道。

"就算他有老师，也与你没什么冲突，学院与私人老师之间并没有太大的冲突。我迦南学院炼药系传承多年，他若是能够进入其中修习，对他也是好处多多，毕竟不管其老师知识如何渊博，也难以比过你炼药系这么多年的积累吧？"灰袍老人摇了摇头，笑道。

"炼药系独立于外院与内院之外，与他们并没有太大的冲突，若是这个萧炎有兴趣来炼药系，我倒是不介意多一个优秀的学员。"火老头儿瞥了一眼远处的萧炎，淡淡地道。

"那四位中，左边三位依次是外院的副院长以及两位颇具声望的元老，他们在外院拥有极重的话语权，而且本身实力也在斗皇巅峰层次。"感受到萧炎的目光，若琳导师在一旁低声解释道，"最右边那位沉默寡言的老者，则是炼药系的系长，手下掌管着一大批炼药师。因为炼药师在大陆上的特殊地位，那炼药系便独立于外院与内院之外，任何人都不能插手他们的事，就算是副院长也不行。"

"炼药系？"听到这名字，萧炎心中一动，这所谓的炼药系恐怕便是类似炼药师公会的一种组织吧？

"外院中势力的分布颇为混乱，虽然我知道你隐藏了实力，但还是需要小心两方势力。一方是学院的执法队，那里面强者如云，而且特殊的职位让他们几乎有擅自抓人的权力，得罪了他们挺麻烦的，当年迦南学院与黑角域的那场血斗和令人毛骨悚然的死灵树，都是他们的手段；而另外一方，则是这个炼药系了，炼药师不管在哪儿，都能拥有极其特殊的地位。"若琳导师叹了一口气，语气中透着羡慕，那炼药系中随便一名二品炼药师的待遇，都远远超过她这黄阶导师。

"嗯。"萧炎微微点头，默默地将这些学院的势力牢记在心中。

"另外，这次的内院选拔赛，虽然我昨天说只要你能进入前五十就可以了，但是我想，以你的真实实力，或许可以冲击一下前五……"若琳导师望着萧炎，她并未刻意隐瞒昨夜自己不小心听见的某些事。

"不都一样吗？"萧炎笑了笑道。

"不一样的，若是能够在选拔赛中进入前五，就有资格进入学院藏书阁。"薰儿接过话头，微笑道。

"藏书阁？那里面的东西很诱人？"萧炎一怔，道。

"我只能说，凡是参加选拔赛的，恐怕有超过一半的人，是打着进入藏书阁的主意来的，这之中便包括白山等人。"薰儿坐在萧炎身旁，笑吟吟的温柔模样，让周围那注视着萧炎的目光陡然灼热了起来。

"藏书阁是迦南学院外院中的禁地，防守极为森严，平日除了屈指可数的几人有资格进入之外，大部分时间都处于关闭状态，只有等到每年一届的选拔赛之后，方才会再度开启一小段时间。"薰儿柔声道，"若是运气好的话，也许能在其中得到难以想象的好处。"

"哦？"萧炎一挑眉头，以薰儿的背景，尚且对那神秘的藏书阁有几分渴望，想必那里面的东西不会让人失望吧。心中这般想着，他微微点了点头，对此也

略微有了几分兴致，笑道："既然如此，那我也尽力而为吧。不过事先可得说好，别对我抱太大期望，毕竟这迦南学院里强人不少啊。"

"以你的实力，应该没有太大的问题，这次的选拔赛，你所需要注意的，仅有五人。"若琳导师说道，"第一个，便是那小妖女。她的修炼天赋丝毫不比你弱，再加上这么多年跟在副院长这等强者身旁，耳濡目染之下，她的见识远超同龄人，所习功法以及斗技等级也让寻常人望尘莫及，再加上性格怪异，软硬不吃，简直就是一小魔女。不过好在她对男人没多大的兴趣，所以你也不用担心被她缠住。当然，正如我之前说过的，以你和薰儿的关系，她或许也会迁怒于你。

"第二个，便是昨夜你所见到的白山。作为这两年学院里男生中最受瞩目的风云人物，他的实力极为强大，称之为劲敌毫不为过。第三个，你倒未曾见过，那人是刚刚跟你提到的执法队的人，并且他在其中的地位还不低，深受执法队现任大首领的信任。由于他是个孤儿，恐怕会常留在学院中，日后说不定还将有机会把执法队这支强横势力掌控在手中。

"第四人，名叫陆牧，是炼药系的尖子生，不仅炼药术杰出，而且在斗气修炼上同样不弱，也是一名不可小觑的对手。你需要特别注意他，因为按照排序，你今天的对手，或许会是他。"

"哦？"闻言，萧炎一怔，询问道，"那陆牧是什么级别的实力？"

"三星大斗师左右吧，不过那家伙是个十足的药罐子，斗气虚浮，不足为惧。"一旁的萧玉忽然撇了撇嘴，说道。

"呵呵，那陆牧可是玉儿的头号追求者。当初在入学时，那家伙扮成新生带着玉儿在学院里乱逛了大半天，后来被玉儿察觉，直接一脚踢下了水池。谁知道自从被踢了一脚后，那家伙便赖了上来，不断黏着玉儿，可惜每次来都被打得遍体鳞伤。也真亏得他本身便是炼药师，不然的话，疗伤药都不够用。"若琳导师掩嘴娇笑道。

听得若琳导师的打趣，萧玉俏脸浮现一抹绯红，无奈地道："别在我面前提那个甩不掉的牛皮糖，烦死人了。"

"呀？"听得两人的话，萧炎一怔，旋即目露讶然地望着萧玉，戏谑道，"啧啧，没想到萧玉表姐的魅力也不小啊，不过这个家伙，貌似比两年前那家伙好些啊？"

"哼，你以为谁都像你那般没眼光吗？本小姐可不是没人要。"瞧得萧炎脸上惊讶的神色，萧玉哼道。

萧炎笑笑，再度看向若琳导师，问道："那最后一个人呢？"

"近在眼前。"若琳导师狡黠地笑着说道。

"嗯？"微微一怔，萧炎看向了一旁的薰儿，瞧得她俏皮的神色，不由得苦笑道，"果然是个不得不重视的劲敌。"

毫无疑问，若琳导师嘴中最后一个需要注意的人，便是修炼天赋恐怖、背景神秘的薰儿了。

在几人低声笑谈间，广场周围的看台之上终于再度挤满了人。喧哗的声响直冲云霄，第二日的内院选拔赛，终于再度拉开帷幕。

第二十章
对战陆牧

当一名中年裁判缓缓走进广场时,看台上,顿时爆发出震耳欲聋的欢呼声。

欢呼声随着裁判手掌的压下逐渐平息,这名中年裁判环顾了一圈后,朗声道:"各位同学,经过昨日的初步选拔淘汰,原本三百多名参赛选手,今日仅剩一百七十四名,按照这速度,今天之内,应该便会决出有资格进入内院的五十强。"

"好了,时间到了,现在开始。凡是被叫到名字的参赛者,请尽快上台,一旦超过了规定时间,将会被视为弃权。"中年裁判并没有啰唆,在介绍了一遍比赛规则之后,便缓缓退到广场的一处裁判席上,而此时,两个名字也从裁判席上传了出来。

"玄阶三班,罗浮!"

"玄阶五班,戈利!"

听到点名,两名早已经准备好的选手立刻便从看台上闪掠而下,旋即稳稳落在场地中,彼此对望,火花从眼中迸射而出,属性各不相同的斗气自体内汹涌澎湃地涌出，雄浑的斗气将两人的身体包裹其中，形成一件完美的斗气纱衣。

上场的两人，虽然在学院中算不上能和白山等人相比的风云人物，但是也小有名气，因此两人一上场，看台上就响起一阵阵助威声。能够有资格参加选拔赛，并且坚持到第二轮，在迦南学院外院里，至少也能算作中等偏上的实力了。

场中的两人皆来自玄阶班级，一人为敏捷飘逸的风系属性，另一人则为厚重沉稳的地系属性；一人注重敏捷身法，一人注重沉稳防御。两人相差不大的实力以及不同的属性，注定会让这场比赛长时间处于胶着状态。而事实也的确如此，比赛刚刚开始，那个风属性的学员便化为一道青影，不断地在对手周身闪掠，借助敏捷之利，掌风刁钻地直指对方周身要害。不过虽然他的攻击凌厉，可对手也并非庸人，身体如磐石般，凭借着那以悠久绵长、战斗持久力著名的地系斗气苦苦坚持。若是仔细察看的话，便能够发现他虽看似落了下风，却将对方所有凌厉攻击的威力都减到了最小。

场中一攻一防的狠厉战斗，将广场上大部分眼球都吸引了过去，一道道助威声如滚雷一般，响彻广场上空。

"那个罗浮看起来胜算不小。"背靠在椅子上，萧炎望着场上那名将对手所有攻击都以一种最小的代价抵消的参赛者，轻笑道。

"他不是被戈利压着打吗？"一旁，萧玉嘀咕了一声。

"那戈利看似攻击凶猛，可长久下去，斗气终会不支，观其斗气颜色等，想必他所修炼的功法并不会太高级。而低级的功法，根本不足以支撑他消耗太久。反观罗浮，自开打以来，脚步都未曾有过太大移动，并且每次与对方攻击相接触时，脚掌便会颤抖，那是在将劲气卸进大地。虽然这卸力之法有些笨拙，但是能够节省许多斗气。所以若是那戈利没有更强的杀招，恐怕再有三十来回合，他的攻击便会逐渐减弱，直到最后落败。"一旁的薰儿微笑着解说道。

听了薰儿的仔细解说，不仅萧玉点了点头，连萧炎都略感诧异地看了这妮子一眼，因为他都未能看得这般详细。

"不知道这妮子这两年修炼到何种级别了，不过想来定然不会弱于我吧。"心中嘀咕了一声，萧炎有些无奈，原本以为自己这两年的修炼速度已经很不错了，可没想到薰儿更加厉害。不过想想薰儿背后的那神秘势力可是有着连药老都忌惮的实力，他倒也安下心来。不论怎么说，薰儿的修炼天赋丝毫不比自己弱，再加上从小便修炼适合自己的高阶功法，珍稀丹药之类的更是不缺，远比自己亲自动手辛苦凑齐药材节省时间。

在萧炎胡思乱想间，场上胶着的战况终于有所改变。那名叫戈利的学员似是也知道自己即将遇到的麻烦，所以在狂猛地进攻了一阵之后，终于打算减缓攻击速度，然而，就在他放慢速度之时，那一直龟缩不动的罗浮，却陡然发力，一招与地系属性的防御天性截然不同的凌厉斗技，一掌便将戈利震得连退了十几步。戈利喷出一口鲜血，直接失去了战斗力。

"不动如山，动如雷霆，一招败敌，啧啧，不愧是迦南学院，学员的战斗素质竟然强成这样。难怪当年在请假时，若琳导师一副恨铁不成钢的样子。这种出色的培育系统，若非我有老师暗中指导，光凭自己摸索修炼的话，恐怕还真难以赶上学院里这些天才的修炼进度。"瞧得那一招取胜的罗浮，萧炎在心中惊叹道。

心中叹息了一番，萧炎再度将心神投注到那场地中。在裁判宣布罗浮胜利之后，心情截然不同的两人便在无数人的注视下，退出了场地，而下一轮比赛，则紧锣密鼓地接上了。

这般不间歇的比赛，始终将那广场周围看台上的气氛维持在高潮，震耳欲聋的欢呼助威声，震得人耳膜发疼。

目光在那一场场比赛中犹如走马观花般扫过，萧炎心中对迦南学院越发多了几分敬重。这次的选拔赛，大致能够看出迦南学院外院的上层实力。而从这些人的对战中，萧炎能够模糊地看出，迦南学院对学员的教导的确是很有一手。学员间的战斗方式，远非萧炎所想的那般古板，他们更像是战斗经验丰富的老手。交战时，双方不仅眼光毒辣，而且该下狠手时，没有半点留情，这等略有些危险的比试，已经超过了普通学院学生间切磋的界限。

真正的优秀者，绝非在温和的象牙塔中就能产生。没有丰富的战斗经验以及毒辣的眼光，根本不足以成为真正的强者，迦南学院能在学院内营造出这种氛围，倒也算有本事了。

"每年学院都会让一些学员进入黑角域历练，虽然这么做很危险，甚至每一次的历练都会损失一些优秀人才，但是不得不说，那些能够活着回来的学员，都会犹如蜕变了一般。这种蜕变，不仅表现在实力上，更多还是那种气质上的转变。"低低的声音忽然自一旁传来，萧炎转头一看，原来是若琳导师。

"哦？"闻言，萧炎一怔，半晌，方才点了点头，道，"难怪……那黑角域的确是一个天然的历练场所，只是没想到迦南学院高层竟然还有这等魄力，那可是吃人不吐骨头的地方啊。"

"去历练的学员，可以按照自己的意愿选择是独自去或者是组团去。不过选择单独去的很少，除了某些对自己实力很有信心的人；若是选择组团的话，学院便会在每一个团队中派遣一名内院学员，让他作为队长，带领他们从黑角域那残酷的历练中尽量活着走回来。"若琳导师缓缓地道，"那白山、陆牧等人，便曾经进入过黑角域，而且还是独自一人，所以不要小觑他们。"

眉头一挑，萧炎目光瞥向远处的白山，没想到这个家伙也在黑角域中走过一遭。

在萧炎与若琳导师低声交谈之间，场中的比赛也逐渐进入尾声。裁判宣布胜负结果后，场上一轻伤一重伤的两名参赛者，便被人搀扶着退了下去。

"第三十八轮：炼药系陆牧，对战黄阶二班萧炎。"裁判席上，一名裁判缓缓站起身来，环视了以后，朗声道。

喧闹的广场顿时安静了一会儿，旋即，无数道目光唰的一下便转移到了萧炎身上。那些目光中带着各种意味，当然不乏看戏的眼神。

"看来很多人都在等着看你出丑啊。毕竟这个陆牧可不是昨天的薛崩可比的，他的实力，就算是放在整个外院中，也能在前十。而且据说，身为炼药师的他还能操控一种杀伤力不弱的火焰，很是棘手，你要小心。"感受到周围那一道道幸灾乐祸的目光，若琳导师轻声提醒道。

"此外，想以后杜绝类似昨天夜里白山的那种麻烦，那么你今天这一战，至关重要。"

"萧炎哥哥，加油。"薰儿在一旁俏皮地笑道。

"浑小子，可别丢脸哦，要是输给那个烦人的家伙的话，你会被我鄙视的。"萧玉挥着拳头，警告道。

"尽力而为。"萧炎微微一笑，在众目睽睽之下，缓缓站起身子，脚尖轻点看台，身体轻飘飘地落向广场，挺拔的身子与背后那巨大的玄重尺，形成一幅颇为奇异的画面。

在萧炎进入场地片刻后，一道清啸便陡然在广场之外响起，旋即，一道蓝色身影瞬间划过广场半空，最后脚尖轻点广场周围的柱子，身体凌空翻滚着落进了广场。

在蓝色身影露面之后，周围看台上立马爆发出海啸般的助威声。看来在这迦南学院中，很多人都希望这陆牧能够将初来乍到就表现得极为强势的萧炎给打压下去啊。

"这场战斗，应该能够让那萧炎施展浑身解数了吧。陆牧那个家伙，可不是昨天的薛崩。"淡淡地望着场上二人，白山嘴角露出一抹冷笑，说道，"我倒是要看看，你萧炎究竟凭什么本事，能与薰儿在一起！"

"打吧打吧，最好两人都打个半身残废，薰儿也就不用被那萧炎糟蹋了，不然又得让我出手。"看台另外一处，红衣少女瞥着今日最受人瞩目的一轮比试，撇嘴道。

在各怀心思的注视下，这对于萧炎来说颇为重要的一场立威比试，即将开始。

出现在萧炎面前的蓝衣青年，一头散发随意地披着，脸上挂着一缕懒散气息，身子挺拔，模样虽然没白山那么帅气，但是也能让人心生一团和气。一张人畜无害的面孔，看上去极容易让人放下一些戒备，也难怪以萧玉的性子，都会在初次见面时便被这个家伙给戏耍了一通。

"你便是萧炎吧？玉儿的表弟？"在萧炎打量着蓝衣青年时，青年也笑眯眯地看着他，问道。

"嗯。"见这个家伙并没有露出类似白山的那种神情，萧炎这才微微点了点头，应了一声。

"嘿嘿，自家人啊自家人，放心吧，萧炎兄弟，等会儿比试开始，我会手下留情的，绝不会让你有损伤。不然玉儿怒了，我会倒霉的。"瞧得萧炎点头，陆牧顿时嘿嘿一笑，极其热络地笑道。

"呃……"听得这话，萧炎哑然，这个家伙还真是自来熟啊，初次见面，就能将两人的关系扯到那地步去，实在是个人才。

"既然如此，那就多谢陆牧学长了。不过我也对那前五的名次很感兴趣，陆牧学长还愿意放水吗？"萧炎轻笑道。

"萧炎兄弟啊，凡事要脚踏实地才好啊，不要好高骛远，那前五，连我都没多大信心。虽然你打败了薛崩，但是要知道，那家伙实力也就仅仅在中游位置而已。"闻言，陆牧脸一红，干咳着笑道。

瞧得陆牧这表现，萧炎不由得一笑，这个家伙倒也耿直，不像白山那样阴冷。

"开始吧！"此时，裁判席上，一名中年人挥了挥手，朗声道。

"陆牧学长，打败萧炎！"

"让他知道迦南学院的厉害!"

……

裁判的声音刚刚落下,看台上便传出一阵阵助威声,只不过,那些喊话的还是以男学员居多,而随着这些男学员的激烈反应,反倒是让一些富有同情心的女学员不乐意了。不管怎么说,萧炎在昨天所展现出来的实力,足以让很多人感到震撼,再加上萧炎容貌并不差,颀长的身姿加上清秀面孔,也吸引了不少女孩子的目光。因此在那些喊着"打败萧炎"的声音响起之后不久,一道道整齐清脆的少女助威声,便替萧炎拉起了声势。

"呵呵,看来萧炎这家伙也很讨女孩子喜欢啊,这才来了一天时间而已,便有人替他呐喊助威了。"听得那些娇喝声,若琳导师不由得掩嘴笑道。

一旁,薰儿也轻笑点头。

"萧炎,打败那个药罐子!"被广场上两股助威声带动得脸颊泛红,萧玉忽然把双手放在嘴边,大声喊道。

听得那在广场上空纠缠不休的两股呐喊声,萧炎无语地摇了摇头。他抬头望向对面的陆牧,耸了耸肩膀,手掌缓缓握住背上的玄重尺柄,吱的一声,玄重尺划破空气,斜指地面,一股青色斗气自其体内缓缓升腾而起,最后将萧炎整个身体都包裹进去,一股雄浑气息蔓延而出。

"陆牧学长,请!"

感受着自萧炎体内升腾而起的雄浑气息,陆牧一怔,旋即逐渐收敛脸上的懒散之色,纳戒光芒闪过,一把铁剑闪掠而出,剑尖轻抬,指向萧炎,正色道:"看萧炎学弟这股气息,怕也是晋入大斗师级别了吧,难怪昨日能将薛崩击败,修炼天赋当真是出色。那前五名,我也很感兴趣,怕是不能相让了!"

随着陆牧话语的落下,一股与萧炎相差无几的强横气息自陆牧体内暴涌而出,最后化为一团火红,将陆牧包裹其中。远远看去,火红光芒翻腾间,犹如一团炽热的火焰。

场中两人此时完全隔绝了外界的喧哗，凝神静心，目光对视，身体上所覆盖的斗气仿佛在呼吸一般，不断伸缩。

场上两人几乎同时保持了安静，轻风刮过广场，剑拔弩张。

似是察觉到场上一触即发的战斗，周围看台上也稍微安静了一点。

广场上，两股各自缭绕半边天空的气息陡然一凝，顷刻间，众人只觉得眼前一花，两道光影轰然闪掠，旋即金铁交响，火花自广场中心处暴闪而起。

看台上的大部分人都只能看见场上一黑一蓝两道模糊影子，以及听见玄重尺挥动间撕裂空气的声响，然后便瞧得场上因为斗气碰撞而被震得不断出现裂缝的石板，即使看不见战斗的确切情形，可从两股几乎不分上下的气势来看，没人能否认战斗的激烈程度。

场上，萧炎的玄重尺大开大合，借助着宽厚的尺身，每一次挥动都会产生极具压迫的风声。斗气充斥时，尺身未接触到地面，凌厉的劲气便将地板压出了裂缝，由此足可瞧出萧炎玄重尺挥动时的力量是何等可怕。

与萧炎大开大合的攻势截然相反，陆牧手中的铁剑却犹如一条刁钻软蛇一般，从不与萧炎的玄重尺正面接触，偶尔接触也是一触即退，丝毫不给玄重尺传过力道的机会。

场上人影闪掠，斗气狠狠交轰，一道道斗气偶尔从两人手掌中喷薄而出，最后对轰在一起，扩散而出的能量涟漪，将广场上的杂物清扫得干干净净。

"这家伙防御得好严密，以我的剑速，竟然碰不到他的身体。"手中铁剑闪电般地击出，一道道残影带着火红斗气在面前浮现。可不论陆牧的攻击如何快捷，那把巨大的尺子都会在瞬间横移，借助着宽敞的尺身以及极其坚硬的材质，轻易地便将那十几道残影尽数挡下。

随着双方交战的持续，陆牧脸上的懒散逐渐消散，如今终于彻底被凝重所覆盖。萧炎所展现出来的实力，已经足以让他慎重对待。

呼……长长地吐了一口气，陆牧脚步忽然微退，旋即，身体前倾，体表的

火红斗气飞速地对着铁剑之内涌去,转瞬间,一把寒光闪闪的长剑便转化成一把散发着炽热温度的火剑。

随着长剑的变化,陆牧的脸上也涌上一抹红润。他陡然一抖手臂,骨节处响起一道清脆的霹雳声响,手中火剑暴刺而出,炽热的温度划破空气,甚至带起了一股隐隐的焦臭之味。

察觉到对方手中长剑的变化,萧炎的眼神一凛,双手紧握住玄重尺柄,旋即一声低喝,玄重尺带起一道阴影,犹如一道黑色巨墙般矗立在面前。

叮!火红长剑刺在黑色巨尺之上,随着一道清脆剑鸣响起,剑尖却突然一拐,长剑沿着尺身一晃,便闪出了黑尺的抵挡范围,狠狠上切,带起一道炽热剑光,冲萧炎握着尺柄的手臂划去。

对于对方那忽然变得如蛇般柔软的长剑,萧炎也是一怔,手掌快速松开尺柄,身体却并未后退,反而猛然前冲。

手掌离开玄重尺,萧炎体内那被压抑的斗气立马犹如洪水般奔腾了起来,速度也在此刻暴增,身形化为一道黑影,闪电般地与一脸愕然的陆牧错过。在交错而过的一刹那,萧炎的手肘猛然下砸,刚好狠狠砸在陆牧手腕之处。顿时,火红长剑落下,陆牧的手臂立刻变得麻木了。

叮……长剑落地,陆牧的身体狼狈地在地面一滚,避开了萧炎那从身后踢出的凌厉一脚。

一击无果,萧炎这才缓缓转身,似笑非笑地望着那退后了十几步且一脸惊愕的陆牧。

闪电般的交锋突然变缓,而当看台上的学员瞧得那驴打滚一般滚了几圈的陆牧后,都不由得满脸愕然。

"好快的速度,好强的力量。"左手按着手腕,使劲一扯,陆牧的嘴角一阵哆嗦,他甩着手,一脸惊叹。

萧炎笑了笑,缓步走到玄重尺旁,不过手掌却并未搭上去。

"唉，真是小看了你啊，看来不动真格是不行啦。"陆牧叹了一口气，双手缓缓探出衣袍，紧紧盯着萧炎，道，"你应该知道我的另外一个身份——炼药师。我所擅长的，并非斗气，而是玩火！"

脸上闪过一抹自豪，陆牧双手一震，一股深蓝色的火焰瞬间渗透而出，快速将双手包裹。炽热的温度，让他的脸看上去略有些虚幻。

望着陆牧手掌上涌出的深蓝火焰，萧炎的眼中闪过一抹诧异，这应该是一种兽火吧。不过陆牧那句话，却让他感到有些好笑。玩火？嘿，以他如今对火焰的操控能力，就算是一个四品炼药师，也不敢在他面前说什么玩火啊。

"萧炎兄弟，你可得小心了，我这蓝晶火焰，可是曾经将斗灵强者击伤过的哦。"

笑容诡异地抬头望着对面一脸自豪的陆牧，萧炎微微点头。在无数人的注视下，他那修长白皙的手掌也缓缓从黑袍中滑出，最后在陆牧疑惑的目光下，从纳戒中取出一枚紫色药丸塞进嘴中，微微咀嚼着。

片刻后，萧炎拇指与中指轻轻一擦，清脆的声音在广场中响起。

萧炎嘴巴一张，顿时，一团震撼眼球的紫色火焰被吐了出来，他右手晃动，紫色火焰悬浮在手掌之上。

望着如精灵般跳动的紫色火焰，萧炎扬起脸，接下来的话语让场上陷入一片寂静："呵呵，陆牧学长，抱歉了，我最擅长的，也并非斗气，而是玩火！"对面原本一脸得意的陆牧，此刻也变得目瞪口呆。

巨大的广场上，两道人影相对而立，两人的手掌上分别缭绕着深蓝色与紫色的火焰。火焰翻腾带起的炽热温度，让两人周身的空间都略微有些扭曲和虚幻起来。

望着两人手中的两色火焰，看台上陷入了一片安静，许久之后，方才有人发出难以置信的惊叹声。

"萧炎怎么也能召唤出实质火焰？那不是只有炼药师或者斗王以上级别的强

者才能办到的吗?"

"难道这家伙也是一名炼药师不成?"

"紫色火焰,真漂亮啊。"

广场周围看台上,一道道或惊叹或质疑的声音不断响起。

"这浑小子怎么也拥有这种火焰啊?"瞧得场上的变故,萧玉也略微一怔,片刻后,忽然喃喃道,"对了,记得当初离开时,便好像听说过这个小家伙有一个神秘的炼药师老师,现在看来,他应该也是一名炼药师了吧?难怪能够召唤出与陆牧性质相同的实质火焰。"

目光一直盯着场中的薰儿微微点头,通过凌影的汇报,她心中清楚,现在萧炎所拥有的底牌,若是全部施展开来的话,恐怕这学院里同等级的强者中,还真没几个人能够战胜他。那陆牧虽然也能算作一名不可多得的天赋强者,但是对萧炎依然不会造成太大的阻碍。如今的萧炎,已经远非当年那个在萧家受尽白眼与嘲讽的废物少年,他现在所拥有的修炼天赋,将会让所有人感到震撼。

在看台的另外一边,白山的脸色在萧炎召唤出了紫色火焰后,便略微阴沉了一些,他也没想到萧炎竟然还拥有这等实力。

"嘿嘿,白山大哥不用担心,就算那个家伙拥有类似陆牧的那种火焰,也并非你的对手。当初那陆牧,即使有蓝晶火,不也一样败在了你手里吗?"在白山脸色微沉之时,一道带着几分谄媚的笑声从一旁传出。白山回头一看,原来是几个平日一直跟在身边的同班同学。对于这种早已经习惯的讨好话语,他脸上并未出现什么喜悦的神情,仅仅点了点头,淡淡地道:"那陆牧的蓝晶火的确让人忌惮,当初我战胜他,也是凭了一分运气。不知道是他的蓝晶火厉害,还是那个萧炎的紫色火焰更胜一筹。"

"不管他们谁胜,反正遇见了白山大哥,便只有被踢出局的结果。到时候薰儿学妹自然会知道白山大哥有多优秀。以她那看似淡然实则高傲的性子,定然不会和一个失败者走在一起。而届时,白山大哥就会如愿以偿了。"

白山扬了扬嘴角，好听的话谁都听不腻，况且现在的他，最喜欢别人在他面前贬低萧炎。

"萧炎，希望你能打败陆牧吧，不然的话，我岂不是少了几分乐趣？我会在薰儿面前，将你彻底击败，我要让你日后再没脸出现在薰儿面前！"白山在心中发出一道阴冷笑声，脸上的笑容却逐渐变得和煦起来，双臂抱在胸前，淡淡地望着场上。

另一旁，那名红衣少女也同样因为萧炎的紫火而略微惊诧了一下，不过紧接着便恢复了过来，暗自嘀咕了一声后，再度看向场中。与今天前面的那几场比试相比，萧炎与陆牧的比试，无疑是最有看头的一场。这一点，即使是性子高傲的她，也并未否认。

"火老头儿，怎么样？能看出萧炎那紫色火焰是什么来头吗？"在中央的席位上，副院长笑眯眯地望着左边那位沉默寡言的老人。

"看他先前所吃的东西，应该是一种蕴含着狂暴火焰因子的丹药或者药丸吧，没想到他竟然能够想出这种办法。不过这东西虽看似简单，却极难控制，这个萧炎若是想依靠它便与陆牧的蓝晶火抗衡的话，或许会有些难度。"被称为火老头儿的老人略微沉吟了一下，缓缓地道。

虽然萧炎的大部分情报都被迦南学院高层所知晓，但那仅仅是一些粗略的战绩信息等，类似萧炎拥有什么火焰等细节，却是知之不深。即使迦南学院有着令人咋舌的情报网，可它毕竟也不可能将远在万里之外的加玛帝国内所发生的任何事情都打听到。由于时间紧迫，关于萧炎的情报，大多是手下的情报网在加玛帝国民间所搜集的一些消息，民间消息多以讹传讹，萧炎本身的很多东西都并未被传出去。所以即使是拿到了萧炎相关情报的院方高层，也并不知晓萧炎对于火焰的操控力达到了何种地步。

而这一点，今日注定会令他们感到巨大的震撼。

广场上，陆牧缓缓地从萧炎手中的紫色火焰带来的震惊中回过神来，深深

地看了对面的黑袍青年一眼,笑道:"没想到竟然遇见了一个同行,我想,你应该也是一名炼药师吧?"

萧炎微微点头,并没有否认。

"虽然并不知道你确切的炼药师等级,但是想来至少也在二品左右,这般天赋,实在是让人惊叹啊。"陆牧轻叹了一声,旋即,手中蓝色火焰缓缓飘动,眼睛紧紧盯着火焰,片刻后,一股澎湃的战意自其体内渗透而出。

"萧炎,用全力吧,让我见识一下,你所擅长的玩火,究竟到了何种地步!"陆牧深吸了一口气,猛然抬头,一声厉喝,眼中充斥着火热战意。作为一名炼药师,他可以不在乎在斗气上输给别人,可在玩火这一项上,他却有着属于自己的骄傲!

随着厉喝声的落下,陆牧掌心的蓝色火焰陡然暴涌而起,最后化为两道蓝色浑圆火弧,火弧围绕在陆牧周身,宛如两条具有灵性的蓝蛇,上下游走,将其护在其中。

萧炎修长十指轻轻对接,旋即拉扯开来,十指间,十道细小的紫色火焰犹如细小的鞭子,彼此一绕,便灵活地纠结成了一条冒着紫色火焰的长鞭。长鞭一震,甩在地面上,坚硬的石板上顿时便出现了一道烧焦的漆黑痕迹。

望着场上两人那犹如表演一般美妙绝伦的控火能力,看台上,无数人发出惊叹之声,一些女孩子甚至忍不住眼冒星星。这种既美丽又优雅的战斗方式,让她们对炼药师那种高贵的职业心生无限向往。

瞧得萧炎手中那极长的火焰鞭子,陆牧的眼中闪过一抹惊诧,对方对火焰的操控能力有些超过他的预料了。不过,若仅是这种地步的话,他倒还能够应付。

陆牧微微扭动脚掌,略微踮起脚尖,瞬间之后,陡然落下脚后跟,身体几乎是化为一道蓝影,直接对着萧炎暴冲而去。

瞧得那正面冲来的陆牧,萧炎一挑眉头,振动手臂,紫火长鞭立马化为一道模糊紫影飙射而出，炽热的温度在划破空气时，带出道道如沸油遇见冰雪一般的怪异声响。

紫火长鞭攻击速度极为快捷，然而在其就要攻击到陆牧的身体时，那围绕在身体表面的两道蓝色火弧却陡然加速，与紫火长鞭重重地轰击在一起，霎时间，两色火焰爆发出无数火花。

火花持续的瞬间，蓝影再度暴射而出，萧炎的紫火长鞭竟然完全被陆牧的火弧给抵挡了下来！

脚尖飙射进入萧炎周身三米，陆牧一咧嘴，双手一开一合，蓝色火焰骤然浮现，猛然间高速旋转而起，在极短的时间内，形成了一个只有手掌大小的螺旋火焰锥！

"嘿嘿，萧炎，这可是我们炼药系独有的炼药师攻击技能，以火化气，所爆发出来的威力，可丝毫不比斗技弱！在炼药系中，我们将它称为'丹火之技'！"螺旋火焰锥在陆牧掌心发出呜呜的声响，陆牧咧嘴一笑，手掌对着萧炎的胸口猛然砸去。

螺旋火焰锥尖锐的锥头直指萧炎，在锥头的尖端部分，因为其高速的旋转，直接导致一圈圈蓝色的风纹化为旋涡状，出现在了火焰锥尖处。

"丹火之技？这炼药系果然有些门道，居然能够让炼药师这般使用火焰！难怪连老师都对这迦南学院如此推崇，它的确有出彩的地方！"清晰地察觉到那暴射而来的螺旋火焰锥之上所附带的恐怖能量，萧炎心中闪过一抹惊诧，心随意动，手中的紫色火焰长鞭瞬间缩返成了一团紫色火焰。火焰急速转动，在萧炎那近乎变态的灵魂力量之下，眨眼间便一分为二，一大部分被强行操纵成了一块紫色火幕，而另外一小部分则悄悄顺着萧炎的手臂滑下，最后犹如死蛇一般，掉落在地面上，没有引起任何人的注意。

此时，那螺旋火焰锥也终于携带着尖锐的破风声响，狠狠地砸在火幕之上。顿时，一道剧烈的爆炸声响，带起一圈两色火浪，自广场中心处涌出。霎时间，

热浪席卷广场，周围看台上的学员忍不住侧脸躲避这股突如其来的热气。

比赛场中，火浪爆发之初，一道蓝影忽然退去。脚掌擦着地面滑了几米后，蓝影方才抬头望着那火浪逐渐消失的地方。片刻后，火浪完全消散，可其中却没有半个人影。

见到这一幕，陆牧微微一怔，刚欲四下搜寻，却忽然发现手臂与脚掌处略微有些灼热的感觉。他急忙低头，眼瞳骤缩，发现自己手臂以及脚掌处，竟然不知道何时被缠绕上了两条紫火带。

两条火带绕着陆牧的手臂与脚掌，犹如两条小蛇，散发着淡淡的热量。

"不要动，不然火带可就直接爆炸了，到时候，你的手与脚都保不住了。"淡淡的声音忽然自身后响起，让刚欲反抗的陆牧浑身僵硬。

陆牧有些艰难地转过头，瞧见那不知道何时出现在身后的萧炎。此时萧炎正微张着右掌，随着他手指的弹动，陆牧能够清晰地感觉到，自己手臂与脚掌上的火带也轻微地跳动了起来。

"这个家伙，竟然……竟然能够将火焰操控到这种精妙的地步！"望着此时间隔自己十来米远的萧炎竟然能够隔空操控离体的火焰，陆牧眼中闪过一抹震惊之色。这个距离，就算是一般的四品炼药师也办不到。

广场上，萧炎站在距离陆牧十几米之外，而陆牧则浑身僵硬地立在原地。在陆牧的身上，几道紫色火焰形成的火带缓缓流转着，犹如绳索一般，将他困在其中，使他不敢有丝毫挣扎。

此时周围的看台上，那些刚刚因为火浪而转过头的学员，再次看向广场时，却刚好瞧见这一诡异的场景，当下脸上皆浮现出错愕之色。

整个看台上，能够看清陆牧是如何落败的，仅有几人，甚至连白山等人都未曾看明白，因此白山此时也是一脸的愕然。

"好小子，将火焰一分为二，一部分做防御吸引陆牧注意，其余的潜伏下地，埋下陷阱，就等着陆牧自己一脚踩上去。虽然陷阱埋得很粗糙，但是这种对战时刻,再加上火焰的掩饰,哪儿能分太多神来关注脚下?这种一心二用,可是需要不少的灵魂力量方才能够完成。这个萧炎,不愧是曾经取得了加玛帝国炼药师大会冠军的人啊!"中央位置的看台上,那火老头儿满脸惊叹。

"我输了。"身体动也不敢动,半晌,陆牧只得叹了一口气,转头对着萧炎苦涩地道。

闻言,萧炎轻笑,手掌轻轻一拍,那缠绕在陆牧身体表面的紫色火焰顿时化为虚无。不经意间露的这一手,再度让陆牧苦笑了一声。

"这炼药系的丹火之技,果然强悍。先前若非在胸前使用斗气凝固成了部分斗气铠甲,光凭紫火幕,根本挡不下陆牧的螺旋火焰锥。看来日后若是有机会,可以研究一下那丹火之技。若是我能够习会,日后与人对战,又多了一些手段。"萧炎低头望着黑袍上被烧开的一个洞,心中喃喃道。

"此局,黄阶二班萧炎胜!"此时,裁判席上,一道朗声再度传来。

"哇!"随着裁判声音的落下,看台上顿时响起了铺天盖地的欢呼声。今天这场炼药师之间的火焰比拼,让他们大开眼界。

萧炎之名,或许从这战开始,便得以在整个学院传播。直到现在,那些对薰儿眼光的质疑,才开始烟消云散。一个不仅在斗气修炼天赋上出类拔萃,而且还在炼药术上有着极高天赋的人,即使是放眼整个迦南学院外院,也寻不出几个!

今日的萧炎,真正地一战成名!

听得周围看台上响彻如雷的欢呼,萧炎对着面前那一脸苦涩的陆牧抱拳笑道:"陆牧学长承让了。"

"承让个屁,败了就是败了,有啥好让的,我的心胸可不是某些人可比的。"翻了翻白眼,陆牧旋即苦笑道,"不过好小子,没想到你竟然隐藏得这么深,说不定你还真能进入前五,日后若是有机会,再来领教。"说完,陆牧对着萧炎一

拱手，极为干脆地转身向着广场外走去。

"这人倒也实在，比白山那家伙好得多，若是有机会，可以结交一下。"望着陆牧的背影，萧炎淡淡一笑，瞥了一眼白山所在的方向，却刚好捕捉到对方眼中的冷意，当下心中对他的不喜与戒备，更是浓郁了许多。

将玄重尺插回背上后，萧炎转身走出比赛场地，然后在无数道炽热目光的注视下，进入黄阶二班所在的区域。萧炎瞧见昨日见过的那群少女也出现在这里，而这群活泼的少女看见萧炎，顿时眼冒星星地围了上来，叽叽喳喳的声音，让刚刚大战了一番的萧炎有些头昏脑涨。

"好了好了，你们给我安静点。"见萧炎被这群娇俏少女围着，若琳导师无奈地摇了摇头，对这些满脸崇拜的女孩子呵斥道。

"嘻嘻，难怪薰儿姐姐在学院两年对别的男人不理不睬，原来心里面有个这么优秀的人。"一名少女跳到薰儿身旁，娇笑着打趣道。闻言，薰儿精致淡雅的脸颊泛起一抹诱人的绯红。

萧炎轻轻笑了笑，上前两步，在薰儿身旁坐下。嗅得身旁传来的少女发香，再感受着周围射来的嫉妒、艳羡的目光，萧炎不由得有些恍惚。当初在乌坦城成为废人的那段时间，与薰儿走在一起，周围的目光尽是嘲讽。那时，周围人恐怕是在想，一只癞蛤蟆与美丽的天鹅走在一起，难道不觉得自惭形秽吗？

而如今，经过三年的苦修，现在再与薰儿走在一起，已经没有人会用当年的眼光来看待他。因为现在萧炎所展现出来的天赋以及实力，已经完全够资格与薰儿这个天之骄女相提并论。

而这，便是有实力与没实力的待遇差距。

当年，萧炎虽说嘴上时时刻刻都在说，为了三年之约而努力，但内心深处，又何尝不是想努力提升自己的实力，让自己日后与薰儿在一起时，别人不会再拿那种异样的眼光来看待自己？

这三年间，萧炎依靠自己的努力，实现心中的愿望，成功打败纳兰嫣然，并且也让自己具备了与薰儿在一起的实力与资格。

长长地吐了一口气，萧炎偏头望向正盯着场中比试的薰儿。在阳光的照耀下，此时的薰儿，完全被包裹在了一圈金光之中，恬静温柔。这幅美丽的画面，让萧炎眼中闪过一抹由心而发的迷醉。两年孤独的历练，让他彻底地明白，面前的这个女孩，在自己心中有着最深刻的烙印。

这个烙印，小时候便被牢牢印上。其实薰儿总说，正是幼时啥都不懂的萧炎闯进她的房间，用那根本不熟练的斗之气坚持了几年时间，温养着自己看似脆弱的身体，才让她将萧炎彻底放进了内心深处。可她又何尝不是在萧炎落魄时，依然保持着日复一日的温柔尊敬，方使得萧炎那远超同龄人心智的内心，对这个始终向自己展现善良可爱的女孩彻底敞开？

手掌顺着桌底缓缓探过去，最后握住了薰儿那柔若无骨的小手，感受着掌心处的娇嫩滑腻，萧炎的内心轻微颤了颤。

被萧炎忽然握住手，薰儿的身躯轻轻一颤，她有些做贼心虚地看了看附近的若琳导师和萧玉等人。瞧得她们并未发现萧炎的举动时，薰儿方才松了一口气，转头望着萧炎，低声嗔道："萧炎哥哥。"

"你是我的，不管你背后的势力有多么庞大，我都绝对不会放弃！"握着那娇嫩小手的手掌略微紧了紧，萧炎用只有两人听见的声音，缓缓说道。虽然声音平缓，但是不难听出其中的霸道与坚毅。

听得萧炎这话，薰儿先是一怔，旋即，雪白精致的脸颊陡然间升上一抹红霞。她没想到，在这个时候，萧炎居然会说出这种暗示意味极浓的情话来。

萧炎这突如其来的告白，饶是以薰儿的淡然，也难以做到若无其事，一张脸蛋儿红得跟苹果一般，原本古井无波的心境，这么多年来首次荡起难以忽视的涟漪。

"薰儿，你怎么了？"薰儿异常的脸色，并未逃过一旁若琳导师的眼睛。若琳导师先是一怔，旋即往下一看，刚好瞧见萧炎赶忙缩回去的手掌。她脸上也

涌上一抹红润，无奈地摇摇头，似是自言自语地道："年轻人，大庭广众之下，可要节制一点。虽然知道你和薰儿关系亲昵，但是也没必要在这种场合刺激那些对薰儿抱有想法的男学员吧？万一真是刺激到了他们，人家一拥而上，看你能不能以一挡下上千人？"

萧炎讪讪一笑，不敢插话，赶忙看向战斗激烈的场上。

一旁，薰儿也快速收敛起波荡的心境，心虚地看了一眼身旁的若琳导师，然后将目光移向比赛场地。

"唉，这妮子，对外人能够那般淡然，可在萧炎面前，却跟一个小女孩没什么区别，当真是一物降一物。真不知道萧炎那家伙，究竟是如何将薰儿这种女孩的心给勾走的。"瞧着薰儿那依然残存着一缕绯红的脸颊，若琳导师在心中苦笑道。

场地上，随着裁判口中名字的响起，不断有人影闪掠上台，然后在经过一番或激烈或平淡的战斗后，胜者满脸兴奋，败者则一脸黯然地退出场地。

而在一轮轮的比赛中，原本的一百七十多人，已经逐渐被淘汰得仅剩下六十几人，这般再过去几轮，恐怕那有资格进入内院修习的前五十强便能够诞生了。

"第四十一轮：玄阶一班，岩呈；执法队，吴昊！"

当又一轮名字报出之后，广场上忽然安静了许多。在某一个名字的声威压迫下，看台上的学员都不由自主地压低了声音。

"执法队，吴昊……"缓缓地念叨了一声这个名字，萧炎将头转向若琳导师，道，"我想，这应该便是导师所说的那个人吧？"

"嗯。"若琳导师脸上多了一分凝重，轻声道，"这个吴昊，在执法队中拥有极大的声望。这两年来，死在他手中的黑角域中人，恐怕至少也有上百个，他的实力挺可怕的。"

萧炎微微点头，看来这人的确是个劲敌。

"另外，告诉你一件让你头疼的事。这个吴昊，也曾经追求过薰儿，还是在大庭广众下直接表白的，不过薰儿拒绝了，但这个家伙似乎从未放弃过。"若琳导师戏谑道，"在你没来学院之前，这个吴昊被白山视为最有竞争力的情敌，只不过可惜，这两个被学院无数人认为最有可能追求到薰儿的家伙，都因为你的出现而失败了。"

"红颜祸水啊！"萧炎苦笑着摇了摇头，旋即看向广场。此时，那里已经有一名青年，萧炎甚至能够清晰地看见那个青年脸上的苦涩。

"人还未出现，便让对手心生胆怯之意，这个吴昊……"在心中喃喃了一声，萧炎盯着场地中的眼瞳骤然一缩，只见在青年对面，原本空空如也的石板上，一道全身包裹在血红袍服中的人影，犹如鬼魅一般，极其突兀地浮现出来。

"好恐怖的速度，这人，很强！"眼睛死死地盯着那道血红人影，萧炎脸上少有地出现了一抹凝重。

血袍人影一现身，原本喧闹的广场陡然安静下来。一股血腥味道，缓缓地弥漫在广场上。